さくらんぼジャム

JuNzo
ShOnO

庄野潤三

P+D BOOKS
小学館

目次

一

フーちゃんの髪のかたちが変った。束ねてうしろへ長く垂らしていた髪を切って、おかっぱにした。あれはいつだったか。七月に入って間のない頃——お誕生日の一週間くらい前のことであった。同じ大家さんの向い合せの家作にいる長男夫婦と次男夫婦（私たちの家の前の坂道を下りて行った先、丘と丘の間に挟まれた谷間のようなところにいるから、この二軒を合せて「山の下」と私たちは呼んでいる）のところへ、夕方、届け物をして帰った妻から最初に聞いた。

フーちゃんというのは、この「山の下」の次男のところの幼稚園へ行っているもうすぐ六歳になる長女で、去年の六月、十年子供を授からなかった長男夫婦にはじめての赤ちゃんの恵子が生れるまでは、小田原に近い南足柄の山の中腹に住む長女一家と「山の下」と合せて全部で六人いる孫のなかでただひとりの女の子であった。文子という名前だから、フーちゃん。

妻は「山の下」へ頂き物の静岡のじゃがいもと、サラダ油の缶を持って行った。それから長男の妻のあつ子ちゃんにこの前借りた傘を返す用事があった。次男の家では、出て来たフーちゃんと弟の春夫ちゃんにいつも上げる乳酸飲料をひとつずつ上げた。フーちゃんは、妻の顔を見ると急におなかが空いて来たのか、

「何か食べたいー」

という。

で、妻は、いつも畑で丹精した薔薇を届けて下さる清水さんから頂いた九州中津（去年、結婚した清水さんのお嬢さんの圭子ちゃんの旦那さんの御両親のいるお国である）の、中津生れの福沢諭吉に因む一万円札せんべいを一箱持って来ていたので、素早く一枚抜き出して、半分に割って、フーちゃんと春夫に渡した。お母さんのミサヲちゃんに渡したら、二人の口にはすぐに入らないからである。

このとき、フーちゃんの髪が短くなって、おかっぱになっているのに気が附いた。

「髪、切ったの？」

といったら、ミサヲちゃんは、

「美容院へ行って切ってもらったんです」

とだけいった。夏になると子供の髪はどうしても汗臭くなる。洗うのも大へんだから切った

んでしょう、フーちゃんは長くしている方がよかったらしいけど、ミサヲちゃんがいい聞かせて短くしたんでしょうと、帰って来て、いちばんに私にフーちゃんの髪のかたちが変ったことを報告した妻がいった。

「くせ毛で、よこに髪がひろがっているの。それで一層、子供の頃のなつ子に似て来ました」

前から妻は、フーちゃんの表情が南足柄の長女の子供のころによく似て来たといっている。南足柄の長女のなつ子も子供のころからくせ毛であった。

「フーちゃんの顔、変った?」

と私は訊いた。何でも身のまわりの物事がこれまでと変るのを好まない性質の私は、見慣れたフーちゃんの髪のかたちが変らない方がよかった。束ねた髪の上にフーちゃんは、よく星のかたちやリボンのかたちをした髪飾りを着けていた。服の色に合った髪飾りをミサヲちゃんに着けてもらっていて、それが似合っていた。ミサヲちゃんが買ったのもあり、妻が買って上げたのもある。妻の話では、飴やチョコレートを買ったときにおまけに附いている髪飾りが多かったという。

おかっぱにしてしまえば、この髪飾りを着ける楽しみも無くなってしまう。それがさびしい。また、みんなで宝塚歌劇を見に行くので、フーちゃんも一緒に連れて行ってやるときなんか――といっても、これまでにフーちゃんを宝塚を見に連れて行ってやったのは、去年の十一月の花組の公演と今年四月の月組の公演のたった二回きりではあったが——ミサヲちゃんに髪飾りでなくてリボンを結んでもらっていて、それがよく似合っていたのである。

フーちゃん自身も髪を長くしている方を望んでいるのなら、なおのこと、短く切っておかっぱになんかしない方がよかった。だが、お母さんがそうしたかったのなら、仕方がない。春夫が生れて子供が二人になったのだから、フーちゃん一人のときと違って、子供をお風呂に入れてやるのにも時間がかかるのだから、やむを得ない。それに子供はよく汗をかく。殊に無口な子だけれども、活潑で走るのが好きなフーちゃんのことだから、夏になると汗をかいて大へんだろう。洗ってやるミサヲちゃんにしてみれば、もっと早くからフーちゃんの髪を短く切っておかっぱにしたらいいと思っていたに違いない。

「フーちゃんの顔、変った?」

と訊かれて、妻は、

「子供っぽくなった」

といった。幼い顔であったのが、子供っぽくなったということだろう。そういってから、妻は、

「でも、可愛い」、

と附け加えた。

その翌日、何の話をしているときであったか、妻に向って、

「髪を切って、フーちゃんの顔、変った?」

と訊いた。前の日に訊いたのと同じことをまた訊いた。妻は、

「可愛い。おかっぱになって、子供っぽくなった」

といった。それから、

「髪がよこにひろがって、くせ毛で。フーちゃんは一生パーマかけなくていいわ」

といった。どんな髪になったか、見に行きたい。


妻はミサヲちゃんに上げる飾りひだをとった夏のワンピースを縫っている。黄色のたて縞で、サッカーという生地。ミサヲちゃんの服が出来たら、フーちゃんの服にかかる。今度の(七月十六日の)フーちゃんの誕生日に持って行くつもりでいる。

南足柄の長女が植えてくれた足柄山の山百合がひとつ、庭で咲いた。二つ蕾を着けたのがそばにあって、それが咲くと思っていたら、少し離れた、つつじのよこのが先に咲いた。台所の裏手の通り道の花壇の、一つだけ伸びて来た山百合の蕾が大きくなっているが、こちらはまだ開かない。

それから二日ほどして、朝、妻がミサヲちゃんに電話をかけたら、今日は次男が休みという

ので、みんなで来てといった。三時半ごろになりますとミサヲちゃんがいう。

妻が市場の八百清で西瓜を買って来て、切っていたら、次男がフーちゃん、春夫を連れて来る。「ミサヲは買物して来るので、少し遅れる」という。間もなく来た。六畳で西瓜を食べる。フーちゃんと春夫には、西瓜の前に乳酸飲料を一つずつ飲ませてやる。次男は、この前、会社の同僚と一緒に海岸でバーベキューをしたときのことを話す。この前、妻が「山の下」へ行ったとき、フーちゃんに「バーベキューで何食べたの？」と訊いたら、何ともいわない。横からミサヲちゃんが代って、「お肉と野菜です」といった。こんなふうに何か質問されたら、咄嗟に返事が出来ないのがフーちゃんである。たいがい黙っているか、「分らない」という。

三家族と家族連れでない二人の五組が参加した。そのうち二家族は前にこの海岸へ来てバーベキューをしている。これが三度目で、来る度に要領がよくなる。三浦半島の武山。「お父さんが海軍でいたところ？」そうだ、海軍予備学生隊があって、武山で六カ月、基礎教育を受けたんだと説明する。次男もいつか私から聞いたことがあって、頭に武山という地名が残っていたらしい。

ほかに人が誰も来ていない。静かな海岸。鉄板と網焼き器を持って来た。石を積んでかまどを作り、新聞紙と炭で火を起した。子供らは、海につかって遊ぶ。牛肉と玉葱、ピーマンを焼いて、タレにつけて食べる、うまく行った。牛肉の好きなフーちゃんは、よろこんだだろう。

去年の夏、次男が近くの氏神様の諏訪社の盆踊りにフーちゃんを連れて行ったとき、屋台の焼鳥を買って、石段に腰かけて食べたら、フーちゃんはゆっくりゆっくり焼鳥を食べたと次男が話していたのを思い出す。

西瓜を食べたあと、藤棚のつるの屋根へ這い上っているのを次男に切ってもらった。こちらは切り落したつるを集め、春夫も手伝う。藤棚を済ませた次男は、ついでに下水のマンホールの掃除をして行きますという。マンホールに泥がつまっていたのをかい出して、きれいにしてくれる、こちらはそばで見ていた。妻は次男に世田谷のY君が届けてくれた富山の酒の立山一本に缶ビールの大きいの二本を足して持たせてやる。次男、よろこぶ。妻はその缶ビールの入った袋をさげて、「山の下」まで送って行く。

さて、私は妻から話だけ聞いていたフーちゃんの短くなった髪をはじめて見た。妻はくせ毛でよこに髪がひろがっているといったが、よこにひろがるばかりでなく、上を向いて立っている。ヘンな頭になった。童子のような頭になっている。少しも髪が寝ないで、好き勝手にひろがっている。

帰りがけ、フーちゃんは「バイバイ」といって、ミサヲちゃんから「さよならでしょう」といわれ、いい直した。

「山の下」から帰った妻と書斎で話をする。

妻の話。今日はフーちゃんを思いっ切り遊ばせてやった。廊下に書斎のソファーのクッションを重ねて、うまとびをさせてやった。二枚から三枚とクッションを高くして行った。

はじめ、図書室でリカちゃん人形で遊んだ。フーちゃんは、「リカちゃん病気、熱があるの」という。全部で六つある縫いぐるみのねこちゃんがみんなでお見舞いにやって来る。クマさんがお医者さんで、ウサギさんが看護婦さんになる。

「おえかき」もした。(妻は画用紙にフーちゃんのかいたクレヨンの絵を見せた)はじめに「七夕」、それから「先生」(妻)、リカちゃん。一枚ごとに「しょうのふみこ」と横に書く。名前の下に水色のクレヨンでハート型のしるしを入れてある。これがフーちゃんのサインらしい。

図書室でリカちゃんで遊んだとき、フーちゃんは、リカちゃんの服を市場のおもちゃ屋で妻が買ってやった洋服箪笥にきれいに吊った。リカちゃんを出して遊ぶのは久しぶりで、よろこんだ。小型の絵本の『アルプスの少女ハイジ』を渡したら、フーちゃんは、

「ここはうつくしいアルプスの山です」

と最初のページのところを声に出して読む。まだたどたどしい。あとは妻が読んで上げた。

この前、次男のところへ行ったとき、お手本の帳面を見ながら、「あいうえお」を書く練習をしていた。字が読めるようになっているらしい。

夕食のあとで妻がまたフーちゃんと遊んだ昼間のことを話した。妻の話。図書室で、籐のお

馬に乗せてやったら、椅子の馬の方がいいという。前に春夫を籐のお馬に乗せ、フーちゃんは椅子のお馬に乗せて「競走」をさせてやったことがある。椅子の背もたれの方を向くように坐らせて、椅子を持って大きく前後にゆさぶってやるのである。ゴール近くになると、ゆさぶりかたがはげしくなる。フーちゃんは、本当に馬を走らせているような気持になるのだろう。

椅子のお馬に乗せて、思いっ切り走らせたら、フーちゃんの顔が輝いた。「一着!」といったら、大よろこびした。小さい二間の家にいて、暴れられなくて、少しいじけていたから、うんと暴れさせてやったら、晴々とした顔になった。

書き落していたが、フーちゃんたちが帰る前、妻がミサヲちゃんとフーちゃんに縫って上げた飾りひだをとった夏のワンピースを出して、二人に見せた。靴を履いて庭に出かけていたフーちゃんは、気が附いて、

「だれの? だれの?」

といった。もう一度、六畳に上って、自分のワンピースを見た。首のところの煉瓦色のボタンをさわってみる。それは服の前とうしろを区別するためのしるしに着けたボタンなのだが、黄色の生地によく合って、いいアクセントをつけている。夕食のとき、フーちゃんが首のボタンをさわって見ていたことを話したら、妻は、

「フーちゃん、飾りが好きなの。アクセサリーが」

といった。

フーちゃんの髪について夕食後、妻と話したこと。「油をつけてブラシで解きつけたら、寝るかも知れませんね」と妻がいう。ミサヲちゃんに「ミサヲちゃん、くせ毛?」と訊いたら、「私は固いけど、くせ毛じゃないんです」といった。そうすると、次男のくせ毛とミサヲちゃんの固いところをフーちゃんの髪は受け継いだのかも知れない。次男のくせ毛はどこから来たかといえば、私のを受け継いだことになる。フーちゃんの四方八方に好きなだけひろがって立つ髪については、祖父である私にも責任がある。

次男が来たとき、最初に、

「フーちゃん、髪切ったね」

というと、次男は、

「夏になって髪を洗うのが大へんだから」

といった。ミサヲちゃんがフーちゃんを美容院へ連れて行って髪を切ってもらったのを、次男は仕方のなかったこととして諒解しているのである。また、「朝、水で髪を濡らして解きつけている」というふうにいった。次男も「これは相当なひろがりかただな」と思っているのかも知れない。フーちゃんは髪を切るのは嫌がっていたらしい。切ってしまってこんなふうに四方八方に髪がひろがった今は、どう思っているのだろう?「情ないことになった」と思っているだろうか。それとも、こちらが気にするほど気にはしていないのだろうか。おそらく、いくらかは悄気ているだろう。でも、今さらそんなことを考えてもどうにもならない。このひろがった髪を何とかして落着かせるよりほかに仕様がないではないか。

フーちゃんたちが来た翌日、午後に長男がひとりで来た。「全集をもらいに来ました」という。本の整理をしたら、二十年くらい前に講談社から出た私の全集が二揃い出て来た。どちらも第一巻だけが欠けている。南足柄の長女には全集が完結したときに一揃い上げているから、欠けている第一巻を二冊補充して、「山の下」の長男と次男に上げることにすればいい。で、出版社の担当者に頼んで第一巻を二冊送ってもらって、長男と次男に訳を話していつでも取りに来るようにいった。次男は、いま貰っても本を置く場所が無いので、預かっておいてくれませんかと頼みに来た。次男の一家は十月の末に電車で一駅先の小田急読売ランド前の丘の上の住宅へ引越すことになっている。全部で十巻の全集の置き場が出来るのは、おそらく新しく入る家に移ってからになるだろう。それまで預かっておく。

長男のところは、大家さんが息子夫婦のために自宅の庭先に建てた小さいながら二階家に入れてもらっているので、同じ大家さんの家作でも、庭はあるけれども二間きりの次男の入っている借家に比べると、かなりゆとりがある。で、会社の休みの日に、全集を貰いに来たのであった。

長男は、来るなり、先月一歳の誕生日を迎えた恵子が、長い間立っていられるようになったといった。いちばんに報告した。

一歳だから、もうそろそろひとりで立ってもいいころなのだが、遅れていたのである。長男は恵子が立っている恰好をしてみせた。畳の上に寝ていると、寝ているその身体に手をかけて、よっこらしょと立ち上る。長男がよろこんで「一つ、二つ、三つ」と数える。しまいに両手をひろげたまま、寝ているお父さんの上に倒れかかる。立っている時間がだんだん長くなる。自分も長く立っていられるのが嬉しい。到頭、百数えるまでひとりで立っていられるようになった。もっともかなり急いで数えなくてはいけないのだが、ともかく百数える間、立っているようになった。そんな話をした。

図書室の棚から運び出した十巻の全集を風呂敷に包んで、長男は、

「はじめから一回読んでみようかな」

といって、持って帰った。

妻は、フーちゃんのために縫った、飾りひだをとった夏のワンピースにポケットを附けて、

「これで終り」

という。

手で服を持ってみて、

「短いかな？」

という。昨日、来たとき、書斎のソファーの上でフーちゃんがとび上るのを見たら、身体が大きかったという。

「昨日、服を見せてもらったとき、フーちゃん、よろこんでいたな」

と私がいうと、妻は、

「だれの？　だれの？　といっていましたね」

という。

「フーちゃん、昨日、このボタン、さわっていたよ」

首のところのボタンを指して私がいうと、

「これ着けないと、服の前とうしろが分らないから、目印なの」

と妻はいう。煉瓦色のきれいなボタン。

「フーちゃんの好きな色なの」

それから、

「大きくなって、いまフーちゃんの着られる服は二着きりなの」

と附け加えた。このワンピースは、あと三日したら、フーちゃんの六歳の誕生日に届けてやる。

夜、妻と話していたとき、「ドリトル先生」をフーちゃんに読ませてやりたいなということを私がいい出した。夕方、いつものように図書室の窓際のベッドで本を読んでいるときにふと思いついたのである。その本のなかに「ドリトル先生物語について」という、私の友人の作家のA君が書いた文が出ていた。それによると、A君のところでは、小学生の男の子が先ずいちばんにロフティング作・井伏鱒二訳の『ドリトル先生物語』を読み始めた。この男の子が、ドリトル先生、面白いよというものだから、A君は『ドリトル先生アフリカゆき』と『ドリトル先生のサーカス』の二冊を読んだ、そうして子供のいう通り面白いことが分って、『ドリトル先生物語』の読者になったという打明け話で、なかなか面白かった。

それを読んで、フーちゃんはまだ小さいけれども、『ドリトル先生物語』の絵本でもあれば、手始めに読ませてやりたいと考えた。

妻は、

「絵本になっているのがあればいいですね。明日、成城の江崎へ行きましょう」

といってから、昔家にあった岩波の『ドリトル先生物語』の本を全部次男に上げてしまったのが、今ごろになって惜しくなって来たといった。

『ドリトル先生物語』の本は、次男のところにある。だから、フーちゃんも小学校へ行くようになって（A君の男の子のように）自分で『ドリトル先生物語』を読み出せばいい。だが、それには小学校の上級くらいになるまで待たなくてはいけないかも知れない。背伸びをしてはいけないとなると、小学校の低学年のうちから読み始めるのを期待してはよくないかも知れない。どうだろうか。

幸いに家に井伏さんの訳した『ドリトル先生物語全集』が揃っているのだから、フーちゃんは恵まれているといわなくてはならない。自分で読むのはまだまだ先のこととして、その前に絵本でも何でもいいから、「ドリトル先生」に馴染ませてやりたい。何か適当な本は無いだろうか。とにかく、明日、成城の本屋へ行ってみようということになった。

「あの子は、いろんなこと空想するのが好きな子だから。いつも図書室で遊んでいて、廊下を通って書斎へ出かけて行くときなんか、お父さんの机の下に入り込んで、そこを『アフリカ』と呼んでいるの。『かくれ場所』になるときもあるけど。きっと『ドリトル先生』よろこぶわ」

と妻はいった。

A君のところでは、『ドリトル先生物語』は小学生の子供が先に読んで、「お父さん読んでないの？　面白いから読んでごらん」というのでA君も読み始めたという。私のところは、どうだったろう。よく覚えていないが、最初に絵本の『ドリトル先生航海記』というのを子供に買ってやって、それを子供も大人も一緒に読んだのではなかったか。家族みんながほぼ同じ時期にドリトル先生のファンになったような気がする。岩波から井伏さんの訳した『ドリトル先生物語全集』が刊行されて、それを一冊ずつ買って来たのは、大分あとになってからのような気がする。

ドリトル先生の本の話をした翌日、妻と成城の江崎書店へフーちゃんの誕生日に上げる本を買いに行った。ドリトル先生の物語が絵本になったのがあればいい。われわれも最初の出発点は絵本であったのだから。その絵本が残っていればいいのだが、残念ながら家には残っていない。子供らのまだ小さいときであったから、年月がたった。

書店の本棚を探していたら、一冊、見つかった。「こども世界名作童話」というシリーズの一冊で『ドリトル先生物語』。絵も入っているが、文が主になった本。最初の方を読んでみると、ドリトル先生がおうむのポリネシアに動物語を教わるところから始まる。目を悪くした馬がドリトル先生のところへ訪ねて来て、診察を受ける話になる。目次を見ると、どうやら『ドリトル先生物語』のダイジェスト版、あるいはドリトル先生入門といった本であるらしい。出版社も子供の本の出版では名の通った社であった。絵本があればいいと思っていたが、なさそうだから、妻に見せてこれに決める。

女の店員が包み紙の上から赤いリボンをかけてくれる。別に飾りのリボンも附けてくれた。妻がよろこぶ。これでフーちゃんの六歳の誕生日（明後日だ）に上げる贈り物が揃った。前に三越で買った黄色の傘と、飾りひだをとった夏のワンピースと、『ドリトル先生物語』の本である。このうち、黄色の傘には鉛筆のマークが入っている。私がこの前、文芸誌に一年間連載して、今年五月に単行本になった小説が『鉛筆印のトレーナー』（福武書店）であり、その本では四歳から五歳になって幼稚園へ行くようになるフーちゃんが主役といってもいいような役割を与えられているのだから、今度の贈り物の傘に鉛筆印が入っていたのはよかった。書名となった鉛筆印のトレーナーは、妻が買ってフーちゃんに上げたピンクのトレーナーのことで、それには鉛筆が二本交叉しているかたちの絵の刺繡が入っている。連載の一回目の終りの方で、妻が「山の下」へ行ったら、その鉛筆印のトレーナーを早速着せてもらったフーちゃんに会う、よく似合っていたというところが出て来る。

ともかく欲しかった「ドリトル先生」の本が見つかったので妻も私も気をよくして、成城から帰って来た。これまで私たちがフーちゃんに買って上げたのは、みな日本の昔ばなしの絵本であった。夜、寝るときにミサヲちゃんが読んでくれた。今度のは文が主になった本だから、読まされるミサヲちゃんは大へんだけれども、気長に少しずつ読んでくれればいい。きっと読んでくれるだろう。そうして、この本によって「沼のほとりのパドルビー」の動物とお話ができるジョン・ドリトル先生にフーちゃんが親しんでくれればいい。そうして、やがて小学校の上級くらいになれば、次男のところに全部揃っている井伏さんの訳、ロフティング自身のかいたさし絵の入った岩波の『ドリトル先生物語全集』をフーちゃんが読み出すようになってくれれば有難い。こんな嬉しいことはない。

そうして七月十六日のフーちゃんの誕生日が来た。

もしミサヲちゃんのところで都合がよかったら、みんなで「山の上」へ来てもらおうと朝食のときに妻と話した。妻が電話をかける。受話器の向うでしーんとしているので、

「だれ？」

といったら、

「ふみこ、です」

いつもフーちゃんが電話口に出たときは、

「しょうの、です。どなたですか？」

というのに、今日はどうしたのか、それが抜けていた。

「フーちゃん？　幼稚園、休んだの」

と妻が訊いたら、

「今日から休みです」

ミサヲちゃんのところでは、ときどき家の都合でフーちゃんを休ませるから、そうなのかと思ったら、今日からみどり幼稚園は夏休みに入ったのである。丁度よかった。

「今日、どこかへ行く？」

「おかあさん、歯医者へ行きます」

いつも何か質問されると、はかばかしい返事が出来ないフーちゃんが、今日は妻の訊いたことによく答えた。こんなときもある。

そこでミサヲちゃんに代ってもらって、子供のお昼寝が済んだころに、三時半ごろお茶に来てもらうことになった。あつ子ちゃんにも電話をかけて、恵子を連れて来てくれるように妻が話した。

ミサヲちゃんのところへ電話をかけたとき、出たのがフーちゃんだと分って、妻は、

「お誕生日おめでとう」

といったら、フーちゃんは、

「どうもありがとう」

といった。あとで妻が私にそういった。

妻は成城へ行く用事があったので、神戸屋で苺のショートケーキを買って来るという。私もついて行った。おいしそうな、いいのがあった。これでお誕生日らしくなる。

午後、二回目の散歩から戻ったら、フーちゃんの声が家のなかで聞えた。妻の話では、私が散歩に出かけたすぐあとへ、三時すぎに来たという。あつ子ちゃんも恵子を連れて来ている。

フーちゃんが出て来て、「こんにちは」という。この前来たときは立っていた髪が寝て、いくらかましな頭になっている。フーちゃんは書斎でピアノを片手で弾く。これまでは「メリーさんのひつじ」だけであったが、「さいた、さいた、チューリップの花が」も弾けるようになった。うまく弾く。ミサヲちゃんがピアニカで教えたんでしょうと妻があとでいった。ピアニカは幼稚園で習っている。

それから全員、居間の食卓に集合した。神戸屋の苺のショートケーキにちいさな蠟燭をフーちゃんの年の数だけ六本立てて、火がついている。みんな揃ったところで、「ハッピーバースデイトゥー　ユー」を歌い、「おたんじょうび、おめでとう」と妻がいった。フーちゃんは恥しそうに笑う。「吹き消すのよ」といわれて、「出来ない」といい、ちょっとためらったが、上手に一吹きで蠟燭の火を吹き消した。拍手。

このショートケーキ、はじめ妻はミサヲちゃんに家へ持って帰ってもらうといっていたが、ミサヲちゃんが「みんなで食べて下さい」というので、切って分けることにした。みんなに行きわたるほど大きくはないケーキであったが、ミサヲちゃんのいう通りにした。

それに妻の友人の横浜市緑区にいる川口さんから頂いた静岡のマスクメロンと紅茶。

食べ終って、贈り物をフーちゃんに渡す。フーちゃんはいちばんに本の包みのリボンを外して、『ドリトル先生物語』が出て来ると、うれしそうに本を開いてみる。

「ドリトル先生、フーちゃんに読んで上げてね」と私はミサヲちゃんに頼む。

「かずやさんのところにあります。井伏さんの訳のが」

とミサヲちゃん。

「読みました。よかったです」

それはよかった。ミサヲちゃんが次男の持っているドリトル先生の本をどれか読んでいるとは知らなかった。それなら、なおのこと好都合だ。

「フーちゃん、もう少し大きくなったら、井伏さんの訳の方を読ませてやって」

と頼む。

もう一つの贈り物の傘を出してひらいた。これを見た春夫が傘を欲しがって、ひと泣きした。ワンピースはどうしたのだろう？　これは前に来たとき見せてもらっているから、包みを開けなかったのだろうか。――あとで妻に尋ねたら、「ワンピースは、いちばんに渡しました。フーちゃん、包みを開けて、見ていました」といった。私は気が附かなかった。

そのあと、春夫が恵子ちゃんの指にかみついて、恵子ちゃんが泣き出すという騒動があったが、フーちゃんの六歳の誕生日のお祝いの会はまずまず無事に終った。四時半ごろ、妻が送って行く。神戸の学校友達の松井嘉彦が送ってくれた神戸牛のロース肉を「山の下」二軒に分けてやった。同じく松井のくれた果物のジュースもみんなに飲ませてやる。最後に友人のS君が届けてくれた野尻のジャム詰合せの箱を開けて、みんなに好きなジャムを取らせた。フーちゃんは「さくらんぼ」を取ったとあとで妻がいった。字が読めるようになっているのである。

妻の話（夕食後）。ミサヲちゃんたちが来たとき、まだ拭き掃除をしていなかった。まだ拭き掃除してないの、成城へケーキ買いに行ってたからとミサヲちゃんにいったら、ミサヲちゃん、台所の拭き掃除をしてくれた。フーちゃんが、やらせて、やらせてといって手伝ってくれた。ミサヲちゃんと二人で居間の縁側も拭いてくれた。フーちゃんは、拭かせて、拭かせてといって、雑巾持って拭くの。よく手伝ってくれた。

それから妻は夕方、よくおいしい手料理を届けて下さる近所の古田さんが玄関へ来て、「フーちゃんに」といって可愛い花束を渡してくれたことを話した。もう暗くなりかけたころに来た。その前、妻が松井の果物のジュース（奥さんからの案内のはがきには「冷菓」と書かれていた）と南足柄の長女が宅急便に入れてくれたゼリーと頂きものの京都の漬物を古田さんのところへ持って行った。そのとき、「今日、フーちゃんのお誕生日で」とひとことといった。そうしたら、それから花屋へ行って、花束を作って来てくれた。思いがけなかったので、涙がこぼれたと妻はいう。

その花束をすぐ「山の下」へ持って行った。明日届けたのでは間が抜けるから、暗くなっていたけど、持って行った。ミサヲちゃんもフーちゃんもよろこんだ。ミサヲちゃんの家から古田さんにお礼の電話をかけた。フーちゃんは、恥しいといって出なかった。

ミサヲちゃんのところへ古田さんの花束を持って行ったら、フーちゃんが出て来た。貰ったばかりのワンピースを着ている。「着せたら、そのまま脱がないんです」とミサヲちゃんがいった。短いんじゃないかと心配していたら、やっぱり丈が少し短かった。フーちゃんは長いのがいいらしい。ロングドレスを着たがっている。「ヘムがあるから、延ばす」といったら、「今度、洗濯して持って行きます」とミサヲちゃんがいう。そのあと、着ていたワンピースを脱いだので、丈を延ばすからといって、それを貰って来た。

「フーちゃんよく似合うの、今日、上げた黄色のワンピースが。可愛いの」

と妻は何度もいった。

フーちゃんのひろがった髪のことを気にしていたら、水でもつけてブラシで解きつけたのか、今日は横にひろがっていることには変りはないけれども、この前みたいに上に立ってはいなかった。うんとましになった、これならおかしくないと妻がいって、二人でよろこんだ。

その翌日。フーちゃんの誕生日の贈り物に添えるつもりでいたカードを妻が書いて、午前中に「山の下」へ届ける。フーちゃんが出て来たので、

「はい。白やぎさんのお手紙」

といって渡した。

白やぎさんのお手紙といっても、フーちゃんには何のことか分らない。フーちゃんも知っている童謡の「ぞうさん」を作った詩人のまど・みちおさんの歌に、

「しろやぎさんから　おてがみ　ついた」

というのがある。

そのお手紙を黒やぎさんが読まずに食べた。食べておいてから白やぎさんに手紙を書いた。さっきのお手紙ご用事なあにと尋ねる手紙を書いたという歌だ。その手紙を受取った白やぎさんが、これも読まずに食べてしまって、黒やぎさんに手紙を書く。さっきのお手紙ご用事なあに。こんなふうに果てしなく繰返されてゆくというのがテーマの「やぎさん　ゆうびん」が頭にあったので、妻はつい、「白やぎさんのお手紙」といったのだが、「おはなしがながいのね」の「ぞうさん」の歌の方はミサヲちゃんが歌うから覚えてしまったフーちゃんも、「やぎさん　ゆうびん」は多分まだ知らないから、「はい、白やぎさんのお手紙」といわれても、何のことやら分らなかっただろう。

私も團伊玖磨さんの作曲した「ぞうさん」なら歌えるが、同じくまど・みちお作詞・團伊玖磨作曲の「やぎさん　ゆうびん」の方は、歌えない。この稿を書くのも、阪田寛夫著『まどさん』（新潮社）を本棚から出して来て、参考にして書いた。

妻の話では、フーちゃんは妻から受取ったカードを封筒から出して、手紙を読み始めたという。

午後、妻は前の日にミサヲちゃんから預かって来たフーちゃんの、飾りひだをとった夏のワンピースの裾を長くして、「山の下」へ届けた。家の中がしんとしているので、お昼寝だったらいけないと思って、持って行った合鍵で勝手口の戸を開け、ワンピースを台所に置いて来た。

夕方、ミサヲちゃんに電話をかける。フーちゃんが出て、「しょうの、です」という。ゆっくり、落着いた声でいった。ところが、妻が「お手紙読んだ？」というと、返事が聞えなかった。電話がかかると、「しょうの、です」というのはひとりでに出るが、何か訊かれると、咄嗟に答えられないのだろう。答えられるときもあるが、返事が出来ない方が多い。

その翌日。ミサヲちゃんから電話がかかる。七月二十日にみどり幼稚園ではフーちゃんの年長組が箱根芦の湯のきのくにやへ二泊三日の林間学校に行くことになっている。うすいビニールの風呂敷を持って行かなくてはいけない。お母さんのところにありますか？　と尋ねる電話であった。探してみたら、いいのが無かったので、いつも行くスーパーマーケットのＯＫで一枚、白のを買って来て、届けて上げた。

梅雨の最中での箱根芦の湯行きの天気はどうだろうと気にしていたら、出発の前の日、梅雨明けかと思うような、いい天気になった。ところで、フーちゃんの泊る芦の湯のきのくにやは、私たちの馴染の宿である。友人のS君夫妻と一緒に年に一回、連れ立って出かけるようになってから、もう二十年になるだろう。長男夫婦も次男夫婦もときどき行く。フーちゃんも小さい時分に、多分、まだ一歳くらいのころに連れて行ってもらっている。部屋のなかでお父さんの膝の上に坐っているところを撮った写真を見た記憶がある。そういえば、七年前に次男の結婚式のあと、ミサヲちゃんと二人で新婚旅行に出かけた先が、この芦の湯のきのくにやさんであった。フーちゃんとはもともと縁の深い旅館なのである。

この前、七月のはじめに私と妻の二人できのくにやへ行った。今回はS君夫妻は都合が悪くて一緒に行けなかった。そのとき、帰りがけ、いつものように玄関まで送ってくれたおかみさんに妻が、今月末に次男のところの孫娘がみどり幼稚園の林間学校で来ますとひとこと話しておいた。おかみさんは、「みどり幼稚園はもう長年のお馴染さんです」といった。

フーちゃんが箱根へ行く七月二十日は、申し分のないお天気になった。朝から日が照りつけている。「フーちゃん、ついているなァ。よかった」と妻と二人でよろこぶ。朝食のとき、「もう家を出ているかな?」「道が混むから早目に出発するんでしょうね」と話す。ミサヲちゃんの話では、潮見台のみどり幼稚園からバスで箱根まで行くことになっている。

こちらは暑くなりそうだが(この日、関東は梅雨明けになった)、標高が八百メートルの芦の湯は涼しくて気持がいいだろう。「三日間で行事がいっぱいあるらしいです」と妻がいう。

駒ケ岳へロープウエイで上ったり、芦ノ湖で遊覧船に乗ったりするんでしょうというちに妻は、小学校のときの十日間の臨海学校のことを思い出して、そちらへ話が移った。

翌朝、妻はミサヲちゃんに電話をかけて、

「フーちゃん、行くとき泣かなかった？」

と訊いた。ミサヲちゃんは、

「泣きません。でも、緊張してにこりともしないで行きました」

といった。これを聞いた妻は、「無理もないわ。六歳で泊りがけで行くんだから。それも二晩泊りで行くのだから、にこりともしないのは無理もないわ」という。

ミサヲちゃんから離れて寝たのは、これまでにたった一回だけ。春夫が生れるので、ミサヲちゃんの両親のいる栃木県の氏家へ帰ったときだ。ミサヲちゃんの入院した産院のお母さんの部屋からフーちゃんは離れようとしなかった。いよいよ出産の晩だけ、お祖父さんとお祖母さんの家へ一緒に帰って、家で寝た。その一晩だけで、あとはまた産院へ戻って、ミサヲちゃんにくっついていた。

「春夫ちゃん、どうしている？」

と妻が訊くと、「フーちゃん、ごはんよと呼んだりしています」とミサヲちゃんがいった。フーちゃんがいないのは初めてのことだから、春夫もさびしいのだろうと二人で話す。

フーちゃんの帰る日。前の日、妻がミサヲちゃんに訊いたら、バスが幼稚園に着くのは午後三時半ごろという。三日目は、宿で朝御飯を食べてすぐ出発するのかと思っていたら、そうでないらしい。早く帰してくれればいいのにと妻と二人で話す。道が混めば、三時半よりもっと遅れるかも知れない。

夕方。四時半すぎにもう家に帰っているころかと妻が電話をかけると、

「しょうの、です」

とフーちゃんの声。（あとで妻が電話口にフーちゃんが出ないかなと思っていたの、といった）

「フーちゃん？　お帰り」

「ただいま」

「これから西瓜持って行くからね」

と妻はいった。

五時前ころに二人で出かける。家の前に恵子ちゃんを抱いたあつ子ちゃんを入れて、みんないた。ミサヲちゃんは、ふみ子がお母さんに話すことがありますといい、フーちゃんに、

「話せるだけ、いってごらん」

といった。何だろう？　妻はかがんで、フーちゃんの顔のそばに耳を寄せると、フーちゃんはゆっくりと話した。あとで妻から聞くと、フーちゃんは、

「おじいちゃんとこんちゃんのお友達の、箱根のおばあちゃんが」

とはじめにいってから、

「おじいちゃんとこんちゃんに」

と附け加えた。こんちゃんとは孫たちが妻を呼ぶときの愛称である。それでフーちゃんの話は終った。

フーちゃんのいいたかったことは、それだけでちゃんと私たちに通じたのである。わざわざおかみさんが行ってくれて、引率の先生に尋ねて、フーちゃんに会って、声をかけてくれたことが、ちゃんと分った。おそらくフーちゃんがびっくりするといけないからと思って、最初に、「おじいちゃんとおばあちゃんのお友達よ」といって、安心させてくれたのだろう。

私はフーちゃんの耳もとに口を寄せて、

「ごはん、おいしかった？」

と訊いた。うんといった。

「夜、よく眠った？」

うんといった。

「おうちへ帰りたかった？」

フーちゃんは黙ってかぶりを振った。

妻は持って行った温室蜜柑の皮をむいて、春夫とフーちゃんと恵子ちゃんに渡してやった。ミサヲちゃんがつい先ほど郵便受けに入っていたという箱根からのフーちゃんの葉書を見せてくれた。上のところに、横書きで「しょうのふみこ」と書き、「おとうさんおかあさん、おげんきですか、ふみこもげんきです」と続けたあとへ、ロープウエイととんぼと蝶の絵が色鉛筆で並べて書いてあった。表書きのこちらの住所と次男夫婦の名は、先生の字で書いてくれてあった。先生がみんなに書かせて、集めて、箱根で投函してくれた葉書である。

そこへ新宿のヒルトンホテルに勤めている長男が帰って来た。長男は背中にリュックサックをかついだまま、「お恵ちゃん、お恵ちゃん」と早口でいって、面白い顔をしてつんのめるように走って来た。恵子は笑い出す。次に、恵子を抱き上げて、二度三度、

「たかい、たかい」

をして、恵子をよろこばせてやった。フーちゃんは、その間、「好きなたつやおじちゃん」にまつわりつき、うしろから長男のリュックサックのベルトを引張っていた。

夜、妻と二人で、フーちゃんが妻の耳もとで話したことをもう一度、確かめた。はじめに、フーちゃんは、

「箱根のおばあちゃんが、こんちゃんに」

といった。

そのあと、「おじいちゃん」というのが聞えたよというと、妻は、「そうでした」といい、「おじいちゃんとこんちゃんのお友達の、箱根のおばあちゃんが」となった。「箱根のおばあちゃん」の前に説明がひとこと附いたわけである。「……がおじいちゃんとこんちゃんに」といった。これで全部分った。「よかった、よかった」といって、私と妻は二人でよろこんだ。

二

午後、妻は六畳で扇風機をつけて「山の下」のあつ子ちゃんに上げる飾りひだをとった夏のワンピースの仕上げにかかっている。

「極楽よ。ここで洋裁していたら」

という。

あつ子ちゃんのが出来たら、東京世田谷のY君のお嬢さんのはる子ちゃんのワンピースを縫うといい、生地を三つ出して、見せる。黄色の厚地のと輸入プリントの格子の少し濃い目の黄色と青い小花模様。どれがはる子ちゃんに似合いそう？　と訊かれる。青い小花模様のは妻の好みだというが、去年も一昨年もはる子ちゃんに青い小花模様のワンピースを縫って上げた。黄色の厚地のは着るとちょっと暑いかも知れない。で、輸入プリントの格子の少し濃い目の黄色の生地にする。はる子ちゃんに似合いそうだ。

夕方、妻は「山の下」へあつ子ちゃんのワンピースを届ける。ミサヲちゃんのワンピースも幼稚園の夕涼みの会に間に合せるつもりで早くから縫ってあったのだが、渡すのはあつ子ちゃんと一緒の方がいいから、縫い上げたまま手もとに置いてあったのを持って行く。ミサヲちゃん留守なので、鍵で裏の戸を開けて入って、居間の籐の敷物の上にワンピース、台所に広島の妻の姉から届いた岡山の白桃二つ置く。あつ子ちゃんのところは、長男が休みで家にいた。あつ子ちゃん、ワンピースをよろこび、長男に、「見て、見て。こんな可愛いの」といった。岡山の白桃はあつ子ちゃんの方にも二つ上げた。

あとでミサヲちゃんから電話がかかる。友達の家へ遊びに行ったフミ子を迎えに行っていましたといい、飾りひだをとったワンピースと桃のお礼をいう。妻は、

「フーちゃんに代って」

といい、フーちゃんに、

「お花のシールもらったの。上げるから、遊びにお出で」

といったが、返事は無く、しんとしている。

ミサヲちゃんに代って、

「フミ子が何だか分らないといっています」

こちらのいったことが全く分っていなかった。

次の日、妻が昨日のフーちゃんとの電話のやりとりのことを話す。「お花のシールもらったの、上げるなんかいっても、フーちゃんにはまるで分っていなかったのね」という。だいいち「お花のシール」が分らない。それは今度妻がワンピースを縫って上げることにしているはる子ちゃんが送ってくれた小包のなかにグリーティングカードと一緒に入っていたものだ。「お花のシールはフーちゃんに」と添えてあった手紙に書いてあった。妻は、「お花のシールは私も欲しいので、フーちゃんに半分分けます」とお礼の手紙に書いた。可愛いお花のシールで、妻は贈り物の包み紙をとめるときなんかにセロテープ代りに貼りつけるのに用いている。

だが、そんないきさつを何も知らないフーちゃんに、

「お花のシールもらったの。上げるから」

といっても、何のことやら分らないだろう。

「お花のシール」そのものからして分らないだろう。ミサヲちゃんが、

「フミ子が何だか分らないといっています」

と妻にいったのも、無理はない。実物をフーちゃんに渡して、「これを剝がして、ノートなんかに貼りつけるのよ」といえば、見当がつくかも知れない。

書き落していたが、ミサヲちゃんからワンピースと桃のお礼の電話がかかったとき、「夕涼みの会が二十九日にあります」といった。七月の末にあるということは分っていたが、夕涼み

の会が何日かというのは、まだミサヲちゃんから聞いていなかった。夕方の六時ごろから始まる会なので、ミサヲちゃんとしては知らせるとかえって迷惑になると思って、いうのを遠慮していたのかも知れない。去年は、見に行った。八時半ごろに帰って、それから夕食を食べた。途中でミサヲちゃんが「お父さん、おなか空かれませんか」と訊いたりして、気をつかっていた。今年も私たちは行くつもりでいる。

フーちゃんの幼稚園年長組がこの前、二泊三日の林間学校に行った箱根芦の湯のきのくにやのおかみさんから葉書が来た。妻がフーちゃんに会って、話しかけてくれたことを聞きましたとお礼の手紙を書いたのに対する返事の葉書である。

……みどり幼稚園は今年で十二年目の林間学校をさせて頂いています。偶然に庄野様のお孫さまがお見えになるなんて夢のように思いました。

どのお嬢さまかナアーと大野先生におたずねして、大きく成長なされた文子さんにお目にかかりました。

次男夫婦は新婚旅行で来た芦の湯きのくにやへその後も何度か出かけている。フーちゃんを連れて行ったこともある。おかみさんは、多分、一歳になったころのフーちゃんに会っている

筈である。次に私と妻がきのくにやへ行ったとき、おかみさんがフーちゃんに会った話をして、

「おじいちゃまにそっくりです。どなたのお孫さんかというのは、一目で分ります」

というようなことをいって笑っていたのを私は覚えている。

おかみさんの葉書のつづき。


最初はびっくりしたお顔をなさいましたが、とても落着いた、おだやかなお嬢さまで、お顔がパパとおじいちゃまのミニ形です。何かお土産をと思いましたが、特別なことをしてもと思いまして、遠慮いたしました。またお目にかかる日を楽しみに、これにて。


きのくにやのおかみさんは、いい葉書を書いてくれた。「とても落着いた、おだやかなお嬢さまで」とあるのを読んで、妻と二人でよろこんだ。口数の少ない、物をいわない子だから、そんなふうに見えたのだろうか。「最初はびっくりしたお顔をなさいましたが」というのも、もっともなことだ。フーちゃんは年長組のみんなと一緒に部屋にいるところへ来たおかみさんから、

「文子ちゃんですか」

と話しかけられて、さぞかし驚いたに違いない。次におかみさんから、「文子ちゃんのおじ

いちゃんとおばあちゃんのお友達よ」といわれて、安心したかも知れない。

夕方、ミサヲちゃんから電話がかかる。明日の夕涼みの会は六時始まりと知らせてくれる。フミ子は五時半集合ですけど、私たちは六時に行きます、かずやさんは休みですという。

昼着いたきのくにやのおかみさんの葉書のことをいうのを忘れたのに気が附いて、妻はこちらから電話をかける。フーちゃんの声で「しょうの、です」「またこんちゃんよ。お母さん呼んで」と妻がいったら、

「おかあさん。またこんちゃん」

とフーちゃんがいうのが聞えた。ミサヲちゃんに、きのくにやのおかみさんの葉書のことを知らせた。


そうして、フーちゃんの夕涼みの会の日が来た。フーちゃんは五時半の集合、六時ごろから始まると聞いている。こちらは夕食の支度だけしておいて五時半ごろに家を出る。「山の下」へメロンを届ける。ミサヲちゃんのところは風呂場に電気がついていて、次男がいた。今日、海へ行って来た、これから春夫を風呂に入れて行きます、ミサヲとフミ子はもう出かけましたという。あつ子ちゃんにメロンを渡す。

長沢団地前まで来たら、運良く宮前平行きのバスが停ったところで、運転手がバスの前のミ

ラーの具合を直していた。それに乗る。西長沢でバスを降りて潮見台へ来たとき、太鼓の音が聞えた。去年は、この辺で浴衣がけで子供を連れて行くお母さんに何人も会いましたと、妻がいう。みどり幼稚園では、夕涼みの会が始まっていた。ミサヲちゃんに会う。妻が縫って上げたばかりの黄色のワンピースを着ている。よく似合っていた。

「いま、フミ子の踊り、終ったところです」

という。年長組の子が芝生に腰を下しているところへ行く。フーちゃんは列の最後尾にいた。年長組のなかでいちばん背が高い。浴衣を着て膝を揃えて坐っていた。

妻がフーちゃんの肩を叩いて、

「来たよ。おじいちゃんとこんちゃん、来たよ」

といったが、フーちゃんは妻の顔を見ただけで、何もいわない。去年は妻がそばまで行って、

「こんちゃん、来たよ。おじいちゃんも来てるよ」

といったら、

「どこに？　どこに？」

といったのに、今年はひとこともいわない。――翌々日の朝、このときのことを妻と話していたら、フーちゃんが妻に声をかけられて何ともいわないのをミサヲちゃんが気にして、「フミ子、にこりともしませんね。海で一日泳いで、眠いんです。このまま連れて帰ったら、眠っ

てしまいます」といったと妻がいった。朝早く起きて車で海へ行って、一日海につかりっ放しでいたとすれば、実際、夕涼みの会どころではなかったのかも知れない。

年長組の列のいちばんうしろにいるフーちゃんは、揃えた浴衣の膝の上に両手を置いて、芝生に坐ったまま、ときどき前の女の子の帯をさわったりしていた。くたびれていたのだろう。

大分遅れて、春夫を連れた次男が来た。海の話を聞く。朝六時に車で家を出て、三浦海岸へ行った。この前、会社の同僚と一緒にバーベキューをした武山の海岸。あまり知られていないのか、人が来ていない。岩場で下は石でごつごつしていたが、潮が引いたら砂になった。フランスパン、ハム、チーズを持って行き、パンにハム、チーズを挟んで食べた。途中でインスタントラーメンとカップヌードルを買って行き、コッフェルで湯を沸かして食べた。おいしかった。

「フーちゃん、泳いだ？」と訊くと、「浮輪につかまってたけど、よく泳いだ」という。

「海が好きなんだね」

「好きで……。つかりっ放しだった」

朝早く起きて、一日、海につかりっ放しであったのなら、眠くなるのも無理はない。

そのうち、年長組の踊る番になった。妻と二人で人の渦の輪の外をまわって見に行く。遠くにフーちゃんの姿が見える。ひろがったおかっぱの髪で分った。フーちゃんは踊りになると、もう眠そうにはしていない。前へ身体を投げ出すようにして、真面目に踊る。ふらふらになっているように見えながら、教わった通り踊る。やっこらさと前へ足を踏み出す。

「フーちゃん、真面目だから」

と妻がいう。

去年の夕涼みの会のときも、しっかりと真面目に踊っていた。足の先をうしろの地面に着けるところは着ける。頭の上に両手で輪を作るときは、きちんと作る。いい加減の間に合せで踊らない。教わった通りに踊っているのが分った。海で泳いだあとでくたびれている今年も、変りはない。

踊りが終って、花火になる。次男は春夫を肩ぐるまして見せてやっていた。花火が終った。次男が春夫を連れて先に帰るので、私たちも車に乗せて家まで送ってくれる。家の前で、妻が桃を取って来て次男に渡す。この前、「山の下」へ二つずつ分けた岡山の桃がおいしくて、よろこんでいた。ミサヲちゃんに妻が「一つでもいい?」と訊いたら、「一つでもいいです」といった。

夕涼みの会から四日あと。次男一家は明日から伊豆の海へ行くと思い込んでいたので（南足柄の長女が、電話で八月三日に行くといった）、朝、妻は頂きものの夕張メロンと近所の古田さんが下さった干しひじきなどを持って「山の下」へ行く。去年は、夕涼みの会の翌朝、伊豆へ出発した。最初の年は伊豆へ行くつもりでいたところ、生憎台風とぶつかったので、宿屋の予約を取消した。だから、伊豆の民宿行きは、今年で二回目になる。

裏口からいつものように、「ミサヲちゃん」と声をかけて入ろうとすると、次男の「行くよ」という声が家の中で聞えた。お出かけらしいので、庭の切戸を開けて入って行った。

次男は、外出の支度をして出て来る。夕張メロンと温室蜜柑八つ、ひじき、乳酸飲料二本を渡す。旅行の車中の子供のお八つは、三日でなくて七日に行くと分ったので持って帰る。ミサヲちゃんに渡すつもりでいた、「山の下」がどこかへ旅行に出かけるときにあつ子ちゃん、ミサヲちゃんに妻から上げるいつもの「アイスクリーム代」も、ポケットに戻した。

ミサヲちゃんに、

「明日、海でしょう」

というと、ミサヲちゃん驚いて、

「えー? 七日からです。誰がそんなことといいましたか?」

「なつ子から聞いたの」

春夫が出て来て、乳酸飲料の小さい壜をつかんで、「あけて」という。フーちゃんも出て来る。乳酸飲料を渡してやると、開けるのに手間取っている。

「おじいちゃんが、フーちゃんの髪、どうなっているか見て来て、といってたよ」

と妻がいうと、ミサヲちゃん、

「えー？　フミ子の髪、そんなにひどかったですか」

といった。

「山の下」から帰った妻は、先月のはじめに短く切っておかっぱにしたフーちゃんの髪について、両方の手で横へ髪がひろがっている様子を示して、

「こうなっていた。上には立っていなかった」

と報告する。

「大分落着いて来た？」

と聞き返したところ、「落着きました」とはいわないで、

「フーちゃん、この間縫って上げたワンピースを着ていました、黄色の。よく似合っていた」

と妻はいった。

十日に南足柄の長女と小田原の海へ海水浴に行くことを次男に話したら、次男がよろこんでいたと妻はいった。最初は三日に行くつもりでいたら、長女の都合で十日になった。で、この日、妻が向ヶ丘遊園の駅へ行って、小田原までのロマンスカーの切符の変更手続きをして来た。

そういうと、ミサヲちゃん、

「これから行かれるんですか?」

「行って来たの」

「えー? もう行かれたんですか」

ミサヲちゃんは驚いていた。ふだん夜、次男の帰りが遅いので、休みの日は、ミサヲちゃんのところは朝、ゆっくり起きるのである。

午後、妻はフーちゃんの飾りひだをとったワンピースの二着目を縫う。生地を探す。はじめ水色の小花模様のを出したが、それだと、フーちゃんの分を取ると残りが中途半端になる。もう一つ、紺色のを出す。黒っぽくてフーちゃんはよろこばないかと思った。黄色のが一つある。この前縫ったのが黄色で、似ているから止める。結局、紺の生地にする。

ところが、これが仕立ててみるとよくなりそうで、妻は気をよくしてたちまち縫い上げる。

妻が洋裁をしている間、こちらは六畳で昼寝をしていた。胸に着けるボタンを妻は探す。はる子ちゃんのワンピースを縫ったときに着けた同じボタンがもう一つあった。缶を持出して、中を引かきまわしてみるが、見つからない。昼寝しているこちらに、その気配が分る。見つかればいいがなと思いながら様子を見ていたら、見つからなかった。結局、妻は前に自分の飾りひだをとったワンピースを縫ったときに着けた銀色のボタンを外して、フーちゃんのに着けた。それがよく合う。

妻は図書室へミシンをかけに行ったり、居間の裁縫箱の前へ戻ったりする。その間にひとりごとをいっているのが聞える。

「よくなる。これでポケットにレースを着けたらよくなる。これはフーちゃんにぴったりだわ。きっとフーちゃん、気に入るわ……」

一時ごろに生地選びにかかって、四時前には仕上げる。よくなった。フーちゃん、よろこぶだろう。紺のワンピースははじめて。

翌日、妻はフーちゃんの紺のワンピースのポケットにレースを着けて、これで出来上り。裾をこれまでのより長くした。フーちゃんは長いのがいい、この辺まで（と足首をさわって）あるのがいいといっているらしい。そんなわけにはゆかないが、長い目にした。

朝、妻はミサヲちゃんに電話をかけて、フーちゃんのワンピースを縫ったから、これから届けると知らせておいて行く。裏口から「ミサヲちゃん」と声をかけ、返事を聞いて庭へまわる。庭に春夫がいた。フーちゃんは長袖のシャツを着て縁側に立っている。ワンピースを渡すと、ミサヲちゃん、よろこぶ。フーちゃん、「着たい」という。ミサヲちゃんが「今日は風邪気味だから、長袖のシャツを着ていなさい」という。明後日（七日）、伊豆へ行くので、大事なときだから用心していますとミサヲちゃんいう。

持って来たいつもの乳酸飲料を一つずつフーちゃんと春夫に渡す。フーちゃんに「遊びにお出で」という。フーちゃん、「行きたい」といったが、ミサヲちゃんに「風邪気味で、大事なときだから、今日はおうちにいなさい」といわれる。「海から帰ったら、遊びにお出で」といって妻は帰って来た。

夕方、市場の手前で畑の野菜を売るシート張りの天井と台だけの、仮りのお店の番をしている常泉さんから野菜を買ったら、「これは『山の下』へ上げて下さい」といって、胡瓜とトマトと茄子の入った袋をくれた。常泉さんはいつも丹精した薔薇を届けて下さる清水さんの年下の友達で、いまは結婚して生田の奥の栗谷にいる。実家のお父さんがバス通りの横、市場の裏手の畑で作っている野菜を、道ばたで売るお手伝いをしに家から出て来る。毎日、午後の三時ごろから四時ごろまでいる。いないときもある。私が一年間、文芸誌に連載して、今年の五月に本になった『鉛筆印のトレーナー』(福武書店)のなかに常泉さんのおいしいトマトの話がちょっと出て来る。それでこの本のことを清水さんから聞いて読んだらしく、私たちが同じ大家さんの向い合せの家作に住む長男夫婦、次男夫婦のことを「山の下」と呼んでいて、貰いものをよく届けてやりに行くことを承知しているのである。

今日は妻がはじめにトマト二袋を買った。すると、胡瓜とトマトと茄子の入った袋を出して、「これ、山の下へ」

という。お金を払おうとしたら、

「素直に貰って」

といった。で、それは貰っておいて、常泉さんがいたら上げようと思って買物籠に入れて来たS君からの贈り物の野尻のジャムを二つ、上げた。常泉さんが遠慮するので、今度はこちらが、

「素直に貰って」

といったら、笑って受取った。

その話を帰って来るなり聞かせて、

「常泉さん、可愛いの」

と妻は何度もいった。

あとで妻は常泉さんがくれた野菜と広島の姉から届いた岡山の桃を二つずつ持って「山の下」へ行く。ミサヲちゃんは、海へ行きますからといって、胡瓜二本とトマト二つだけ取り、あとはあつ子ちゃんに上げて下さいという。桃をよろこんでいた。

あつ子ちゃんは恵子を抱いて出て来る。茄子をとりわけよろこぶ。ガスレンジの下に入れて焼いたのを出すと、みなよく食べるという、恵子はトマトが好きで、一つ手に持って、まるごとかぶりつきますという。

あつ子ちゃんは、恵子を近くの子供の遊び場へ連れて行くと、すべり台の下から、登って行って、すべりおりる、ブランコから落ちて泣いたこともあると話した。活潑な子になった。

翌日、妻と話していたら、

「フーちゃん、大きくなっているの。夏になって背が高くなって」

という。

「丈を長くしたつもりの紺のワンピースが、合せてみたら、長くないの」

次男一家が伊豆の海へ行く日の八月七日は、晴。その前、三日間ほど涼しい日が続いて気を揉んだが、出発の前の日あたりから暑さが戻って来て、申し分のない天気になった。よかった。八月二日、三日あたりは涼しくて、海どころではない天気であった。フーちゃんついていると妻と二人でよろこぶ。

午後、妻は恵子ちゃんに着せるロンパースを縫っていて、こちらは六畳の寝ござで昼寝しているときに電話かかる。妻が出ると、

「しょうの、です。着きました」

とフーちゃんの声。

落着いた声でいった。伊豆の宿からかかった。

「これから海へ行くの?」

フーちゃんは、うんといった。ミサヲちゃんに代る。

「朝早く出たの?」

「六時半です」

電話がかかったのが二時十分すぎ。六時半に家を出たのなら、伊豆の宿に着くまで大方七時間半かかったことになる。去年は小田急のロマンスカー「あさぎり」で沼津まで行き、あとはフェリーで伊豆へ渡った。今年は家から車で出かけた。

「大へんだったね」

と妻がいったら、ミサヲちゃんは、

「ゆっくり来ましたので」

といった。

途中でお昼弁当を食べたりして、休みながら来たということだろう。(あとで私たちは海岸の人気のないところでお弁当を食べているミサヲちゃんとフーちゃんたちの写真を見せてもらった)

去年、泊った宿で、そこは次男の会社が契約している民宿だから、着きさえすれば、あとは気楽なものだろう。妻は昔、子供らを連れて家族全部で外房の太海《ふとみ》海岸へ泳ぎに行った夏のことを思い出して、あのころ、着いたらいつも宿で三ツ矢サイダーを出してくれたのが嬉しかった、三ツ矢サイダーのような上等なものは、家で飲まなかったからといった。私たちが泊ったのは、安房鴨川にいる友人の近藤啓太郎が紹介してくれた、太海の吉岡旅館であった。画学生、絵かきさん相手に始めた宿屋で、宿賃も安くしてあったから、助かった。

朝早く出発した次男たちは、車のなかで朝ご飯のおにぎりを食べ、お昼はドライブインで何か食べたのだろうと話す。鈍行の電車で太海へ行ったわれわれは、いつも駅弁を買って車内で食べたものであった。向い合せになった座席に坐ることは少なくて、普通の電車の座席で食べました、途中でアイスクリームを買って食べるのが楽しみでしたと、妻がいった。三人の子供は、みんな太海の海で泳ぎを覚えた。お宮さんの下の浜に泳ぎ場があった。東京から来ているような客は殆どいなくて、その浜で泳いでいるのは、地元の村の子供らであった。

伊豆は二日目。次男たちは去年は二日目にバスに乗って海水浴場のある戸田《へだ》まで泳ぎに行った。そこは宿のある海岸と違って、人出が多い。海の家なんかもある。お昼に店で何か食べて、お八つにかき氷か何か食べたら、帰りのバス代が足りなくなり、宿のある海岸まで歩いて帰った。フミ子がよく歩きましたといっていたから、春夫は次男が抱いて歩いたのだろう。

「バス代くらい残しておけばいいのに。ぎりぎり財布に入れて行くからそんなことになったのね」

と、去年のことを思い出して、妻がいった。

一日海で泳いだあとだから、バスに乗らないで歩いて帰るのは大へんだったろうと話す。

裏の通り道の花壇に南足柄の長女が植えた百合が一本、伸びて来て、先に細長い蕾を三つ着けた。それがお辞儀をして三つとも下を向いて垂れている。そのうちの一つが三日くらい前からオレンジ色になった。

福岡に上陸して日本海を北上するという台風10号の余波で、風が強い。妻は「支えをしてやらないと倒れる」といって、どこかから細い竹の棒を一本探して来て、そばに立てて、紐で結びつけてやった。これで大丈夫だろう。何という名前の百合なのか知らない。今度、長女が来たら、尋ねてみよう。

今日は次男一家が伊豆の海から帰って来る日。妻は「西瓜を買って、冷蔵庫に入れておいて上げる」という。宿屋で朝ご飯を食べてから出発するのだろう。夕食は外で食べて来ますとミサヲちゃんがいっていたと妻はいう。

妻は恵子ちゃんのロンパースを仕上げて、持って行ってやる、涼しくなると着られなくなるからという。

午後、妻がミサヲちゃんの冷蔵庫に入れておく西瓜を買いに市場の八百清へ行った留守に電話がかかる。

「帰りました」

とフーちゃんの落着いた声。

「お帰り。海で泳いだの？」

うん、とフーちゃんはいう。

「くたびれた？」

くたびれないというフーちゃんの返事。

「こんちゃんが西瓜持って行くからね」

といっておく。

妻は西瓜をさげて帰り、電話がかかったことを話すと、驚いて、

「こんなに早く帰ると思わなかった」

という。

二人ですぐに西瓜を持って「山の下」へ。庭から入って、縁に坐って次男から伊豆の話を聞く。次男は黒くなっている。フーちゃんも日に焼けた。春夫は全く日焼けしていない。フーち

ゃんは妻から貰った「ぬりえ」を見ている。

次男の話。往きはお昼、ほっかほっか弁当とマクドナルドのハンバーガーを買って、防波堤の見えるところで食べた。

お酒は？　行く前に紙パックのお酒を買っておいて、家に置き忘れた。向うの酒屋で買った。

食事は部屋へ自分たちで運んで、部屋で食べる。料理は？　特別料理の舟に乗せたお刺身を取った。宿の主人が船を持っている。去年は漁に出られなくて、刺身が食べられなかったが、今年はたっぷり食べた。手長海老もあった。

二日目、海水浴場のある戸田の浜へ行った。泳いでいたら雨が降って来て、ビーチパラソルの下に入った。雨がひどくなり、パラソルから漏った。フミ子が「さむい」といい出した。泳ぐのを諦めて帰って来た。

花火を持って行った。伊豆へ行く前、お酒を買いに行ったら、酒屋で花火を二つくれた。それを持って行って、夜、花火をして遊んだ。海にくらげがいた。フミ子が刺された。……

妻は恵子ちゃんのロンパースと西瓜を持ってあつ子ちゃんの家へ行く。あつ子ちゃんは留守。鍵で戸を開けて、西瓜を冷蔵庫に入れていたら、あつ子ちゃん帰る。あつ子ちゃん、恵子ちゃんのロンパースを貰ってよろこぶ。その前、次男のところで、妻が恵子ちゃんのロンパース縫ったというと、フーちゃん、「見せて」という。見せると、「かわいい」といってよろこぶ。

妻が次男のところへ戻って話していたら、あつ子ちゃん、恵子を抱いて来る。フーちゃんが両手を顔の前へ持って来て、

「いないいないバァー」

をすると、恵子ちゃんは声を立てて笑う。

フーちゃんは、いつもあつ子ちゃんのところへ来て、恵子ちゃんを遊ばせてくれる。それで、次男一家が伊豆へ行っていた間、恵子ちゃんは窓のところから「うー」と大きな声を出して、家にいないフーちゃんを呼んでいましたとあつ子ちゃん、いう。

十日（明日）に南足柄の長女と小田原へ海水浴に行くことを妻が話したら、ミサヲちゃん、「気を附けて下さい。無理しないで下さい」という。次男に病気して入院した年の夏に伊良湖岬の浜で泳いで以来七年ぶりだといったら、次男は驚いていた。

八月十日。小田原海水浴の日。いい具合に天気がよくなる。10時5分向ヶ丘遊園発のロマンスカーで出発。小田原駅前に長女が迎えに来てくれ、車で御幸ヶ浜へ。車中、長女は南足柄の山の住宅グリーンヒルの金太郎祭で、長女ら四軒でラーメンを担当、二百五十食を売って大成功であったという話をする。なぜ金太郎祭かというと、長女の住む山から金太郎が産湯をつかったといわれる夕日の滝までは、「朝めし前のドライブ」で行って来られる近さなのである。

丼を買う、ラーメンを仕入れる、だし作り、すべて四軒で引受けた。ほかにます酒を売った。これも大当りであった。大きな声を出してお客の呼込みをやったので、声がかれたという。御幸ヶ浜へ着くまで長女はラーメンとます酒売りの話をしていた。まだ少し声がかれている。

御幸ヶ浜では海の家に入る。長女の持参したビーチパラソルを石ころばかりの浜に立てて、これも家から持って来たござをひろげて、そこで寛ぐ。天気がよくて、人出が多い。長女と並んで準備体操をして海へ入る。この海は遠浅でなくて急に深くなるので、妻は用心して浜で見ているだけにする。

はじめ水が冷たく思ったが、入ってみたら冷たくない。

大きな波が次々と来て、入るとき少し難儀した。一度は大波に巻き込まれて、倒され、波打際にころがされた。これには驚いた。子供のころから海で泳いでいて、こんな目に会うのははじめて。長女があとで、

「お父さん、もう上るといわれないかと思ってはらはらした」

といった。七年ぶりの、七十歳を越えて最初の海水浴で、こちらも少し堅くなっていたのだろう。手荒い歓迎に会った。

沖の方へ出て行って、泳ぐ。小学六年生の臨海学校で八キロの遠泳に合格しているから、海で泳ぐのは何でもない。ただ、七年ぶりということで用心した長女が浮輪を持って、ついて泳

いでくれる。上るときは、二回続けて波に乗って岸へ進んだが、もう背が立つかと思って立ってみて、背が立たなくて少し慌てた。ここの海は、波打際からいきなり深くなっているから、初心者には危ない。

午後の二回目は、様子が分ったので、海に入るときも上るときも、うまく行った。長女についてもらって沖の方へ出て、よく泳いだ。

妻が海の家に置いて来たお弁当の包みを取って来て、パラソルの下で食べる。長女が作ってくれたお弁当。鱈子とかつおぶしの海苔巻二つ、家で飼っているちゃぼの卵のだし巻、ソーセージ二つ、小さなビーフカツレツ一つ、漬物。みんなおいしかった。別に長女が親しくしている那緒《なお》さん（染織工芸家の故宗広先生の夫人）から頂いた宗広先生の郷里の岐阜の郡上八幡の、人が入らない川でとれたという鮎の塩焼が附いていて、三人で分けて食べる（これもおいしい）。それとウーロン茶。二回目に泳いだあとは、お八つにする。長女がコーヒーゼリー、クッキーの箱を出してくれ、ミルクティーといっしょに食べる。おいしい。あとはござの上で昼寝。長女が「これ、枕にして」といい、タオルをまるめたのを置いてくれる。ござの下は石だが、背中は少しも痛くない。

早目にパラソルを畳み、ござを片附けて、海の家へ引きあげ、シャワーを浴びる。海の家が駐車場にさせてもらっている近くのお寺まで行って車を取り、小田原駅へ。長女に礼をいって別れる。

長女が何もかも準備してくれたおかげで、七年ぶりに海につかることが出来た。七年前に脳血管の病気で入院したときの、車椅子なしではどこへも行けなかったことを思えば、海水浴ができる日が来るなんて夢のようだ。あのとき、南足柄ではいま小学二年の正雄がまだ乳飲み子であった。その子を背中におぶって長女は、私が入院している二月ほどの間、南足柄から電車を乗り継いで川崎市の病院まで毎日、通って、看護の妻を手伝い、励まし、妻の片腕になってくれた。

御幸ヶ浜では、海へ入るときも上るときも、長女が誘導してくれた。泳いでいるときは、「疲れたら、浮輪につかまって休んで」といった。こちらが「もう戻ろう」といったら、「もう少し泳ぎましょう」といったりした。

二回目、泳いだあと、長女だけ「もう一回泳いで来る」といって、沖の方へ行って泳いでいた。昔、子供のころ、家族で泊りがけで行った外房の太海海岸で泳ぎを覚えた長女は、まるで海べで大きくなった子のように楽々と泳ぐ。また海で泳ぐのが好きなのである。家に帰ってから妻がいった。

「なつ子が泳いでいるのを見ると、頭が潜望鏡みたいに水の上に出ている。どこで泳いでいるのか、すぐに分る。たいがい頭が斜めに水にくっつくくらいになるものなのに、なつ子の頭は、まっすぐ上を向いて、立っているの」

何遍もそういって感心していた。

裏の通り道の花壇の、一本だけ伸びている百合の先の垂れ下った蕾のオレンジ色が濃くなっていたのが、今日（八月十二日）咲いた。妻は提燈みたいなといったが、細い五弁の花びらが反り返って、ちょっと面白いかたちの花。何という名前の百合だろう？


夕方、妻は「山の下」のミサヲちゃんへ西瓜の四分の一に切ったのとトマトを持って行く。ミサヲちゃんが電話で話していたので、「なつ子と？」と訊くと、「おとなりです」

長男夫婦は今日から南足柄の長女のところへ泊りがけで行っている筈なので、驚いた。「恵子ちゃんが熱を出したので、あつ子ちゃんは行くのを止めたんです」という。長男だけ行った。で、妻は持って来た西瓜を割って、トマト二つと持ってあつ子ちゃんのところへ行く。

フーちゃんと春夫に乳酸飲料を一つずつ渡す。春夫は自分のを飲んでしまって、もう一つ欲しがった。フーちゃんは、まだ半分しか飲んでいない自分の壜を春夫に渡した。

「山の下」から帰った妻の話。「フーちゃん、ドリトル先生の本、二回読んでもらって、大好きなんだって。気に入りましたとミサヲちゃんがいっていた」

妻は、帰って来るなり、いちばんにドリトル先生の本のことをいった。よかったなと二人でよろこぶ。七月のフーちゃんの六歳の誕生日に、ワンピースや傘といっしょに『ドリトル先生物語』の本を上げたのである。「沼のほとりのパドルビー」のジョン・ドリトル先生の本を読んでもらって、フーちゃんがドリトル先生が好きになったと聞いて、うれしい。こうなると、早く次男のところにある、岩波の井伏さんの訳でロフティングの絵の入った本をフーちゃんに読ませてやりたい。


夕方、妻が買物に出たあと、いつものように図書室の窓際のベッドで本を読んでいたら、

「こんにちは」

と声がして、次男とフーちゃんが部屋へ入って来たから驚いた。

「お盆のお参りに来ました。誰もいないのかと思った」

という。庭へ来て外から呼んだらしいが、聞えなかった。

書斎へ行き、父母の写真を置いてあるピアノの前に次男とフーちゃんが並んで、お参りしてくれる。フーちゃんは手を叩いた。前にフーちゃんを連れて次男がお参りに来てくれたとき、こんなふうにフーちゃんが手を叩くと、次男は「パンパンしないの」といった。神社の拝殿の前で拝むときには「パンパン」するけれども、「山の上」のピアノの前では手を合せるだけで「パンパン」はしないということを教えたのだが、フーちゃんにはまだその区別がつかないら

しい。「山の下」の長男も次男も、春と秋のお彼岸とお盆にピアノの前へお参りに来てくれる。

書斎で次男の話を聞く。伊豆の写真を持って来てくれた。幼稚園の夕涼みの会のも三浦半島の武山の海岸へ泳ぎに行ったときのもある。戸田の海水浴場のある砂浜で、フーちゃんと次男が波打際の砂を掘ってお池を作っているところ。ビーチパラソルの下でカップラーメンを食べているところ。行きがけ、防波堤の近くでミサヲちゃん、フーちゃん、春夫がお昼弁当を食べているところ。

二日目、海水浴場のある戸田海岸へ行ったときのことを訊くと、はじめのうちは泳げたという。そのうち雨が降って来て、ビーチパラソルの下で雨宿りをした。雨がひどくなったので、泳ぐのを諦めて宿へ帰った。

宿賃の半額は会社が負担してくれる。子供の食事は、子供と幼児食と二つある。フーちゃんは、はじめ「子供」にしたが、春夫の「幼児食」がお子さまランチでおいしそうなので、二日目から幼児食にしてもらった。

次男が伊豆の話をしている間、フーちゃんはソファーの次男の横にいて、来がけに道ばたで摘んで来たねこじゃらしを持って、穂の先でお父さんの顔や肩をくすぐっていた。フーちゃんの前歯の下の歯が二本、抜けている。乳歯の生え替りである。ほかにもう一本、ぐらぐらしているのがある。

「今日、虎の門へ行って来た。血圧、よかった」

というと、次男よろこぶ。七年前に病気入院してから、毎月一回、妻についてもらって入院していた虎の門病院梶ヶ谷分院へ診察を受けに行く。担当の関先生が血圧を計ってくれて、薬を貰って来る。

そばで聞いていたフーちゃん、

「けつあつって、なに？」

と訊く。

次男が咄嗟にどういって説明したものか分らなくて、口ごもっていたら、

「しょっぱいもの食べると、なるの？」

というようなことをフーちゃんが訊いた。次男は今は何ともないが、前に血圧が高かったことがある。それで、ミサヲちゃんが血圧を考えて、毎日の食事に塩気を控えるようにしているらしい。しょっぱいものを食べない方がいいというようなことが、食卓の会話に出ることがあるのだろう。それをフーちゃんが聞いているから、

「しょっぱいもの食べると、なるの？」

といったのだろうか。賢い子だ。

「もうすぐ帰るから」

といっていたら、妻が買物から帰って来た。フーちゃんはひらき戸を開けて妻が入って来るのを窓から見て、勝手口へ迎えに行く。

「こんにちは」とフーちゃんがいうのが聞える。妻はよろこび、フーちゃんを抱き上げる。

「お盆のお参りに二人で来てくれた」

とこちらは出て行って妻に話す。妻は次男に「有難う」といい、急いで六畳に机を出して、桃を切る。市場の八百清で買った山梨のおいしい桃。次男は一口食べて、「甘い」といってよろこぶ。フーちゃんには乳酸飲料も一つ上げる。

次男の話。会社の同僚から丹沢にいいキャムプ場があることを聞いていた。今日、休みで、お昼御飯を食べにそこへ行くつもりで朝から出かけたら、東名高速の入口に20キロ渋滞と出ていたので止めて、多摩川へ行った。河原でコッフェルでボンカレーをぬくめて、持って行った御飯にかけて食べた。あと、河原の小石を拾って投げて遊んで、帰って来た。このところ、大船に新しく出すレコード店の準備のために忙しくて、夜、十二時前に家に帰ったことが無いので、久しぶりに休めてほっとした。

書斎にいたとき。フーちゃんに「ドリトル先生、読んでもらったの?」と訊くと、うんという。「面白かった?」力をこめて「うん」とフーちゃんいう。次男がそれを聞いていて、「フミ子、ドリトル先生が気に入って……」といい、「何回読んでもらった?」と訊く。フーちゃん、指を二本出して、「二かい」といった。

「小学校へ行くようになったら、岩波の井伏さんの訳を読ませたらいいね」

と次男にいったら、次男も、

「井伏さんの訳を」

といった。

桃を食べる前、フーちゃん、ぬりえをする。あとで妻がそのぬりえを見せて、「うまくぬってある」という。前にかいたぬりえと比べてみると、丁寧に塗ってあるのが分った。次男が藤棚の藤のつるを見て、「少し延びている」といい、屋根へ上ってつるを切ってくれた。これは桃を食べる前のこと。

福岡の重松泰雄さんから送ってくれた壱岐のウニの瓶を出して、箸の先につけたのを次男になめさせてやる。次男、「おいしい、おいしい」という。重松さんは、昔、九州大学の東洋史学科にいたころに教わった東洋史の重松俊章先生の子息である。近代文学が専門で、お父さんのいた九州大学で国語を教えていて、定年で退官されてからは別の大学に勤めておられる。今年一月に出た私の『葦切り』(新潮社)の書評を或る雑誌に書いて下さった。そのお礼のつもりで五月に出た『鉛筆印のトレーナー』をお送りしたら、今度、丁重なお手紙といっしょに近頃評判がいいという壱岐のウニを送って下さった。

長男のところと分けるようにといって、新しい箱入りのを一つ、持たせてやる。「これで初孫飲んだらおいしいよ」といって。「初孫」は私のところと次男のところで愛用している山形の酒。

書斎で伊豆の話を聞いていたとき。宿の食事のことを話していた次男が、「手長海老がおいしかった」というと、フーちゃんは、「フミ子、食べなかった」といった。ちゃんと二人の話を聞いている。次男は、

「これは子供に食べさせるのは勿体ないといって、大人だけ食べた」という。フーちゃんは、手長海老が食べたかったのかも知れない。

妻は郵便局で貰った赤いプラスチックの貯金箱をフーちゃんに上げた。「お孫さんに」といって窓口の古い馴染の女の人が二つ、くれた。五百円玉を入れて、一つを南足柄の長女の末子の正雄に上げた。鍵が附いている。フーちゃんは妻から貰って気に入ったらしく、「山の上」にいる間、放さなかった。

西瓜と荻窪の井伏さんから頂いた甲州下部の源泉館の鉱泉水の壜と重松さんのウニを次男に持たせて帰る。フーちゃんは鉱泉水の壜が一本と赤い貯金箱の入ったポリ袋をさげて帰る。次男に「有難う。フーちゃん連れてまた来てくれ」という。

三

裏の通り道の花壇の百合の二つ目の蕾が開いて、賑やかになった。

七月のフーちゃんのお誕生日に長男が「山の下」から持って来てくれて玄関の石段に並べた鉢植のトレニアがひとつ咲いた。スイートピーに似た青い小さな花。

十時半ごろ、南足柄の長女夫婦が東京西片町のお父さんのところへ行く前に末の子の正雄を連れて寄ってくれた。「山の下」へまわって、長男も一緒に来る。長女とは八月十日の小田原海水浴以来なので、「この間は有難う」と礼をいう。

「もう一回泳ぎに行きたいね」

と長女いう。

妻は午前中に作ったお盆のかきまぜ（亡くなった私の母から教わった阿波徳島風のまぜずし）の「山の下」二軒の分を長男にことづける。長男は書斎のピアノの上に置いた父母の写真の前でお参りをする。昨日の夕方は、次男がフーちゃんを連れて来て、二人並んでお参りしてくれた。

夕方、妻はいつも畑で丹精した薔薇を届けて下さる近所の清水さんにかきまぜを届ける。清水さん、玄関に活けてあった花を全部抜いて下さり、お国の伊予から届いたメロンを下さる。「固くて、瓜みたいなの」といいながら。かきまぜをよろこんでくれた。

去年結婚して田園都市線宮崎台のマンションにいる圭子ちゃんがおめでたで悪阻がひどいので、清水さんは泊りがけで手伝いに行っていたという。妻から圭子ちゃんのおめでたのこと聞いてよろこぶ。結婚したのが去年の秋で、その後ずっとおめでたの知らせがなくて、妻と二人で気にしていたので。

夕方、ミサヲちゃんからかきまぜを貰ったお礼の電話がかかる。長男が夕顔の鉢をひとつ持って来て、玄関の石段のトレニアの鉢を並べた下に置き、水をやってくれる。今日来た南足柄の長女から「山の上の園芸係を命じる」といわれたと妻に話す。「山の上」は私たち夫婦の住む家の愛称。

長女の話では、会社の夏休みをとった宏雄さんは、近所の磯崎さんの車で磯崎さん父子と一緒に「行方定めぬ旅行」に出かけ（十日出発）、今年は日本アルプスの近くをまわって来たという。末の子の正雄を連れて行った。車の中で寝泊りして宿屋には泊らない旅行である。

送り盆。昼前、門のところでフーちゃんらしい声が聞えた。「山の下」のあつ子ちゃんとミサヲちゃんがそれぞれ子供を連れて、お盆のお参りに来てくれた。フーちゃんは一昨日、次男と一緒に来たのに続いて二回お参りに来てくれた。ピアノの前で揃ってお参りしてくれた。西瓜を切って、お茶にする。恵子ちゃんも西瓜を少し口に入れてもらう。恵子ちゃんはひとりで立って四歩ほど歩くようになった。あつ子ちゃんは、「部屋の端から端まで歩きます」という。

お茶のあと、フーちゃんは図書室へ妻と行って、机に向って坐って、「ぬりえ」をする。春夫はバットを持って振りまわす。妻は窓際のベッドに腰かけて、「ぬりえ」に熱中するフーちゃんをクレヨンで写生する。うまくかけた。「ふうちゃん」とかき入れる。それからフーちゃんの「ぬりえ」を見て、花まる印をつけて上げる。その「ぬりえ」をフーちゃんが持って帰りたいというので、「ぬりえ」の帳面ごとフーちゃんに渡した。

妻は「山の下」までみんなを送って行く。フーちゃん、たんぽぽにとまった紋白蝶をつかまえる。すぐに逃がしてやる。そのあと、しじみ蝶を探しながら歩いた。

夜、妻が昼間のことを話す。お茶にするとき、フーちゃんに「手伝って」といった。レースの前かけを締めてやって、グラスに入れた氷を食卓のみんなのコップに二つずつ入れてというと、フーちゃん、「分った」という。「その上へお茶を注いで」というと、「分った」。よく手伝ってくれた。

妻は、「お盆に内孫が三人、勢揃いした」と二回くらいいう。「お父さんもお母さんもよろこんで下さったでしょう」という。

長男が泊りがけで南足柄の長女のところへ行った日、風邪で熱を出して行けなくなった恵子ちゃんも、元気になる。「ボール持って庭を五、六歩、歩いた」と妻はいった。

その翌日、妻は清水さんのために縫った、飾りひだをとった夏のワンピースを届ける。電話をかけておいて行く。四階へ上る階段の途中で清水さんに会う（清水さんは近くの西三田団地に住んでいる）。リボンをかけた箱を見て、「何ですか」と問う。妻は自分の着ている、飾りひだをとった夏のワンピースを指す。清水さん、よろこぶ。

裏の通り道の花壇の百合の三つ目の蕾がオレンジ色になって、ふくらみ、今にも咲き出しそうだ。「今日、咲くよ」といっていたら、夕方まで咲かなかった。

翌日、裏の花壇の百合の三つ目が咲いた。しおれていた一つ目の花を妻が切った。

朝食のとき、妻は「この夏、いままでにワンピースを十一枚縫った」といい、「川口さん、はる子ちゃん、あつ子ちゃん、ミサヲちゃん」と数えてゆく。フーちゃんのは三枚縫った。清水さんのワンピースは、一昨日、裁って、昨日、縫い上げて届けた。二日で出来た。

妻は南足柄の長女の二着目のワンピースにかかり、一日で縫い上げた。黄色の生地で、ゆったり目に作った。

妻の誕生日。午前、南足柄の小学二年生の正雄から、

「お誕生日、おめでとう」

という電話がかかる。妻はうっかりしてフーちゃんだと思って、「今度また服縫って上げるからね」といったら、次に出たのがミサヲちゃんでなくて、長女で、

「お祝いに来られなくてご免ね」

といった。

去年の妻の誕生日には、長女が南足柄から正雄を連れてお中元に貰った商品券や自分で焼いたアップルパイなどのお祝いを持って来てくれた。向ヶ丘まで漢方薬を買いに出かけた帰りの妻と向ヶ丘遊園の駅でぱったり会い、一緒に家へ来た。

フーちゃんでなくて正雄の声であったのに気が附いた妻が、

「ごめんね。もう一回正雄出して」

といった。

その前、長女が、「正雄が生田へ行きたくてたまらない。手紙にはこんちゃんの似顔絵がかいてあるけど、それだけでは顔を忘れてしまうからといっている。二十八日に行きます」といった。

で、正雄に代ってもらった。

「お出で。おもちゃ屋さんへ行こう」

といったら、「うーん」という。

「欲しいもの、ある?」

「いっぱいあるよ」

「何がいいか、考えておきなさい」

と妻はいった。

妻は、正雄のいったことを話して、「正雄あんなにいうけど、市場のおもちゃ屋へ連れて行ったら、気をつかうの。なつ子に、高いものは駄目よといわれているから、遠慮して値段の高いものはいわない。これでいいのと訊いたら、これがいいのというの。気をつかっているの」という。

長女の電話のあとへ清水さんが来る。この前、妻が上げた黄色のワンピースを着ている。妻はよろこんで、「美女が来た」といってこちらに知らせる。妻が呼ぶので、玄関へ出て行く。

いつも畑仕事をするのでスラックスにブラウスという仕事着でいる清水さんだが、ワンピースがよく似合う。

「お誕生日、ですね？」

と妻にいってから、プリン15個とフーちゃんにハンカチを下さる。パラソルをさして、きれいにして来られた。こちらはプリンとハンカチのお礼を申し上げ、「よく似合います」といった。

翌々日。夕方、妻は清水さんの贈り物のハンカチを持って「山の下」へ行く。「ミサヲちゃん」と呼んだが、しんとしている。庭に面した戸が網戸になっているので、近くにいることが分った。

お隣のマンションの二階の、春夫と同じ年の女の子のいるお母さんの部屋の前でミサヲちゃんの声が聞えた。踊り場で話していたが、階段を下りて来る。フーちゃんがいちばんに下りて来た。

「これ、清水さんからフーちゃんに頂いたのよ」

といって、リボンのかかったハンカチの包みを渡す。フーちゃんは階段の下に腰かけて、包みを開け、ハンカチを見て、

「かわいいー」

という。「クマのプーさん」の絵入りのハンカチで、五枚ほど入っていた。「クマのプーさん」なら、フーちゃんは前に次男に買ってもらった「プーさんの大あらし」のヴィデオでお馴染である。清水さんも「クマのプーさん」が好きで、子供が小さいころ、よく本を読んで聞かせたと話している。

お隣の女の子が来たので、妻は持って来た乳酸飲料をひとつ上げた。フーちゃんにも春夫にも上げる。ミサヲちゃんはハンカチを見て、「小学校で使えます」といった。フーちゃんが学校へ行くようになるまで仕舞っておくつもりなのかも知れない。妻はメモして来た清水さんの電話番号をミサヲちゃんに渡して、「お礼の電話かけておいてね」という。

お隣のマンションの、春夫と同じ年の女の子のうちでは、お父さんが夜働きに出る仕事（建設関係か）をしているので、昼間、家で寝ている。それで、お母さんが女の子を連れていっていつもミサヲちゃんのところへ来る。妻は、「いい人よ」といっている。

午後、居間で洋裁をしていた妻が、裁縫鋏の小さいのが見つからないといって探す。どこにも見つからない。妻は、「これはラジオを聴いて休みなさいということだ」といって、寝ころんでラジオ第二放送の「原書で読む世界の名作」の英国BBC放送のラジオドラマ、バーナード・ショウ「シーザーとクレオパトラ」を聴く。こちらは六畳で昼寝していた。

あとで「鋏、ありました」という。最後に鋏を使っていたときの状況を考えてみて、「ここにレースを入れた缶があって、ここにバイヤステープを入れた缶があって」と口に出してみた。で、そのバイヤステープの入った缶を開けてみたら、鋏があった——という。

夜、フーちゃんが「クマのプーさん」の絵入りのハンカチを清水さんから貰って、よろこんだことを妻が話した。それでひとつ思い出したことがある。あれは大分前のことだ。フーちゃんが二歳になったころだから、四年前になる。

或る日、「山の上」へ来たミサヲちゃんが次男が「クマのプーさん」のディズニーの三十分のヴィデオを買って来たことを私たちに話していたら、縫いぐるみの「クマさん」や「ウサギさん」を柿の入っていた箱の「バス」に乗せて押して遊んでいたフーちゃんが、

「かんがえる、かんがえる」

といった。何のことだか分らない。夕食のとき、その話が出た。確かに「かんがえる、かんがえる」といった。それは妻もはっきり聞いたという。何だろう？　次男が買って来たというディズニーの「クマのプーさん」のヴィデオに関係があることは確かだろう。ミサヲちゃんに尋ねてみよう。

翌日、妻が電話をかけてみた。ミサヲちゃんの話によると、次男が買って来たヴィデオは、「プーさんの大あらし」という題。その中に、風の強い日にプーさんが外へ出て考えごとをす

る場面がある。プーさんは分らないことがあると、よく考える。考えごとをする場所は決まっている。風をさえぎる木の下に窪みになったところがあって、いつもそこへ行って考える。そのとき、プーさんは「かんがえる、かんがえる」という。そこがフミ子は気に入っている。その場面のことをいおうとした。そこが好きなんです——とミサヲちゃんはいった。

これでフーちゃんがいきなり、「かんがえる、かんがえる」といった訳が分った。『クマのプーさん』はイギリスのA・A・ミルン作の童話で、石井桃子さんの訳した本（岩波少年文庫）が図書室の本棚にある。だが、「プーさんの大あらし」はディズニーのこしらえた話だろう。

別の日にミサヲちゃんにもう一度訊いてみたら、「かんがえる、かんがえる」というのは、語り手がいうのではなくて、プーさん自身が声に出していうのだそうだ。そこをフーちゃんはこの前、話そうとしたというのであった。清水さんがフーちゃんにといって下さったハンカチに「クマのプーさん」の絵が入っていたことを聞いて、二歳のときのフーちゃんを思い出した。

南足柄の長女から葉書が届いた。「来年の海水浴のプラン、諒解しました」とあるのは、この前、お盆の十五日に西片町のお父さんのところへ行く途中、寄ったとき、「来年は『山の下』の二軒も入れてみんなで海水浴に行きましょう」と長女がいったので、あとから葉書を出して、「みんなでとなると大仕事で、子連れの海水浴はあの海では無理だから、来年も今年のスタイルでひっそりとやってくれると有難い」と私が提案したことへの長女の返事である。

朝、「四つ目の百合が咲きましたね」と妻がいう。今日は咲くかと思っていた最後の蕾が咲いた。これで残ったのは、三つ目に咲いたのと新しく咲いたのと二つだけになる。

妻は八月二十四日の誕生日のお祝いの会に着て行く服を縫っていたが、うまくゆかなくて、何度もやり直した末に、結局、こんなときに急いではしくじるだけだと考えて止めることにして、ほっとしたという。このワンピースは、五年前に裁って、そのまま風呂敷に包んで仕舞ってあったものを引張り出した。どこを直したかというと、裾を長くした。次に袖口を解いてやり直して長くした。背中のファスナーが上の方についていたのを解いてつけ直した。これで大体直しは終ったが、まだいくつか細かな直しが残っていた。こんな調子で直しばかりやっていてはうまく行かない、失敗すると思って、止めることにした。止めると決めたら、ほっとした。

それで代りに何を着ていくことにしたか？　去年、もと宝塚歌劇団月組の剣幸さんのミュージカル「カラミティ・ジェーン」を見に行くときに縫った服を着ることにした。もう一着、去年の誕生日の会に着て行って、川口さんが賞めてくれた服があるけれども、去年と同じ服を着て行くのも気が利かないと思って、やめにしたという。

夕食後、清水さんが妻の誕生日に届けてくれたカスタードプリンを頂く。おいしい。

午前、葉書を出しに行った帰りの道で清水さんに会う。「この前は有難うございます」と妻の誕生日にお祝いのカードを持って来て下さったお礼を申し上げる。「フーちゃんにハンカチを頂いて有難うございます」というと、清水さん、「ミサヲさんとフーちゃんから電話がかかりました」という。カスタードプリンのお礼も申し上げた。

帰って妻にその話をすると、「圭子ちゃんにワンピース上げようと思うの」といった。南足柄の長女に上げるつもりで縫ったのを結婚して宮崎台のマンションにいる圭子ちゃんに上げることにして、長女には別の生地で飾りひだをとった夏のワンピースを縫うという。その生地を見せてくれた。

妻は清水さんに電話をかけて、「近いうちに圭子ちゃんのところへ行かれますか」と訊くと、今日これから栄一さんが車で行くという。

妻はワンピースを届けに行く。先日、清水さんから聞いた話では、圭子ちゃんはおめでたで、悪阻がひどくて何も食べられなくて弱っているという。そんなときにワンピースを貰ったら元気が出るだろう。清水さんは団地の建物の下で待っていてくれた。大へんよろこばれた。「フーちゃん、電話で何といいましたか?」と訊いてみると、「ハンカチ、ありがとう」といったという。妻は、「『クマのプーさん』のハンカチを見てフーちゃん、かわいいーといっていました」と清水さんに話した。

恒例の女組による妻の誕生日のお祝いの昼食会に妻は出かける。何年か前から、「山の下」のあつ子ちゃん、ミサヲちゃん、南足柄の長女、これに横浜市緑区の川口さん（妻と同じ女学校の出身で、家を新築して引越すまで、生田の近所の社宅にいて、よくお菓子作りの講習会をしてくれていた友人）も加わって、毎年八月の妻の誕生日に近いころにレストランに集まってお祝いの昼食会を開いてくれるのが年中行事になっているのである。今年の会場は小田原の一つ先の早川駅前のフランス料理店。川口さんが友達からこの店のことを聞いて、そこにしましょうということになったらしい。いつもはあつ子ちゃんが小田急沿線のどこかのレストランを会場に選んでいたのだが、今年はそんなわけで遠出になった。

10時5分向ヶ丘遊園発のロマンスカーで小田原へ。こちらは門の前に出て、坂を上って来たあつ子ちゃん、ミサヲちゃんにお礼をいって、見送る。長男と次男はそれぞれ休みを取って、家で子供と留守番をしている。

南足柄の長女は小田原でみんなを迎えて、車で早川駅前のフランス料理店ステラ・マリスへ案内してくれることになっている。そのために何日前かに下見をしておいてくれた。

帰宅してからの妻の話。このレストランはスペイン風の白い壁の建物。少し古びて落着いたたたずまいの店であった。ニスを塗った木の階段を二階へ上ると、海へ向って突き出た部屋があって、眺めがいい。従業員のサービスもいい。手長海老（この夏、伊豆の民宿で次男たちが食べた）やあこう鯛など海の幸の材料を生かした料理で、おいしかった。お皿が出て来る度にミサヲちゃんが嬉しそうな顔をして見ていたと妻は何度もいった。長女が「おいしいー」といった。

黒服の給仕長が来て、ひとつひとつ料理の説明をしてくれる。みんなきれいにして来ていた。ミサヲちゃんは前に妻が縫って上げたワンピース。淡い色の小花模様の服で、よく似合っていた。長女はこの会のために縫ったという服を着ていた。水色の、チューリップの花の模様の生地。川口さんは上等のジョーゼットのくすんだ鉄色の服。あつ子ちゃんは白地に水色の淡い模様入りの服。「お父さんと来ればいい」とあつ子ちゃんがいっていた。

ミサヲちゃんは向ヶ丘でロマンスカーに乗ったときから顔が輝いていたが、食卓では一皿出るごとに大よろこびしていた。あつ子ちゃんは長男と二人でときどきフランス料理を食べに行くけれども、次男のところはそんなことをしないので、ミサヲちゃんは格別、この日の昼食会が嬉しかったらしい。

妻が帰宅してから、夕方、長男と次男が二人がかりで台所の配膳台の大きなテーブルを運び込んだ。この前、長男が泊りがけで南足柄の長女の家へ行ったときに、宏雄さんと一緒に作った（本職の大工さんの小泉さんも来て手伝ってくれた）檜の立派なテーブル。宏雄さんと一緒に車に積み込んで長男の家まで運び込んだ。このときはまだ白木のテーブルであったが、長男がニスを塗り、乾くまで置いてあった。がっしりとしたテーブルで、台所によく合いそうだ。

フーちゃんと春夫がついて来た。次男の話では、ミサヲちゃんが出かけたあと、いつも泳ぎに行く潮見台のプールへ二人を連れて行き、帰って昼寝をしていたという。朝、約束の時刻にあつ子ちゃんとミサヲちゃんが前の坂道を上って来たとき、ミサヲちゃんに、「春夫、むずからなかった？」と訊くと、「行きたいといって泣きました」といった。フーちゃんは「行っていらっしゃい」といったという。

次男が春夫を車に乗せて帰ったあと、妻はフーちゃんを連れて買物に行く。こちらはフーちゃんと妻が並んで崖の道の方へ歩いて行くのを見送る。

妻がひとりで帰って来た。遅くなったので、「山の下」二軒分の西瓜を買って、フーちゃんを家まで送り届けて来たという。

妻の話。市場のおもちゃ屋へ行く。フーちゃんは店へ入るなり、さっさと欲しいものが置いてある棚へ行き、いちばんに「きらきらペンダント」というのを取った。キラキラしたものが附いたペンダント。ほかにもうひとつ取ってみたが、「よく考える」といって、三つ目に探し出したのが「セーラームーンのおみせ」。セーラームーンというのは、女の子。猫を飼っているらしい。

「テレビでみたの？」と訊くと、「ご本で見た」とフーちゃん。

「お友達のところで見たの？」

「フミ子のところにあるよ」

その「セーラームーンのおみせ」の箱に「うさぎちゃんのおへやもどうぞ」と書いてある。うさぎちゃんというから、うさぎかと思ったら、金髪の女の子。セーラームーンのお友達である。（これは違っていた）そういう読物があって、子供に人気があるらしい。

「セーラームーンのおみせ」を買ってもらって、フーちゃんは大満足。次にスーパーマーケットのOKへ行くというと、フーちゃんは買物の包みをさげて先にOKの方へ走って行った。OKで西瓜を買う。これから家へ帰って食べていたら遅くなるので、「山の下」まで西瓜をさげてフーちゃんを送って行くことにして、あつ子ちゃんのところにも西瓜の四分の一のを買った。フーちゃんはプールで泳いでくたびれているのか、すぐに石の上に腰かける。お昼寝したあと、お八つを食べていないのだろう。

妻の話を聞いて、

「読売ランド前へ引越したら、もうそんなこともしてやれなくなるから」

といったら、妻は、

「そうね。でも、引越したら、泊りがけでフーちゃん、来させるからいいわ」

という。学校が夏休みになれば、泊りがけで来るという手もある。次男の一家が十月の末ころに読売ランド前の丘の上の住宅へ引越したら淋しくなるという話は、あまり口に出さないようにしているが、妻はもうそんなことを考えているのが分った。これまでは歩いて五分もかからないところにいた次男の一家が引越してしまえば、今までのようにフーちゃんを家へ連れて来て、妻がままごと遊びの相手をして遊ばせたり、今日のように市場のおもちゃ屋へ一緒に行って、おもちゃを買ってやるというようなことも出来なくなる。それを思うとさびしいが、引越すといっても電車で一駅先のところへ行くので、遠方ではない。

書き落していたが、次男が帰るとき、春夫が跣で玄関を出ようとする。「靴、どうした？」といっても、何もいわない。「跣で来たのか？」と訊いても、いわない。次男がフーちゃんに「フミ子、春夫はだしで来たのか？　何も履かないで来たのか？」と訊いたが、フーちゃんもよく知らない。次男は仕方なしに春夫を抱いて行って車に乗せた。あとで妻は勝手口に春夫のゴム長が脱いであるのを見つけた。

妻がフーちゃんに「プールで浮輪で泳いだの？」と訊いたら、「ビート」といった。ビート板というのがあって、これをもってばた足で泳いだということだろう。いつまでも浮輪につかまっていては泳げない。そのうちビート板なしで泳げるようになるだろう。もともと泳ぐのが好きな子だから。

夜、妻の話。早川駅前のフランス料理店での昼食会のときに、あつ子ちゃんからフーちゃんが恵子の世話をよくしてくれるので、恵子はフーちゃんが来るとよろこぶという話が出た。とてもよく世話をしてくれる。そこで恵子は居間の窓から次男の家の方を向いて、「フー、フー」と大きな声を出して呼ぶのだそうだ。

翌日、妻は春夫が置いて行ったゴム長を「山の下」へ届けに行く。昨日の昼食会のお礼の手紙といっしょに。ついでにフーちゃんを連れて帰って来る。

書斎にいたら、門のところでフーちゃんの声がして、妻とフーちゃんが入って来るのが窓から見えた。フーちゃん、庭へまわって、「こんにちはー」という。

妻とフーちゃんは、家へ上るなり六畳でフーちゃんのさげて来た「セーラームーンのおみせ」を作りにかかる。これがなかなか手間のかかる仕事だ。先ずビニール細工をちぎる。これが「おみせ」の模型のようなものなので、そこへ別の紙に附いているシールを剝がして、それぞれの場所に貼りつける。おにぎりなら、海苔のシールを巻き、サンドイッチなら、サンドイッチのシールを貼りつける。細かな手先の、それも根気の要る仕事なのだが、フーちゃんは手順を心得て、落着いて丹念に一つ一つ片附けてゆく。妻はときどき説明書を読みながら作ってゆく。指先がよく動かないと出来ないおもちゃであった。こちらはそばに立って見ている。

ときどき、妻は、

「もうちょっとよ。もう少しで出来上りよ」

とフーちゃんに声をかける。たっぷり三十分はかかっただろうか。その間にこちらは葉書を出しにポストまで行く。玄関へフーちゃんが送りに来る。葉書を出して帰ったら、二人は出来上った「セーラームーンのおみせ」を眺めていた。「おみせ」の中には本棚に本が並んでいる。文房具もある。パンもサンドイッチもある。ラーメンもある。セーラームーンがここへ来て、買物をしてゆくという仕組になっている。

人物はセーラームーンを入れて四人いる。金髪の女の子や茶色の髪の女の子がいる。一人だけ、目の吊った男の子がいる。フーちゃんは、この子を「どろぼう」にしようという。妻は「どろぼう」を動かして店の外でうろうろさせ、中へ忍び込もうとする。それをフーちゃんが何か強い者に「変身」して、追っぱらう。それでいて、あとでみんなが戸外でピクニックをするとき、フーちゃんは、店の外にひとりだけいる「どろぼう」におにぎりやサンドイッチを運んでやったりする。

それからフーちゃんは、このおもちゃを全部持って書斎へ行く。もと長女のいた部屋のベッドに寝かせてある人形のリリーちゃんも連れて行き、いつものように私の机の下に入り込む。ここがフーちゃんの好きな場所だ。座布団やクッションを入れて、リリーちゃんを座布団の上に寝かせる。今度は妻に頼んでリリーちゃんの髪をうしろでリボンで括ってもらって、リリーちゃんに鉄棒の逆上りなんかをやらせる。

妻がフーちゃんに、「アイスクリーム食べたい?」と訊くと、「食べたい」という。フーちゃんは時間を気にして、食べる間も惜しんで遊んでいた。そんなことをして遊んでいるうちに帰る時間になった。妻はミサヲちゃんに電話をかけて、「これから片附けて、帰ります」という。

「セーラームーンのおみせ」を作るのから始まって、あとは六畳から書斎へ場所を移してたっぷり遊んで、妻がフーちゃんを家まで送って行った。九時半ごろから十二時前まで遊んでいた。

妻が帰って来て、「久しぶりにフーちゃん、遊ばせてやった」といってよろこぶ。

フーちゃんが「セーラームーンのおみせ」のシールを貼っているとき、

「ドリトル先生、面白い?」

と訊くと、

「うん、面白い」

といった。力をこめて、「面白い」と答えた。それを聞いて、こちらも満足する。

あとで妻が話したところによると、もと長女のいた部屋で、今度南足柄から長女が連れて来る正雄に買ってやった、フーちゃんに上げたのと同じ『ドリトル先生物語』（ポプラ社）の本をフーちゃんに見せたら、フーちゃんは嬉しそうに本を見ていたという。フーちゃんに上げたのは、七月のフーちゃんの誕生日の前に成城の江崎書店で、正雄に上げるのは新宿の紀伊国屋で買った。

妻が「山の下」からフーちゃんを連れて来るとき、ミサヲちゃんは、「明日から氏家へ行く支度をするので」といい、また、「フミ子がいないと春夫が遊ばないでしょう」とフーちゃんにいって渋ったが、妻は構わずに連れて来た。氏家は、ミサヲちゃんの両親、お姉さんのいる栃木の実家のあるところ。ときどき、ミサヲちゃんは子供を連れて帰る。九月一日か二日までいる。いつもはミサヲちゃんが子供を連れて先に行って、帰るとき次男が迎えに行くのだが、今度は会社が忙しいので次男は迎えに行かないという。

「フーちゃん、連れて来てよかった。いつも春夫の相手ばかりさせられていて可哀そう」と妻はいう。ミサヲちゃんは、フーちゃんに春夫の面倒を見てもらうと楽だから、どうしても春夫をフーちゃんに押しつけてしまうことになるのだろう。これは仕方がない。それだけフーちゃんが役に立つ子なのだから、ミサヲちゃんが頼りにするのも無理はないと妻はいう。

朝、もうミサヲちゃんたち行ったころかなと妻と話す。いつも氏家へ行くときは、新宿を六時半ごろに出る電車に乗って行く。これだと氏家まで乗換なしで行ける。ゴルフをしに行く客のための急行だというのだが、どこ行きなのか知らない。

九時十分ごろ、電話がかかる。妻が待っていましたというように行って、受話器を取ると、フーちゃんの声で、

「ふみこ、です。いま、着きました」

ミサヲちゃんに代って、妻は「皆さんによろしく」という。ミサヲちゃん、「春夫が電車をよろこんでいました」といった。

妻は南足柄の長女の、飾りひだをとったワンピースを縫い上げる。「仕立て栄えのする生地です。これで十四枚目です」という。明後日（八月二十八日）、正雄を連れて来るので、そのとき渡してやる。

南足柄の長女が末の子の小学二年の正雄を連れて来る。正雄が、「こんちゃんの手紙もらって、似顔絵は見るけど、本当の顔を見ないと忘れてしまう」といって生田へ来たがっていたと長女がいう。妻は長女宛の手紙を書くとき、いつも終りにサイン代りに自分の似顔絵をかくのである。正雄が「にんにくの大ぼうけん」の絵物語をかいて贈ってくれたときのお礼の手紙な

んかにも似顔絵のサインを入れる。この前、正雄のくれた葉書に、

「こんちゃんの好きなものは何ですか」

と書いてあった。その返事に、

「こんちゃんの好きなものは、『にんにくの大ぼうけん』のつづきを読むことです」

と書いた。

正雄は今日は「にんにくの夏休み」をかいて持って来てくれた。読んでみると、にんにくは夏休みになって、大よろこび、「やったー」と叫ぶところから始まる。早速、友達のトマトとなすの二人に電話をかけて、一緒に海へ行くという話である。

海へ来て、にんにくとトマトとなすは舟を出して釣りをする。トマトが釣竿を引くと、あじがかかる。なすが引くと、さんまがかかる。にんにくがぐいと引くと、たいがかかる。そこへ大波が来て、にんにくはさらわれる。トマトとなすがロープを投げる。にんにくはロープにつかまって舟に上る。「やったー」といって三人よろこぶ。

最後のページは、にんにくがベッドに寝て、「明日もねぼうできるぞ」といって笑っているところ。面白い。長女の話を聞くと、学校から貰って来た紙に、「夏休みは早寝早起きをしましょう」と書いてあったが、夏休みこそ遅寝遅起きできるときだから、いいよ、いいよといって、朝寝坊することにしたという。「にんにくの夏休み」の終りのページには、朝寝坊ができ

るよろこびが溢れていたわけである。

正雄に妻がこの前、紀伊国屋で買った『ドリトル先生物語』を渡すと、包みを開けるなり、

「あ、ドリトル先生」

といってよろこぶ。南足柄の家にも、ドリトル先生の本が何冊かあって、正雄はお母さんに読んでもらっていた。正雄もドリトル先生が好きらしい。

昼前、妻は正雄を連れて藤屋へサンドイッチを買いに行く。正雄に市場のおもちゃ屋でプラモデルを買ってやる。妻の話。大きいのを買えばといったら、小さいのにした。正雄は気をつかう。大きいのにしたら悪いと思って。

昼はサンドイッチ、トースト、紅茶、生野菜のジュース。

午後、長女は居間と六畳の欄間の硝子戸を全部外して風呂場で洗う。風呂も磨き上げてくれる。四時ごろ、妻はバスで長女と正雄を生田まで送って行く。

午前、長女が来る前にあつ子ちゃん、恵子を連れて来た。恵子はボールを持って廊下を歩く。危な気なしに歩く。あつ子ちゃんは、フーちゃんが氏家へ行って、恵子の相手をしてくれる人がいないので、恵子がさびしがっているという。

夕方、買物の帰りに妻は清水さんに会う。買物に行くところを清水さん、四階の部屋の窓から見ていて、下へおりて待っていてくれた。中津のかぼすを頂く。九州中津は、圭子ちゃんの

旦那さんの両親のいるところ。栄一さんの結婚の話が決まって、式と披露宴はヒルトンホテルでしたいという。清水さんのところでは、去年、圭子ちゃんが結婚して、あとは栄一さんがひとり独身で残っていたのだが、結婚が決まってよかった。帰宅した妻からその話を聞いてよろこぶ。ヒルトンで式をすることが本決まりになれば、ヒルトンに勤めている長男に知らせておけばいいと二人で話す。

翌日。夕方、清水さん、畑の薔薇を届けて下さる。エイヴォンとそのほかの薔薇。エイヴォンは最初に清水さんが下さって、妻が書斎の机の上の花生けに活けたときから、花もいいし、エイヴォンという名もいいので特別気に入っている赤い薔薇。私が薔薇のなかでも赤い薔薇が好きだといったのを妻から聞いて覚えていた清水さんが丹精して咲かせたのを持って来て下さった。そこで妻が名前を聞くと、エイヴォンという。それを妻から聞いた私は、「エイヴォン？エイヴォンといえばイギリスの田舎を流れている川だ。ほら、『トム・ブラウンの学校生活』のなかで、トムが学校の規則を破って釣りをする川が出て来るが、あの川の名がエイヴォンだよ」

といって、よろこんだものであった。そこで、ふだんは書斎の中央にあるテーブルの切子細工の鉢に花を活けて、私の仕事机の上には花は活けない妻が、はじめて机の上の小さな焼物の花生けにエイヴォンを一輪、活けた。この薔薇にはそんな思い出がある。そうして、私が「山の上」へお母さんのミサヲちゃんに連れられてときどき現れる二歳の孫娘のフーちゃんのことを初めて書いた本が、作中に出て来る薔薇の名前を取って『エイヴォン記』（一九八九年・講談社）と名づけられたのであった。

玄関へ出て行って、清水さんに、

「栄一さん、おめでとうございます。よかったですね」

と申し上げる。

あとで妻は図書室へ来て、清水さんが栄一さんの婚約者の写真と手紙を見せて下さったと話す。はじめて清水さんのお宅を訪ねたときに写した写真で、清水さんの御主人と一緒に写っている。感じのいい娘さんですと妻はいう。手紙は、その最初の訪問のあとで栄一さん宛に来たもの。律義な、いいお手紙でしたという。いい方と婚約が決まってよかったなと妻と二人でよろこぶ。

この日の昼食のとき、妻が「十月にお墓参りに大阪へ行きませんか」といい出す。年に一回か二回はお墓参りに行くことにしようといっている。今年は三月に行った。秋にもう一回お墓参りをしたらいいと考えていたところなので、賛成する。書斎から卓上カレンダーを取って来て、たちまち十月六日に行くことに話が決まる。南足柄の長女も誘ってやりましょうかと妻がいい、電話をかけてみた。長女は二年目の浪人をしている良雄の大学入試が気がかりなので、来年、それが終ってからの方がいいという。それも無理からぬ話なので、来年、首尾よく良雄がどこかの大学に受かったら、四月にでも宝塚観劇を兼ねて長女を大阪へ連れて行ってやりましょうということになった。

朝、「山の下」の次男から電話がかかる。「今日、休みだけど、仕事が出来たので行けません」という。ミサヲちゃんが子供二人連れて氏家へ行っているので、目下ひとり暮しの次男に妻が、「休みの日に晩御飯食べにいらっしゃい」と書いたメモを届けておいたのである。「どうしているの？」と妻が訊くと、「晩は外で食べて、会社の帰りにサンドイッチを買って、朝、食べています」といった。

夕方、妻は、「枝豆を茹でたから、冷蔵庫に入れておきます」といって、「山の下」へ行く。長男のところへあとで寄ったら、風呂から出た恵子ちゃんが鉱泉水の入った湯呑を片手に悠々と歩いて来たという。

「家の前、芝生の手入れをして、きれいになっていました」

次男のところで冷蔵庫を開けてみると、缶ビールが五つ六つあるだけで、あとはからっぽ。そこへ枝豆を入れて来た。枝豆と刻み玉葱にかつおぶしと醬油をかけたのも入れておいた。

十月六日にお墓参りに大阪へ行く話は昨日の昼食のときに決まったが、今朝、二泊にして、二日目（七日）に帝塚山の兄のところへ行ってお仏壇にお参りしようという。妻も前にお仏壇にお参りしてから大分間が明いたのが気にかかっていたので、そうしましょうという。そこで十月六日七日、中之島の大阪グランドホテルに泊って、六日にお墓参りをして、七日帝塚山訪問、そのときに今年十一月に喜寿を迎える兄にお祝いのハンチングを贈ることにする。二泊になって、妻はよろこぶ。来月に入ってグランドホテルの予約をすることにする。

夕方、氏家から電話がかかる。

「ふみ子、です。荷物着きました」

フーちゃんの声。妻が、

「フーちゃん？　何しているの？」

と訊いたが、何ともいわない。荷物というのは、子供二人連れてミサヲちゃんがお世話になっているお礼のつもりで、氏家の御両親に宛てて、果物、海苔、削りかつお、それにフーちゃん、春夫のお八つになるものなど入れて宅急便を送ったのである。次に、

「いつ帰るの？」

と訊いたら、フーちゃんは、これは分ったらしく、「あした」といった。「お母さんに代っ

て」というと、

「おかあさんに代って、だって」

といい、ミサヲちゃんが電話に出た。

翌日（九月一日）午後、妻と成城へ行く。その前に妻は「山の下」へ行って、次男のところの冷蔵庫に桃を二つ入れておく。成城から帰って妻がミサヲちゃんに電話をかけると、

「ふみ子、です」

と、フーちゃんの声。

「お帰り」

といった。今、氏家から帰ったところらしかった。

成城では江崎書店で「ドリトル先生」の本が何冊か並んでいる中から『ドリトル先生のサーカス』（岩波少年文庫）を買った。ロフティング作・井伏鱒二訳。七月のフーちゃんの誕生日に「こども世界名作童話」というシリーズの一冊の『ドリトル先生物語』を上げた。『ドリトル先生物語』のダイジェスト版のような本だが、これをミサヲちゃんに読んでもらったフーちゃんが気にいった。「沼のほとりのパドルビー」の、動物とお話が出来るジョン・ドリトル先生が好きになったことが分って、こちらも昔、子供らと一緒に親しんだ『ドリトル先生物語』のど

れかを読み返してみたくなったのである。手はじめに『ドリトル先生アフリカゆき』か『ドリトル先生航海記』を買うつもりで来たのだが、本棚にはどちらも無かった。で、『ドリトル先生のサーカス』にした。

南足柄の長女から葉書が来る。小学二年生の正雄は、夏休みの宿題を一日で片附けたという。この間、私たちに送ってくれた絵物語「にんにくの夏休み」をもう一冊作り、「おおかみ王ロボ」の読書感想文を書く。「おおかみ王ロボ」は正雄が夏休みに読んだ『シートンの動物記』のなかの一篇。正雄は本を読むのが好きで、長女が図書館から借りて来た本をどんどん読むらしい。

『シートンの動物記』も長女が図書館から借りて来た本の一冊。

妻は水羊羹を作りにかかる。今年はじめて作る水羊羹で、

「餡こ作るのに、どのくらいお砂糖入れていいか、忘れてしまった」

という。

清水さんがコーヒーゼリーを下さって、まだその上に板ゼラチンやコーヒーリキュールほか材料一式を届けて作り方を教えてくれてから、ずっと妻はコーヒーゼリーを作って来た。夕食後のデザートにこれほどぴったりしたものはない。それで、「おいしい、おいしい。デザート

はこれに限る」といいながら、コーヒーゼリーを食べて来た。水羊羹を妻が作るのは一年ぶり。

お盆に「山の下」の長男が届けてくれた鉢植の夕顔が二つ咲いた。これは長男が種から育てて大きくした夕顔。うれしい。

四

午後、妻は市場へ行く道で清水さんに会った。「葡萄、買わないで。うちへ来ているから」といわれたので、「水羊羹作ったの。持って行きます」といって別れる。あとで清水さんに昨日、一年ぶりに作った水羊羹を届ける。巨峰を二袋頂く。ピオーネという名前の葡萄。

夕方、妻は清水さんのピオーネを「山の下」へ持って行く。ミサヲちゃんのところでは、フーちゃんが椅子に腰かけて、ジュースのコップを手に持ってテレビを見ていた。ミサヲちゃん、「暑いですね。お母さん、どうしているんですか」というから、「どうもしていないよ。いつもの通り仕事しているよ」といったら、ミサヲちゃん、驚いていた。九月に入ったのに、暑い。殊に長男と次男のいる長沢は、丘と丘の間の谷底のような地形だから、私たちのいる「山の上」と比べると、よほど暑いらしい。

あつ子ちゃん、ピオーネを貰ってよろこぶ。恵子が葡萄は大好きだという。早速ひとつ、皮をむいたのを口に入れてもらった。これは種なしなので。

夕食後、清水さんのピオーネを頂く。おいしいので驚く。清水さんのお国の伊予で、米国へ行って研究して作り上げた新しい品種の葡萄というのだが、おいしい。


午前、妻は「山の下」へ。昨日、あつ子ちゃんから「首の上のところが少しきつい」というので預かって来たワンピースを直したのを持って行く。次男は休みで、庭で自転車の掃除をしていて、そばでフーちゃんと春夫が遊んでいた。妻があつ子ちゃんの家へ入ると、フーちゃんと春夫、あとから走って来て、二階へ上る階段を駆け上る。

二階へ行くと、会社が休みの長男と恵子ちゃんが机に向い合せになって、何か食べていた。フーちゃんと春夫、好きな「たつやおじちゃん」の前に坐っている。メロンを切っていたあつ子ちゃん、二人に何か食べさせますという。

午後、妻と生田駅前の太田梨屋へ行き、毎年、多摩川梨のシーズンが来ると頼む地方発送の送り先を書いた紙を渡して、今年もよろしくとお願いする。昔は梨屋のじいさんが梨を売っていたが、じいさんが亡くなってからは、息子のお嫁さんが来るようになった。太田さんの梨は、おいしい。差上げた先では、皆さんよろこんで下さる。

帰り、バスの乗り場へ行くと、妻が、「フーちゃんがいる」という。バスに乗り込む客の列の前の方に、ミサヲちゃんに連れられたフーちゃんがいた。珍しいところで会った。銀行にでも行く用があって、出て来た帰りかも知れない。

続いて乗ると、二人はいちばんうしろの座席に並んで坐っていた。その前の二人がけの席に坐る。妻はハンドバッグから果汁ドロップスを出して、フーちゃんに一つ、上げる。フーちゃん、「ありがとう」といって貰う。口に入れるなり、「おいしいー」という。

フーちゃんは妻がこの前縫って上げた、三着目の、紺色のワンピースを着ている。

「幼稚園はいつから?」と妻がミサヲちゃんに訊くと、「昨日からです。今日はお休み」という。フーちゃん、「あすもお休み」という。明日（九月六日）は日曜日。

ミサヲちゃんたちは長沢団地前で下りる。こちらはそれよりひとつ手前の春秋苑入口で下りる。バスを下りて歩き出してから、妻は、「フーちゃんがブザー押してくれた」という。次の停留所で下りる客が押す窓際のブザーのボタンをこちらに代って押してくれたという。気が附かなかった。

朝食のあと、妻が、

「もう一回、暑くなるかしら?」

という。今日は曇りで涼しい。

「もう一回暑くなるんだったら、フーちゃんのワンピース、もう一着縫って上げるの」

「さあ、どうだろう？　お彼岸までまだ少しあるから、暑くなるんじゃないかな」

というと、妻も、「そうね」という。

この前、ミサヲちゃんに、フーちゃんのワンピース、生地の厚いのと薄いのと二つあるんだけど、どっちがいいと訊いたら、フミ子は暑がりですから、薄い方がいいですといったの、薄いの縫って上げると妻はいう。

午後、妻はフーちゃんの四着目の、飾りひだをとったワンピースを縫う。サーモンピンクの可愛い色の生地。

「黒と白のチェックにしようかと思ったけど、この前、紺で、今度また黒と白のチェックだと、あまりにも夢がないから、これにしたの」

という。妻はフーちゃんのことを、「夢みる夢子ちゃんよ」といっている。あの子の考えていることは、全部分るのといっている。空想するのが好きで、可愛いものが好きな「夢みる夢子ちゃん」だというのである。

午後、妻はフーちゃんのワンピースに添えて渡すレースの前かけを縫う。「いいのが出来た」といってよろこぶ。サーモンピンクのワンピースの上に白のレースの前かけをのせてみると、よく合う。

「フーちゃんはお茶の支度なんかするとき、手伝うのが好きな子だから。こうやって前かけを締めてやったら、よろこぶわ」

と妻はいう。

「ミサヲちゃんは、オレンジ色は好きじゃないんですといってたけど、まさかこれを見てイヤだといわないでしょうね」


夕方、ミサヲちゃんに電話をかけておいて、妻は「山の下」へフーちゃんのワンピースと前かけを持って行く。近くまで来たら、パンツを穿いた次男が家から出て来るのが見えた。名前を呼んだが、気が附かずに角をまわって裏の方へ行った。

フーちゃんはどこかへ遊びに行って、家にいなかった。「かずやさんが呼びに行きました」とミサヲちゃん、いう。裏の方へ行くと、次男が大家さんの向いの空地のそばに立っていた。

「フーちゃんは？」

「そこにいる」

草っ原とも空地ともつかないところから出て来たフーちゃんは、木の小枝を束にして握りしめていた。春夫は二本だけ持っている。二人で空地へ入り込んで、木の小枝を拾っていたらしい。一緒に家へ帰る。

ワンピースとレースの前かけを見せると、フーちゃん、大よろこび。ミサヲちゃんは前かけに感心する。「お母さん、縫ったんですか」と訊く。

フーちゃんはワンピースを身体に当ててみる。前かけも。「着たい」という。

この前、あつ子ちゃんが来たとき、話していたが、長男と次男と二人とも休みの日に一緒にお酒を飲んだ。フーちゃんが梅酒の水割りを作って出してくれたという。この前かけを締めて梅酒の水割りを作ったらよく似合うだろう。長男が恵子を抱いて家から出て来る。長男も次男も休み。乳酸飲料を子供らに渡してやる。

夕方、近所の古田さん、昨日上げたおいもで大学いもを作り、小鉢に入れて届けてくれる。

昨日は、梨の大きいのを五つ、さげ袋に入れて持って来てくれた。幸水という梨。「気のきれいな方だ」と妻と二人で感心した。おいもはそのお返しに差上げたのであった。書き落したが、何日か前には会社の出張でイギリスへ行っていた御主人のロンドン土産のビスケットの箱を届けてくれた。五日間、ロンドンへ行っていたという。

夕方、妻は「山の下」へ水羊羹と徳島から届いたすだちを持って行く。フーちゃんは小雨の降る中をどこかへ遊びに行って、家にいなかった。昨日、上げたフーちゃんのサーモンピンクのワンピースが脱いであった。ミサヲちゃんの話では、あれから着る着るといって、ワンピースを着たという。昨日、届けたとき、フーちゃんは「着たい、着たい」といったが、その場では着せてもらえなかった。着せてもらったら、よろこんで、そのまま脱がなかったのだろう。

「フーちゃんはいなくて、抜けがらだけあった」

と妻はいう。

あつ子ちゃんのところへ行くと、あつ子ちゃん、「昨日、夕方。たつやさん、ビール持っておとなりへ行き、かずやさんと縁側でビール飲みました」という。

あつ子ちゃん、「ミサヲちゃんたち、引越しするので、淋しい」という。引越しは来月（十月）の末の予定。

夕方、ミサヲちゃんより電話。「家の引渡しの日が十月二十二日になりました。お日柄はどうか、調べて下さいませんか」という。妻はすぐに本を見て、その日は差支えないと分り、電話でミサヲちゃんに知らせる。このとき、子供の泣く声が聞えたので、「だれ？」と訊くと、「二人です」という。春夫はすぐに泣き出す傾向があるが、フーちゃんまで一緒に泣くとは珍しい。どうして泣いたのだろう？　何かおもちゃの取り合いでもしたのかと妻と話す。フーちゃんの泣くのはずっと聞いたことが無い。どうしたのだろう。

午後。買物から帰った妻、「清水さんと会って、畑でしゃべっていたの」という。清水さんから頂いた孔雀草を見せる。玄関、書斎のピアノの上、居間に活ける。

「清水さん、伊予へ行くんだって」

四十年ぶりに小学校のクラス会がある。それから、このところ具合のよくないお姉さんを見舞いに行く。羽田まで御主人が送って、向うの空港に弟さんが迎えに来てくれる。羽田から飛行機で一時間半で着く。着いたら、すぐにお姉さんのところへ行く。そんな話を畑でしていた。

「山の下」の長男のところは、今日から古河のあつ子ちゃんの両親、弟の俊彦君夫婦とその子供たちと合同で、伊豆の熱川へ行く。熱川ビューホテルには、前にヒルトンホテルで長男の下で働いていた青年がいる。今は親のあとを継いでホテルを経営している。「来て下さい。来て下さい」といわれる。ビューホテルに一泊して、翌日、箱根芦の湯のきのくにやへ行くという。

夕方、妻は清水さんに水羊羹を届ける。中津の梨、宮城の妹さんから届いた茄子、いんげん、胡瓜、柚子を頂く。清水さんの妹さんはこれまで福島にいるものと思い込んでいたが、福島でなくて宮城であった。午後に道で会って、畑の花を頂いたとき、あとで水羊羹を届けますといったので、梨も野菜も紙袋に入れて用意してくれてあった。

午前、妻は「山の下」へ清水さんの梨を持って行く。ミサヲちゃんは出ていたが、間もなく帰って来る。フーちゃん、「こんちゃんと遊びたい」という。妻が「いらっしゃい」といったら、ミサヲちゃん、「お昼寝して、三時ごろ行きます」という。

午後、ミサヲちゃん、フーちゃんと春夫を連れて来る。六畳でお茶にする。いそべ巻と桃とメロンと梨。フーちゃん、いそべ巻を二つ食べる。あと、図書室へ行って、リカちゃん人形で妻と遊ぶ。こちらは書斎にいると、フーちゃんの「春夫、春夫」と呼ぶ声が何度も聞える。あとで見に行くと、フーちゃんは、春夫の口に何か食べる物を運んでやる仕草をしていた。春夫を赤ん坊の役にしていた。ミサヲちゃんは、窓際のベッドに坐って、ままごと遊びを見ていた。

妻の話。フーちゃんに買ってやった「ことことおなべ」で遊んでいた。シチューをおなべで煮るようになっている。ままごとの人参、玉葱、じゃがいも、牛肉、ソーセージを入れたおなべをレンジの上にのせると、音を立てて煮える。中に電池が入れてあって、おなべをのせると、音を立てて鳴り出す仕組になっている。フーちゃんに買ってやったのに、春夫が気に入ってしまった。おなべをのせると、とたんに音を立てて煮えるところが面白いらしい。フーちゃんはおなべの中の野菜や肉をスプーンに取って、リカちゃんよりも先に春夫に食べさせる。「春夫、春夫」といって、春夫の世話をする。（フーちゃんのこの声が書斎にいる私のところまで聞え

た）

そのうち、お風呂に入ることになった。フーちゃん、「おふろ、どこ？」と訊く。もと長女のいた部屋を覗いてみたが、そこでもない。で、妻が和裁に使う裁ちもの台を押入から出し、六畳にひろげて、そこを「おふろ」にした。南足柄の長女が子供のころにも、よくそうやって遊ばせてやった。

こちらは書斎にいて、ときどき見に行く。六畳でフーちゃんがリカちゃん人形を「おふろ」に入れていた。次に六畳へ行くと、妻からおもちゃの大きながま口を貰ったフーちゃんが、がま口から牛乳壜のふたのお金をいくつか取り出して、春夫に、

「はい、おこづかい。これで何か買いなさい」

といって渡していた。ミサヲちゃんはフーちゃんにお金なんか上げない。友達の家にでも行ったとき、お母さんが子供にお金を上げるところを見たのだろうか？　分らない。

あとでフーちゃんは書斎（ここが幼稚園）へ来て、「おえかき」をする。妻が、「これ、かいてごらん」といって、テーブルの上の切子細工の花生けのりんどうをクレヨンでかかせた。硝子の花生けはグレイの線を引く。そこへ青とピンクと水色の花を入れる。どんなふうにかくかと思って見ていたら、手際よくまとめた。これには感心した。下に、「しょうのふみこ」とクレヨンの色を一字ごとに変えて書き、フーちゃんのサインのハート型を添える。

「次は体操よ」と妻がいい、腕を振り上げると、フーちゃんもうれしそうにその通りする。次に廊下にソファーのクッションを置いて、走って行って跳ばせる。フーちゃん、よろこぶ。たっぷり遊んで、五時前にミサヲちゃんたち帰る。妻は「山の下」まで送って行く。帰った妻は、途中、葡萄畑の横の道で恵子ちゃんを連れて歩いているあつ子ちゃんに会ったという。恵子がいつまでも昼寝しているので、起して散歩に連れ出したんですと、あつ子ちゃんが話した。フーちゃんは、恵子ちゃんに会うなり、「いないいない、ばあー」をしてよろこばせてやった。

翌日の朝。妻は昨日のことを話す。フーちゃんが春夫の世話ばかりしているのを見ると（書斎へ来て、「おえかき」や体操、馬とびをするころは、春夫のことは構うのも忘れて、遊びに夢中になっていたが）、南足柄の長女が子供のころ、下の弟のかずやの世話をよくしていたのを思い出すという。世話をするのが好きなのねという。

フーちゃんの髪の毛は、前の方をひとところピンで留めてあった。全体にいい具合に落着いていた。もう髪を短く切ったときのように、横にも上にも髪がひろがってはいなかった。今年の夏のはじめにフーちゃんがうしろに垂らしていた髪を短く切っておかっぱにしたときは、くせ毛の髪が横にも上にもひろがって、どうなることかと思ったものだが、日にちがたち、こちらの目が馴れて来たこともあるが、ミサヲちゃんが工夫して、前をひとところピンで留めて、よくなった。もう気を揉まなくてもよさそうだ。

フーちゃんが来たとき、ミサヲちゃんと一緒に書斎のピアノの写真の前で、お彼岸のお参りをしてくれた。ミサヲちゃんが春夫に、

「なむなむよ」

というと、春夫は、「ナムナム……」という。となりで手を合せてお参りしていたフーちゃん、つぶっていた目を開けて、いかにも可愛いというふうに春夫の方を見て、笑う。ミサヲちゃんは仏さまを拝むのを「なむなむ」というふうに春夫に教えているらしい。

朝（九月二十三日）、妻が、

「夕顔が二つ、咲いていた。ゆうべ暗くなってから、見ていないところで咲いたの」

という。

その前の日には、これも暗くなってから三つ、咲いていた。お盆に「山の下」の長男が届けてくれた鉢植の夕顔が、このごろよく咲く。夕顔が二つ咲いた前の日、夕方、妻が、「見ましたか、夕顔？」と訊く。それで、玄関を出て、石段を下りて、見に行った。それから続けて毎日のように咲いてくれる。

妻は、朝のうちにお彼岸のおはぎを作り、ピアノの上にお供えして、一緒にお参りする。清水さんと「山の下」の二軒に配る。「山の下」には、こちらも妻と一緒に行く。ミサヲちゃんのところは庭に布団を干してあって、留守だった。近くへ行ったらしい。

あつ子ちゃん、いる。恵子がこのごろお祖父ちゃんに似ているとみんなからいわれますという。妻が持って行ったひよこのおもちゃをじっと見ていて、手を出して摑む。あつ子ちゃんの話では、眠っていて、起きて来るなり、迫力のある声で、

「まんま！」

というそうだ。頼もしい子だ。

午後、あつ子ちゃん、恵子を連れて、お彼岸のお参りに来てくれる。恵子は妻の出したボールで遊び、「まんま！」という。牛乳をコップに注いで出すと、両手で持って飲む。牛乳一本、飲んでしまった。

あつ子ちゃん、「このごろ、お父さんに似ているっていわれます」という。この前、伊豆熱川に一泊のあとで行った箱根芦の湯のきのくにやのおかみさんも、「おじいちゃまにそっくりです」といったという。

「しょうのけいこさーん」というと、「はーい」という。パパが会社に行くとき、あとを追っ

て泣き出す。あつ子ちゃんがそんな話をした。

帰るとき、恵子ちゃんは門のところで戸を開けたり締めたりして、いつまでも遊んでいた。近所の山田さんが犬を連れて来る。小さな子供だと犬もよろこぶ。妻がビスケットを与えると、犬がなめたのを恵子ちゃんが取って食べた。あつ子ちゃん、悲鳴を上げる。「大丈夫かしら?」と心配するので、「大丈夫。そのうち、砂場の砂でも口へ入れるよ」と妻がいう。

夕方、妻は倉敷の岡本さんから届いたアレキサンドリア・マスカットを一房持って、「山の下」へ。あつ子ちゃんのところで二つに分ける。ミサヲちゃん、プールへ行ったのか、髪が濡れていた。フーちゃんも春夫も寝ているらしく、出て来なかった。

妻は、

「引越したら、もうこんなふうに頂き物を届けてやれなくなる」

という。その通りだ。それを思うと、さびしい。

次男の引越しの日に、長男は会社を休んで引越しの手伝いをするから、日にちが決まったら早く知らせてくれと次男に話していると、あつ子ちゃんがいっていたという。

次男一家の読売ランド前の丘の上の住宅への引越しまで、あと一月になった。

午後、妻がピアノを弾こうとしたら、ピアノの蓋の上に恵子ちゃんの足がたがついていた。昨日、あつ子ちゃんが恵子を連れてお彼岸のお参りに来てくれたとき、「恵子は写真を見るのが好きなんです」といって、恵子ちゃんを抱き上げて、ピアノの上の父母の写真がよく見えるようにピアノの蓋の上に乗せた。そのときに足のかたがついた。

「それが大人の足がたなら、土ふまずがあるけど、恵子ちゃんのは土ふまずなしの足がたがそのまま残っているの。可愛いの」と妻がいう。

上野の一水会展を見に行った日に妻が買った池田清明「夏休み」の写真を書斎の机の上の電気スタンドに昨日から立てかけて、眺めている。麦わら帽子を手に持ったサンダル履きのお嬢さんが、庭の飼犬の横に立っているところをかいたもの。池田さんは今度、一水会の新会員になった方である。

「いい絵ですね」

「娘さんの人柄、性質のよさが伝わって来る絵だな」

「そうですね。高校生かしら？　犬も雑種で可愛いし、うしろの木立もいいし。このくらいの年ごろのお嬢さんのいる方ですね、池田さんという方は」

妻と二人で机の上の写真を見ながら、そんな話をする。

夕方、図書室の窓際のベッドで本を読んでいたら、勝手口で声がして、次男が入って来る。

「お彼岸のお参りに……」

といい、書斎のピアノの前でお参りしてくれる。図書室へ戻り、

「フミ子が風邪をひいて、熱が出た」

という。元気で遊んでいたのに、「おでこが痛い」といい出し、熱を計ってみたら八度五分あった。それが昨日のことで、寝かせておいたら、今日は少しよくなった。食欲があるので、大丈夫という。

会社の仕事、忙しいのが続いて、少しへばった。毎日、夜遅くなるので寝不足になっていたが、やっと一区切りついたという。

「引越しの日は決まったか？」

「十月二十九日です。たっちゃんが休みをとって手伝うといってくれているけど、業者が来て、全部やってくれるからいい」という。

そんなことを話し、これから生田まで走って来るといって次男は出て行く。

妻が買物から帰り、いまそこで次男に会ったといった。

引越しが十月二十九日に決まったことを妻に話す。妻はすぐに本で調べてみる。いいらしい。うちで送別会をしてやりましょうと妻がいう。

妻は午後、新宿三越へ行って、帝塚山の兄の喜寿のお祝いに贈るハンチングを買った。来月、大阪へお墓参りに行くときに持って行く。羊の皮の、ワインレッドのいい色のがあった。きっと気に入って下さるでしょうと妻はいう。

朝、妻はミサヲちゃんに電話をかけ、フーちゃんの風邪はどう? と訊く。「熱は下りました」という。安心する。寝冷えだろうという。

翌日。午後、妻と「山の下」へ行く。ミサヲちゃん、あつ子ちゃん、恵子ちゃんと家の前にいて、春夫がおとなりの女の子と道で遊んでいた。「フーちゃん、風邪はどう?」と訊くと、ミサヲちゃん、「よくなりました。明日から幼稚園へ行きます」といったところへ、パジャマのフーちゃん、庭から出て来た。髪の毛が横にひろがっている。顔色はいい。風邪をひいているような顔ではなかった。

妻から「きせかえ」の絵本を貰って、家の中へ入り、鋏で切る。妻が切ってやる。フーちゃん、「きせかえ」に熱中する。妻に貰ったジュースのアイスキャンデーを吸いながら。

朝、妻が、

「昨日、夕顔、二つ咲きました」

という。こちらは気が附かなかった。夜、暗くなってから咲くので。

夕方、清水さん来る。昨夜、伊予から帰った。お姉さんのお見舞いと四十年ぶりの小学校の同窓会のために行っていたのである。伊予のお土産のかまぼことピオーネと和紙の便箋、封筒を頂く。

妻は清水さんのかまぼことピオーネを持って「山の下」へ行く。フーちゃんと春夫、二人ともパジャマを着て出て来る。

「フミ子の風邪が春夫にうつりました」

とミサヲちゃん、いう。フーちゃんは昨日から幼稚園へ行っていると思っていたら、まだ休んでいた。縁先にフーちゃんの靴が脱ぎ棄ててあったところを見ると、庭へ出て遊んでいたらしい。乳酸飲料を二人に飲ませてやった。ミサヲちゃんに会って、次男一家の送別会は、ミサヲちゃんの希望通り昼にすることにするからと話しておいた。(最初は夕方からの会のつもりでいたが、ミサヲちゃんが気をつかって、お昼に簡単にして下さいといった)

あつ子ちゃんの家へ行って、恵子ちゃんに市場のおもちゃ屋で買ったひよこのおもちゃを上げる。ところが二、三歩進んで止る。取り代えてもらうからといって、持って帰る。

午前（十月一日）、あつ子ちゃんから電話かかり、次男一家の送別会のこと、十月十六日はいかがですかという。南足柄の長女とも連絡をとってくれたらしい。こちらはよろしいと返事する。

あとで妻と話して、送別会にはこれまで長男のところの夕食会でも食べたことがある武信のとんかつ弁当を註文することにしようという。これはなかなか評判がいいし、後片づけもしなくていいから。妻は枝豆くらい茹でることにしますという。次男たちの読売ランド前の丘の上の住宅への引越しは、いよいよ今月の二十九日になった。十六日ころの送別会なら丁度いいだろう。長男夫婦は別に庭で送別バーベキューをする計画をたてているが、それはもう少し早くするという。われわれの送別会はお昼、十二時半くらいから始めようと妻と話す。

妻と午前中に成城へ行き、江崎書店で南足柄の長女の誕生日のお祝いに上げる本を「ドリトル先生物語」を置いてある棚から捜し、『ドリトル先生のサーカス』と『ドリトル先生の郵便局』の二冊にする。毎年、長女の誕生日には妻と二人で本を買って贈り物をすることにしている。本以外の、たとえば靴なんかを贈るときもあるが、必ず本を上げる。それもたいがい文庫本の外国文学のなかから選ぶ。

長女への贈り物とは別にこちらが読む分として『ドリトル先生航海記』（ロフティング作・井伏鱒二訳・岩波少年文庫）を買う。

夕方、図書室で『ドリトル先生航海記』を読み始める。靴屋の息子のトミー・スタビンズ少年が大雨のなかを歩いていて、会いたかった当のドリトル先生に出会って、先生の家へはじめて連れて行かれる場面がよかった。『航海記』は、昔、子供らのために買って来た本を読んだつもりでいたが、覚えていない。忘れてしまっているのか。あるいは、今度はじめて読むのかも知れない。ドリトル先生のなかでも、この『航海記』と『ドリトル先生アフリカゆき』の二冊が特に面白かったという印象は残っているのだが、当てにならない。

夕食後のデザートに、近所の古田さんから九月に頂いて、大事にとってあった御主人のロンドン土産のビスケットの箱を開けて頂く。昔風の家庭ビスケットであるらしい。おいしい。

「山の下」では今日（十月三日）、長男も次男も休みで、午後、次男の借家の庭で送別バーベキューをすることになっている。曇り日で、雨にならなければいいがと妻と話す。もし雨が降ったら、家の中でするでしょうと妻がいう。

夕方、妻は古田さんのビスケットを持って「山の下」へ行く。暗くなるころ帰った。妻の話。行ったら、もうバーベキューは終ったあとで、次男の家の庭に運び入れた床几にあつ子ちゃんとミサヲちゃんの二人が坐って話していた。長男と次男は、大家さんから借りたバーベキューの鉄板を返す前に洗っているところだという。

お昼から始めて、いま終ったところです。アメリカ式のバーベキューセット一式を大家さんが貸して下さった。燃料の炭まで添えて貸してくれた。それを今、大家さんの庭の水道で二人で洗っているところですという。妻が大家さんの庭を見たら、長男と次男のそばにフーちゃんがくっついていた。春夫は、妻が来たのに気が附いて、何かくれると思って戻って来た。

「何を食べたの？」とあつ子ちゃんに訊くと、「牛肉と骨附きの豚肉、いかと海老」「御飯は？」「お握りを作りました」床几の上にお握りを載せてあったらしい大皿が空になって置いてあった。

長男と次男が戻って来た。

「お昼からビール飲んだ」

といい、ほろ酔いの顔をしている。ビールの中壜のからになったのが五、六本あった。二人はまだ飲み足りないらしく、これから酒屋へ行くといい、ビールの空き壜をねこ車に積んで出かけて行こうとするので、妻は財布から札を一枚出して、長男に渡してやった。二人はよろこぶ。

フーちゃんは大家さんの庭の水道のそばで二人がバーベキューセットを洗っているとき、跣になって足を水につけていたらしく、足が濡れていた。この間うち、風邪で幼稚園を休んでいたのが、もうすっかり元気になった。ひよこのおもちゃを持って来ていたので、恵子ちゃんに見せたら、摑んだ。この前、動かしたら二、三歩進むと止ってしまうので、市場のおもちゃ屋へ持って行ったら、不良品ですからといって、取り代えてくれた。

書き落したが、妻は次男に今日届いたばかりの講談社文芸文庫の井伏鱒二『還暦の鯉』を上げた。次男は『ドリトル先生物語全集』を読んで以来、井伏さんの書かれるものが好きになった。『還暦の鯉』には私が「人と作品」を書くように頼まれて「『還暦の鯉』の井伏さん」二十枚を書いている。この随筆集は最初、新潮社から単行本が出たとき、たまたま荻窪清水町の井伏さんのお宅で、署名した本を頂戴してよろこんだ思い出があるので、今度、二十何年ぶりに文芸文庫に入ったのは嬉しい。

午前、あつ子ちゃんから電話かかる。明後日（十月六日）からの大阪行きの留守の間のことを頼む。あれからたつやさんとかずやさん、酒屋で買って来た缶ビールを飲みましたとあつ子ちゃん、いう。

夕方（十月八日）、大阪のお墓参りの旅から帰宅すると、台所の机の上にミサヲちゃんのメモあり。「いいお天気でよかったですね。夏子さんの干物とお菓子、半分頂きます」留守中に南足柄の長女から宅急便でさんまの干物と、長女の焼いたアップルケーキが届いたのを、「山

の下」と分けてくれた。また、留守中の郵便物と新聞も入れてくれてあった。妻は、
「フーちゃんが来たあとかたが残っています」
という。あつ子ちゃんとミサヲちゃんが交替で来てくれたらしい。

夕方、古田さん来て、味噌を下さる。

午前、妻は父の命日（十月九日）にお供えするかきまぜを朝から作る。古田さんに大阪で会った弟から貰った棹菓子一本を添えて、かきまぜを届ける。古田さん、「うれしい」といったという。

夕方、妻と「山の下」へかきまぜを持って行く。次男、休みで出て来る。フーちゃんもいる。

次男に大阪での二日間のこと――着いた日にお墓参りして、翌日、住吉神社に何年ぶりかでお参りし、弟夫婦と姫松の停留所で待ち合せて、姉のいる帝塚山西のマンションの近くの店で、お昼のきつねうどんを弟に御馳走になり、あと、姉を訪問、姉夫婦と歓談した。姉に会うのは、七年前に私が脳血管の病気で入院した折に、大阪から弟、妹と一緒に川崎市梶ヶ谷の虎の門病院まで見舞いに来てくれたとき以来で、お互いに年はとったが元気でいるのをよろこび、話が弾んだ。今回は二日目に帝塚山の兄の家を訪ねて、お仏壇にお参りし、今年喜寿の兄にお祝い

のハンチングを贈るつもりでいたところ、兄夫婦の都合が悪くて会えなかった代りに、弟夫婦と一緒に姉夫婦を訪ねて話が出来てよかった——と報告した。

——後日、帝塚山の兄の長女から南足柄の長女宛に長い手紙が届いて、私たちの大阪行きの前に兄が身体の加減が悪くなり、府立病院に入院、心臓大動脈瘤の手術を受けることが決まり、それを私に知らせると心配するというので、隠して、ただ十月七日は都合が悪いと知らせたのだといういきさつを打ち明けてくれた。どうして都合が悪いのか分らなくて、私たちは不安な気持がしていたのだが、これでやっと訳が分った。

次男は、

「今日、引越しの業者が来て、見積りをしました」

という。電話はどうなると訊くと、区が変るので（多摩区から麻生区に）番号は変りますという。

妻はフーちゃんに大阪の阪急で買ったブラウスを上げる。オレンジ色の、襟に犬の刺繍が入ったもの。フーちゃん、よろこぶ。あつ子ちゃん、恵子を抱いて来る。恵子ちゃんに阪急で買った靴を上げる。あつ子ちゃん、その靴が大へん気に入り、よろこぶ。

フーちゃん、次男の背中におぶってもらって庭へ出る。そのうち、お父さんの肩の上によじ登る。誰かが庭の薔薇にかまきりがいて、虫を食べているのを見つける。フーちゃん、お父さ

ん の肩の上で、「かまきりのレストラン」という。この言葉が気に入ったらしく、何度もいう。

次男に肩車してもらったフーちゃん、首からおもちゃのがま口を吊している。ミサヲちゃんに買ってもらったらしい。妻が「それ、なに?」といったら、フーちゃん、お父さんの肩の上でがま口を開けて見せてくれる。中に五円玉一つと一円玉一つ、入っていた。

「あ、六円入ってる」と妻がいう。私はポケットの財布から十円玉を三つ出して、フーちゃんの手に渡してやる。フーちゃん、それをがま口に入れる。ミサヲちゃん、

「あ、赤いお金、はじめて」

といった。

家へ帰ってから妻は、

「フーちゃん、いつまでも覚えているわ。三十円、おじいちゃんに貰ったこと。うれしいものなの。忘れないわ」

という。書き落したが、持って行った「山の下」二軒分のかきまぜは、あつ子ちゃん、ミサヲちゃんに渡した。こんなふうにして夕方ちょっと行って次男やフーちゃんたちに会えるのも、これでおしまいだろう。読売ランド前へ引越したら、もうこんなことも出来なくなる。

午後、妻は松茸の土びんむしの材料を買って来て、あつ子ちゃんに電話。夕方取りに来てく

れるように頼む。次男一家が引越したら、もう松茸の土びんむしを作って食べさせてやれなくなるからと妻はいう。あつ子ちゃんの話では、長男も次男もどちらも休みで、一緒に生田小学校の体育の日の親子運動会に行くらしい。

夕方、玄関でフーちゃんの声がして、長男、次男がフーちゃん、春夫、恵子を連れて、土びんむしを貰いに来る。書斎の硝子戸を開けて、「いらっしゃい」というと、フーちゃん、「こんにちは」という。次男に読売ランド前の引越し先への道順をメモ用紙に書いてもらった。駅から十五分くらい。「道の曲り角の目印が分らないんだけど」という。

図書室で子供ら遊ぶ。親子運動会では長男も次男も千メートルに出て、どちらも二位であったという。土びんむしの材料一式とスープ入りの薬缶に世田谷のY君から頂いた富山の酒「立山」を一本渡して、「分けなさい」といった。よろこんで帰る。妻の話。恵子ちゃんは昨日上げた靴を履いて来た。図書室で恵子ちゃんがおもちゃ箱からネコを手に取ると、春夫が取ってしまう。次のを取ると、また取ってしまう。それでも平気な顔をしている。泣かない。フーちゃんは、髪の前のところを上げて、髪飾りで留めていた。髪の毛は上に立ってもいないし、横にひろがってもいない。

夜、妻はふたたびフーちゃんの髪のことを話す。「落着いた」という。長男が話したこと。恵子は朝、起きると、大声を出して「おーい」という。それから、「か！」という。こちらも負けずに大声で「か！」という。（その声を長男は出してみせた）長男は帰るとき、庭を出て行きながら、振返って、「十六日ね」といった。十六日の次男一家の送別会に来ますということ。

午後、南足柄の長女から電話かかる。十六日の送別会に行けなくなった。正雄の学校の行事があり、長女は役員をしているので、どうしても外せない。行けなくなったのが辛いらしい。だが、仕方が無い。

朝、書斎の机の上の拭き掃除をしていた妻が、

「山茶花、ひとつ咲いた」

という。玄関の垣根の山茶花。

午後、妻がラジオの天気予報を聞くと、明日（十月十六日）、台風が接近して、夕方大雨になるという。明日は次男一家の送別会を「山の上」ですることになっているが、大雨になれば恵子ちゃんを連れて来られない。どうするか。あつ子ちゃん、ミサヲちゃんに妻が電話をかけて相談し、次男のところでして貰うことになる。ビール、お酒は次男に「山の上」へ取りに来

てもらえばいい。

その日が来た。天気はよくなる。新聞の予報は「曇、ときどき晴。雨の降る確率は午前中10%、午後10%」となっている。これなら大雨の心配もなさそうなので、あつ子ちゃんに電話をかけて、送別会は最初の予定通り「山の上」ですることになる。ミサヲちゃんに電話したとき、「子供のお八つ、ケーキがいい？　アイスクリームがいい？」と訊くと、アイスクリームという。「カップのがいい？　棒のがいい？」これは、カップになる。横からフーちゃんの「棒がいいー」という声が聞えたと、電話を終った妻が書斎へ来て話す。そばでミサヲちゃんの話を聞いていたのだろうか。

日が差して申し分のない「送別会日和」になる。十二時ごろ、門で声がして、長男、次男、フーちゃん、春夫、恵子ちゃん入って来る。ミサヲちゃん、あつ子ちゃん、少し遅れて来る。フーちゃんが、小さな封筒に入ったおてがみをくれる。「おじいちゃん　こんちゃん」と上に書いてある。家の中へ入って行くフーちゃんのうしろから、

「おてがみ、ありがとう」

というと、フーちゃんは前を向いたまま、

「どういたしまして」

といった。

あとでその封筒を見ると、上に「おじいちゃん」と「こんちゃん」が並んでいるところをかき、その下に星と蝶とハート型の印（これはフーちゃんのサイン）が並べてかいてあり、その下は帽子、横に仔犬の絵があって、それぞれクレヨンで色を入れてあった。封筒の中から折紙の鶴と「風船」が出て来た。フーちゃんが折ったものらしい。

居間の食卓には武信から届いた塗りの箱のとんかつ弁当が並べられた。その前に一同着席。お隣の相川さんから頂いたボルドーの白葡萄酒を長男が開けて、グラスに注ぎ、私の「おめでとう」の声に唱和して、乾盃する。それで一気に盛り上った。あと、長男と次男と私の三人はビールと「立山」。ビールを飲むとき、フーちゃん、自分のコップに乳酸飲料を注いでもらって、もう一度、「かんぱい」をする。

春夫、騒ぐ。長男は大阪の弟から貰ったヨーロッパ旅行のお土産の、指で押えるとジョッキを飲む仕掛になった人形を持って、春夫を威す。恵子ちゃんはボールを持って食卓のまわりを歩く。フーちゃんは、自分の前のとんかつ弁当の海老フライだけ食べて、御飯をきれいに食べた。（あとで次男のお礼の手紙が届いた中に、フミ子にどうしてお弁当を全部食べなかったと訊いたら、食べたかったんだけど、みんなが遊んでいたから遊びたかったのといいましたとあった。それでせっかくのとんかつ弁当を残した訳が分った）

私の斜め左前の席にいて、「立山」をおいしそうに飲んでいた次男は、

「フミ子の髪、また伸ばします」

という。フーちゃんが夏の前に、髪を短く切っておかっぱにしたために、髪が上にも横にもひろがって、へんになったといって、私と妻が気にしているのが分ったからだろうか。そうなると、こちらも責任を感じて、

「伸ばさなくてもいいよ。いまはもう、落着いているから」

という。

実際、髪の前を髪飾りで留めてから、全体にうまく落着いている。せっかくおかっぱにしたのだから、今からまた方針を変更して髪を長く伸ばさなくてもいい。

妻は大人の男組のために「立山」の燗をつけて、うるめいわしを焼いて出す。そのあと、清水さんの伊予のお土産のさつまあげを炙って出す。長男と次男、「おいしい」といってよろこぶ。

デザートは、妻がミサヲちゃんに頼んで、長沢の「ローソン」(フーちゃんを連れて妻がよく子供のおもちゃを買いに行った店)で買って来てもらったアイスクリーム。次男のとなりにいるフーちゃん、よろこんで食べる。

恵子ちゃんはとんかつ弁当に入っていたメロンを一切れ、あつ子ちゃんから貰って、そのメ

ロンを放さず、いつまでもかじりながら歩きまわっていた。恵子ちゃんにはヨーグルトを用意していたが、結局、口に入ったのはメロン一切れだけであった。いつまでも放さなかった。

やがてお開きにして、こちらは書斎のソファーへ。フーちゃんは妻と早く遊びたくて、「こんちゃん、遊ぼう」といっていたが、二人でかくれんぼをする。妻が見つからないといって、何度も書斎へ見に来る。みんながまだ食卓にいるうちに、フーちゃんは書斎へ行き、人形のリリーちゃんを持って机の下に入り込んでいたらしい。リリーちゃんと座布団が机の下にそのまま残っていた。

妻の話。かくれんぼのこと。はじめフーちゃんはもと長女の部屋のベッドに、恵子ちゃんが眠くなったときのために用意した布団をかぶって隠れていた。いつもリリーちゃんを寝かせてあるベッドに寝ていた。見つからなかった。次に妻が隠れる番で、洗面所の鏡の前に立っていた。フーちゃんは探しに来て、気が附かずに廊下を通り過ぎた。そうして、

「こんちゃん、いない。こんちゃん、いない」

といって探していた。

二時半ごろ、みんな、帰る。フーちゃん、玄関で「つばきの実、ほしい」といい、「たつやおじちゃん」に取ってもらった。送別会の途中、長男はカメラを持って来るのを忘れたのに気が附き、残念がる。「あとで取って来る」といいながら、それきりになった。

みんなを送って出たとき、「このままたつやのところへ行って、写真、写してもらおう」というと、長男、よろこぶ。で、長男は一足早く家に帰り、カメラを取って来て、家の前の芝生にみんな並び、写してもらった。「いい会だったね」と妻と話しながら帰る。

食事をしているとき、次男が、

「フミ子は絵をかくのが好きで、絵ばかりかいている」といった。また、「御飯が好きで、納豆の卵かけ御飯なんか大好きで、よく食べる」といった。

五

午前（送別会の翌日）、書斎へ来て妻が話す。昨日、食事のあと、フーちゃんがここで机に向って椅子に腰かけて、この写真を取って、こうして見ていました。上野の一水会展で妻が買って来た池田清明「夏休み」の写真。電気スタンドに立てかけてある。麦わら帽子を持った、高校生くらいのお嬢さんが庭先で飼犬のそばに立っているところをかいた絵。フーちゃんも子供ながら手に取って見たくなったのだろうか。

妻は、フーちゃんと遊んでいると、フーちゃんは何がしたいか、何をして遊びたがっているか、全部分るのという。

昨日、フーちゃんが来たとき、玄関で渡してくれた小さな封筒の「おてがみ」を持って来て、よく見る。「おじいちゃん　こんちゃん」と鉛筆で書いてある。その「ん」の字が、三つともみみずが這ったような心細い字になっている。あまり書きつけない字であるのかも知れない。

その横に「おじいちゃん」と「こんちゃん」が二人並んでいるところ（笑っている顔の）をかき、その下に星とハート型の印と蝶の絵を三つ並べて、下につば広の帽子をかき、横に仔犬をかき、それぞれクレヨンで色を入れてある。この犬は、最初何だろうと思った。やわらかい、むくむくしたもので、どうやら犬——それも仔犬らしいと分った。鉛筆の簡単な絵ではあるが、やわらかい仔犬の感じがよく出ている。昨日の送別会のとき、となりに坐った次男が、

「フミ子は絵をかくのが好きで、絵ばかりかいている」

といったのを思い出す。こんな「おてがみ」にも絵をかかずにはいられないくらい、絵をかくのが好きなのだろう。

封筒の中に入っていたのは、折紙細工の鶴が二つと「風船」が三つ。最初、これが出て来たときは、折紙の方はミサヲちゃんに折ってもらったのかと思ったが、あとになって、フーちゃんも折紙で鶴を折ることが出来るのが分った。封筒の表の絵もフーちゃんだし、中身もフーちゃん製作のものと分る。送別会の記念に何よりのいい贈り物を貰った。有難い。

夕方、妻はいつも南足柄の長女へ宅急便を送るときに入れてやる塩鮭の切身を買うなすのやで買ったバウムクーヘンを「山の下」へ届ける。この日、正雄の小学校の用事で次男一家の送別会に出席できなかった南足柄の長女が正雄を連れて来るといっていたので、みんなが寄った

ら出すつもりで買ったバウムクーヘンであったが、都合で長女が来られなかった。バウムクーヘンと餡こを持って行く。

縁側にフーちゃんがいて、人形に服を着せていた。最初にミサヲちゃんがクリスマスに作ってくれた人形のくるみちゃんに服を着せている。恵子ちゃんに人形を上げたとき、フーちゃんに買って上げた人形のちえ子ちゃんの着ていた服を着せている。エプロンを着せる。プラスチックの首飾りをかける。髪には髪飾りを着け、物もいわずに夢中になって遊んでいた。

妻はフーちゃんに上げる「ぬりえ」と画用紙を渡した。この画用紙は午前中に妻が書斎にいる私のところへ持って来て、「おてがみ書いて」という。送別会の日に持って来てくれた「おてがみ」のお礼に上げるのだというので、画用紙の最初の頁に鉛筆で、

「おてがみ、ありがとう。おじいちゃんより」

と書いた。妻はその横に、

「ふうちゃん、かわいいおてがみありがとう。こんちゃんより」

と書いた。

これをフーちゃんに渡すと、フーちゃんは画用紙の「おてがみ」を読んでいた。もう平仮名は読めるし、書けるようになっている。春夫は妻からいつも「山の下」へ来るとき持って来る乳酸飲料の小さい壜を貰って、飲む。恵子ちゃんは庭先のぶらんこに乗って遊んでいた。

午後、清水さん来て、畑で切った秋明菊とほととぎすを下さる。

夕方、古田さん来て、松茸を下さる。松茸の入った籠を捧げ持つようにして、

「香りをお届けに来ました」

と嬉しそうにいったと、あとで妻が話す。

「古田さん、何か届けて下さるとき、本当に嬉しそうな顔をして持って来てくれるの」

という。

妻は、日野の松村さんから頂いた梨（これが大へんおいしい）を持って「山の下」へ。次男宛に書いた、十月二十五日、十時十五分に来て、生田まで車に乗せて行ってくれるように頼むメモ同封の手紙を持って行く。二十五日は友人の藤野邦夫さんのお嬢さんの可奈子さんの結婚披露宴に招かれている。妻は着物を着て出席する。いつも月に一回、梶ヶ谷の虎の門病院分院へ診察を受けに行くとき頼む近所の個人タクシーの中山さんに来てもらってもいいのだが、たまたまその日、読売ランド前の丘の上の住宅へ二十九日に引越す次男が、車で荷物を運ぶことをミサヲちゃんから聞いたものだから、それなら次男に生田まで乗せて行ってもらおうということになった。

フーちゃんがいた。去年、大阪へ行ったとき、阪急百貨店で買って上げた、英語の入った白のトレーナーを着て、画用紙を切っては、紺色のアタッシェケースに入れている。このアタッシェケースは、長男がヒルトンホテルの従業員のパーティーのくじ引きで当てたものをフーちゃんにくれた。

持って来たお菓子を春夫に上げ、フーちゃんにはにおい玉を上げる。おまけのガム附きのにおい玉。小さな箱に入っている。フーちゃん、「ありがとう」という。

ミサヲちゃんに、二十九日の引越しの日は朝、昼、晩の三食とも作って上げると話す。朝は「山の下」へ届ける。昼食は読売ランド前の家まで持って行く。夕食は次男がこちらへ車で来たときに渡すという段取りにする。ミサヲちゃんは例によって遠慮したが、「こんなときは甘えなさい」といったら、よろこんでいた。妻は「山の下」から帰って、その話をする。引越しの日はすることがいっぱいあって、食事にまでなかなか手がまわらないから、主婦は助かるだろう。朝はおにぎり七つ、昼はうなぎ弁当、夕食はコロッケを作るつもりと、妻は楽しそうに話す。昼は、今度の引越し先の家を見がてら、持って行ってやりますという。

ミサヲちゃんに会ったあと、あつ子ちゃんのところへ行く。恵子ちゃんに赤ちゃん用の動物ビスケットを上げた。恵子ちゃん、おすもうとりのしこのように足ぶみをする。

「山の下」から帰った妻は、

「フーちゃん、いちばん可愛いときに近くにいて遊ばせてやってよかった」

としみじみ話す。長崎の寿恵男さん（註・私の師の詩人伊東静雄の弟、戦前、「医者のいない村」「働く少年少女」などのすぐれた文化映画を作った人）が、可愛がっている孫の女の子のことを話していて、

「子供がペットになるのは五歳までですね」

といったのを思い出す。フーちゃんは家から歩いて五分の大家さんの借家にいたお蔭で一歳から六歳までたっぷり遊んでやることが出来たのだから、私たちは仕合せであった。

午前（十月二十四日）、南足柄の長女から電話かかる。「来たよー」という。お誕生日のお祝いの靴や本などの入った宅急便が届いた。本は『ドリトル先生のサーカス』『ドリトル先生の郵便局』（岩波少年文庫）『還暦の鯉』（講談社文芸文庫）の三冊。ほかになすのやの鮭、正雄のプラモデル。正雄がよろこんだという。

午後、買物から帰った妻、道でミサヲちゃんに会ったという。「古い家なので虫がいるかも知れないから、これからバルサンを焚きに行ってきます」といい、駅の方へ行った。「かずや、休み？」と訊くと、「フミ子がいます」という。フーちゃんが春夫と留守番をしている。

ミサヲちゃんが行きがけに郵便受けに入れて行った次男の手紙を読む。転出、転入の手続きをきちんとするように、来年三月、フーちゃんの小学校への就学通知が来なかったりすると困るからと書いた私の手紙への返事と、送別会のお礼の手紙。

前略　お手紙拝読しました。かずかず心配、苦労をおかけしまして済みません。転出、転入届、きちんとするようにいたします。また、先日は大変御馳走になりまして有難うございます。御礼が遅れまして申し訳ございません。文子は、「お昼にあまり食べられなかったのはなぜか」と操があとで訊いたところ、「遊びたかったの」とのことでした。恵子ちゃんや春夫が遊んでいるのが気になったり、何か胸がいっぱいになるとあまり食べられなくなるようです。「食べたかったんだけど、みんなが遊んでいたから。そのあと、ごちそうさましちゃったから……」と操にいっていたそうです。

今日は、御飯を食べたあと、太目のさつまいもを半分と梨を食べ、「デザートいっぱい食べた」と満足そうにしていたそうです。このような食欲を先日、発揮できなかったのは、やや残念です。

二十二日、生田の住友銀行の二階でつつがなく家の引渡しの手続きを済まして来ました。自分の支払う小切手の出来て来るまでは大分緊張しましたが、ちゃんと用意出来、広島の宮島口の方へ引越される売主の方とも、和やかな雰囲気でお別れし、まずまず順調な一日でありました。

二十九日の引越しに向けて片づけも進んでいます。目前に来てばたばたと慌てるとは思っていますが、気が病まないように注意してやってゆくつもりです。もうしばらく心配、苦労をおかけしますが、お許し下さい。

二十五日十時十五分、庄野タクシーでお迎えに上りますので、待っていて下さい。では、また。　不備

午前（十月二十五日）、藤野邦夫さんのお嬢さんの可奈子さんの結婚披露宴（銀座のイタリア料理店で十二時から）に行く。十時十五分に家の前に妻と二人で出て待っていると、崖の坂道の方から次男の車が来る。ミサヲちゃんは向うの家へ行っているという。今日の披露宴で祝辞をいうように邦夫さんから頼まれ、原稿を五枚書いて、それを読むつもりでいることを話す。七年前に次男とミサヲちゃんが結婚したとき、藤野邦夫さんにお仲人をお願いしたこと、ヒルトンホテルの披露宴で邦夫さんがにこやかな笑顔でいい挨拶をしてくれたことを思い出す。この結婚式のあと私が思いがけず脳血管の病気で入院したのだが、虎の門病院梶ヶ谷分院にいる私のところへ藤野邦夫さんが何遍も見舞いに来て、沈みがちな病人を元気づけ、励ましてくれ

たこと、邦夫さんの朗かな顔を見ただけで気持が明るくなったことが思い出される。「スピーチがあると気になって、御馳走も味がしないでしょう」と次男がいう。その通りではあるが、お世話になった藤野邦夫さんのお嬢さんの婚礼だから何とか無事に役目を果したい。

生田のバス停留所の前で下してもらい、次男に礼をいって別れる。（藤野邦夫さんらしい、大らかで陽気な結婚披露宴であった）

午前、朝食前に妻は南足柄の長女に電話をかけ、「ハッピーバースデイ トゥーユー」と歌って、お誕生日を祝ってやる。「わたくし、稲村夏子、よ、よ、四十になりました」という、おどけた中にも一抹のさびしさを漂わせた手紙をくれたのが、もう何年か前のことになる。こちらが私も妻も二人とも年を取ってゆくのだから、結婚して最初に生れた長女がそれにつれて年を取ってゆくのは仕方のないことだろう。

午前、妻は清水さんへ還暦のお祝いを持って行く。この前、新宿で買って来たパーティー用のハンドバッグ。栄一さんのお結納が十一月三日で、その日、早速役に立つかも知れない。清水さんは今日、妻が来ることを聞いていたので、薔薇の花束とカスタードプリン沢山と圭子ちゃんの御主人の親もとの九州中津から届いた蜜柑の袋を用意して待っていてくれた。

その前、大阪帝塚山の義姉から電話がかかり、兄へのお見舞いを受取ったお礼と、大きな手術を終った兄が回復してもう何の心配もなくなったという報告があった。よろこぶ。

夕方、妻と「山の下」へ清水さんのカスタードプリンを持って行く。もうこんなふうにしてフーちゃんの顔を見に「山の下」へ頂き物を届けに行くのもいよいよ最後だなと思いながら。前の道へ恵子ちゃん、歩いて出て来る。そのうしろからフーちゃん現れる。春夫が「こんちゃーん」といって走って来て、妻にすがりつく。いつも何かしら食べる物か乳酸飲料を持って来てくれるので。ミサヲちゃんとあつ子ちゃんは、前の床几に腰かけている。妻は持って来たものを二人に分ける。清水さんのカスタードプリン、清水さんから分けて頂いたサラダのドレッシングソース、蜜柑。

フーちゃんは、妻から「ぬりえ」の本を貰って、床几に腰かけたまま、嬉しそうに本をひらいて見ていた。フーちゃんに何かいってやりたかった。――「今度のおうちへ行った?」「どんなおうちだった?」「今度のおうち、いい?」というようなことを訊いてみたかったが、フーちゃんが熱心に「ぬりえ」を見ているので、いわなかった。

はじめ「山の下」に着いたとき、妻は前を歩くフーちゃんの背中をさすってやった。こちらも背中をさすってやった。フーちゃんは何もいわなかった。あとで妻は、フーちゃんは去年、大阪の阪急百貨店で買って上げたブラウスを着ていましたといった。そのブラウスの背中を妻も私もさすった。

妻がミサヲちゃんがかいたらしい（本人はそうではないといっている）油絵が部屋にひとつだけ懸っていたというので、見に行く。川の絵。額ぶちはなし。「ミサヲちゃん、かいたの？」と訊くと、「いいえ、私のなら懸けません」といった。誰の絵だろう？

テレビの漫画がついたままになっていた。ディズニー風の漫画。外国の童話らしい。ミサヲちゃん、フーちゃんに「テレビ消さないと」といった。さっきまでフーちゃんは家の中でテレビを見ていたらしい。フーちゃん、家の中に入り、そのまま漫画のつづきを見る。家の中は片附いてがらんとしていた。いよいよ明後日、引越しである。

フーちゃんは、はじめ妻から紙箱入りのジュースを貰って、ストローを差し込んで飲んでいた。

妻と帰る。フーちゃんは前の道まで出て見送ってくれた。


朝（十月二十八日）、妻は「山の下」へ行く。次男は休みで、ミサヲちゃんと二人、マスクをかけて家の中の掃除をしていた。明日の食事のことを話す。妻はミサヲちゃんに三食ともこちらで作るからと話してあったが、次男は、朝はパンを買って来るからいいですといい張る。で、妻が譲って、朝食のつもりでいた海苔巻のおにぎりを昼にまわして、九時ごろに届け、昼食のつもりでいたうなぎ弁当を夕食にして、向うへ届けることに話を決めて帰った。

次男一家の引越しの日は、朝、起きてみると小雨。がっかりする。ただし、引越しに差支えるほどの降りではない。「これなら、引越しは出来る」という。妻は三十分早く起きて、おにぎりのための御飯を炊く。朝食後、おにぎりに入れる鮭、鱈子を焼く。「おいしそうなおにぎり、出来た」という。なすのやの鮭は、評判がよくてよく売れるという。ただ、雨が小ぶりになるのを祈るばかり。

十時前に妻と「山の下」へ。雨は殆ど上る。次男の家は、縁側も家の中も段ボール箱の山になっている。フーちゃんは、去年、阪急百貨店で買ったトレーナーを着ている。荷物を置いていない方の縁側で、妻とあやとりをする。フーちゃんは引越し荷物の中からあやとりの毛糸だけ取っておいてもらったのだろう。妻にあやとりの「たたきぼうき」の作り方を教えてもらって、それを指にかけたまま、

「さっさか、さっさか」

といって、箒で掃く仕草をする。

春夫ははじめに妻から貰った紙箱入りのジュースのストローのピンクのを欲しがり、泣き出す。次男は庭の物干し台を二つ、コンクリートの台ごと掘り起し、土をこそぎ落してビニール

で包み、運べるようにする。物干しの竿の雫を拭きとり、縁側の引越し荷物の上に載せる。

この日の手伝いのために休みをとった長男が家から出て来ると、春夫よろこび、庭へ出て行く。

「明日から春さんがいないと淋しいな」

と長男が呟く。読売ランド前の家へ次男が持って行く縁先の薔薇のレッドライオンの枝を切る。次男はシャベルで根から掘り起して、ビニール袋に土ごと包む。長男は手伝う。

引越しの業者の車が来ないので、ミサヲちゃんが電話をかけると、「道路事情が悪いので」という返事。そのうち、やっとトラックが来る。その前に電気屋の車が来て、向うへ運ぶクーラーなどを外して、車に積み込む。

引越し業者のトラックから出て来たのは二人。一人は大男の黒人であった。庭にいたこちらが「よろしく」というと、笑顔で会釈した。力持ちらしく、かるがると段ボール箱の荷物や布団袋をトラックへ運び入れる。

そのころから、いったん上っていた雨がまた落ちて来た。フーちゃんは、黒のビニールの袋をマントみたいに頭からかぶって（ビニールに穴をあけて、頭をそこから出して）、庭を歩いていたが、業者の荷物運び出しが始まると、おとなりのマンションの二階の、いつもミサヲちゃんのところへ春夫と同じ年の女の子を連れて遊びに来るお母さん（前田さん）の家へ春夫と

一緒に行き、そこで遊ばせてもらっていた。途中でそのお母さんが出て来て、

「うさぎさんは？」

とこちらにいるミサヲちゃんに訊いた。春夫がどこへ行くにも離さないぬいぐるみのことか。あとからミサヲちゃんがおとなりへ持って行く。

そのうちに前田さんが自分の子供とミサヲちゃん、フーちゃん、春夫を小型の車に乗せて、一足先に向うの家へ行くことになった。ミサヲちゃんが車に乗る前に、フーちゃんを呼んで、私にお別れの挨拶をして来るようにいいつけたらしい。私が荷物の運び出しを眺めているところへフーちゃんが来て、

「さようなら」

といって引返した。

こちらは咄嗟のことで、何もいわずにフーちゃんのあとをついて行き、ミサヲちゃんとフーちゃんのいる前で、

「遊びにお出で。泊りがけで」

といった。

そのあと、前田さんの車の方へ行くミサヲちゃんとフーちゃんのうしろを歩いているうちに、不意に顔がくしゃくしゃくしゃになり、泪が出そうになった。

前田さんの車のなかには、もうみんな乗り込んだ。フーちゃんは車のなかから、見送る妻の方に手を振っている。妻は泣き出しそうな顔をしている。こちらも手を振る。車が出て行った。

「さようなら、フーちゃん」

フーちゃんたちの車を見送って、こちらは家へ帰る。妻が作って来た次男一家の昼食のおにぎりの入ったさげ袋は、ミサヲちゃんが持って車に乗った。

家へ帰って、いつものようにトーストと紅茶と果物のお昼を食べているとき、妻は、

「電車で一駅先の、こんな近くへ引越すのにめそめそして……。フーちゃんが車のなかからこちら見ているの。それを見ていたら、泣き出しそうになって」

という。

「仕方がない。いくら近くへ引越すといっても、別れは別れだもの」

とこちらは慰める。

雨が降って来る。だが、もう引越しの荷物は向うの家に運び入れたころだから、大丈夫だろう。

昼食が終ると、妻は次男一家の引越し先での最初の夕食になるうなぎ弁当とおにしめを作りにかかる。それに次男の酒のおつまみにローストビーフ（これは買った）も用意してやる。おにしめは蒟蒻、人参ほか。「お正月みたいな料理になった」と妻はいう。

弁当の包みを持って出かける。次男に前に読売ランド前の駅からの道順をメモ用紙にかいてもらったから、それを見ながら行けばいいだろう。

読売ランド前で電車を下り、跨線橋を越えて百合ヶ丘の方へ行く道を渡る青信号の手前に立っていたら、通りかかった車が停って、ミサヲちゃんが顔を出した。偶然に次男の車と出会ったので、よろこび、乗せてもらった。フーちゃん、春夫も車のなかにいた。運がよかった。たちまち丘の上の多摩美二丁目の次男の家に着く。

次男が車を置いて来る間に、フーちゃんは「開けさせて」といい、ミサヲちゃんから鍵をもらって、玄関の戸を開けてくれる。

荷物は運び込んで、箪笥なんかはそれぞれの部屋に置いてあった。

階下は台所に続く十畳の洋間で、その手前に六畳の和室がある。玄関を入ったところも、割合にゆったりしている。二階は、六畳と四畳半の和室。四畳半の方にはもう家族四人の寝る布団が敷いてあった。六畳には結婚するまで南足柄の宗広先生のところで研究生として染織の仕事を続けて来たミサヲちゃんの機を織る大きな台が入れてあった。長沢の借家は二間きりで、ミサヲちゃんは機を織りたくても、その台を置く部屋が無くて、台は物置へ仕舞い込んであった。今度の家へ入って、やっと望みが叶って、染織の仕事が出来るようになる。ミサヲちゃんはどんなにか嬉しいだろう。また、この六畳が次男の書斎になる。

次男は私と妻を二階へ案内してくれるとき、「機を織る台が通るかなと思ったんだけど、すれすれのところでうまく運び上げてくれた。荷物を運ぶ人が鹿児島の出身で、機を織るのを子供のころ見ていたといって、懐かしそうにしていた」と、そんな話をした。

階下には洗面所と浴室がある。前の借家では、次男たちは台所の流しで洗面をしていたから、独立した洗面所があるのは嬉しいだろう。註文住宅として建てられた家で、間取りもよく、すべてにゆったり出来ている。二階にも便所がある。和室の畳は、今度の受け渡しの前に全部、表替えをしておいてくれたので、新しくて気持がいい。

子供のいない夫婦二人きりで暮していた家なので、きれいに住んでいた。築二十年というのだが、とてもそんなふうに見えない。築五年といっても、そうかなと思うくらい、いたんでいないし、汚れてもいない。庭も思ったより広く、木もちゃんと植えてある。一通り家の中を見せてもらってから、次男に、

「想像したよりずっといいな。これなら立派なものだ」

という。

ミサヲちゃんが階下の六畳の和室でお茶を出してくれる。新しい畳にひとところしみがついているのは、春夫が眠っていておしっこたれをしたあとだという。次男は、お隣へ挨拶に行ったら、いい方で、親切にいろいろ教えてくれたという。車の置き場のことも教えてくれた。

帰りは、次男が駅まで歩いて送ってくれる。途中、坂道の左手に生田の山の続きの、雑木林のきれいな山が見えるところで立ち止る。

「あの山が小学校のときに鈴木君なんかと落しで目白を捕りに来たり、アケビを掘ったりしたところです。今度、来て見て思い出した」

と次男は嬉しそうに話す。

たまたま家を買うことになって引越して来た先が、小学生のころに、友達と目白を捕りに来た山であったとは、縁があったということだろう。よかった。その目白捕りをした友達の鈴木君の家が駅前で鉄工所をしていて、今は鈴木君が親の仕事を継いでいるらしいと次男はいった。そういう土地へ移って来たのは幸運であった。

次男の家へ行く道の曲り角の目印になるものをよく見て覚えておこうと思ったが、これは一回来ただけでは無理で、覚えられなかった。今回のはじめての訪問で、よく次男の車に会ったものだ。メモ用紙の略図では、うまく家は見つからなかったかも知れない。読売ランド前の駅まで次男が送ってくれて、改札口で手を振って別れる。

帰ってから妻と、

「いい家だ、あれなら立派なものだ。畳も新しくしてあるし、夫婦二人きりできれいに住んでいたから、ちっともいたんでいない」

といって、よろこぶ。それに、まわりにマンションが一つも無く、派手な大きな家も無い。みんな同じくらいの敷地につつましく建てた家で、好もしい。それに次男が生田小学校のころに友達と目白やアケビを取った山のすぐそばというのがいい。次男にしてみれば、懐かしい、縁のある土地へ来たわけだ。そういって妻とともによろこび合った。

引越しの翌日、次男は長沢のもとの家の掃除に来るので寄りますといっていた。こちらは虎の門病院梶ヶ谷分院へ診察を受けに行く日なので、二時ごろには帰っているからと次男にいったら三時ごろに寄りますといっていた。

妻はお茶の支度をして待つ。四時前に妻は、「見て来ます」といって出かけたそのあとへ、次男がフーちゃんを連れて来て、

「フミ子、置いて行きます」

という。これから掃除をする。ミサヲちゃんと春夫は向うへ行っている。そこへ妻が帰った。「かずやに会いました」という。長沢まで行って、誰もいなかったので引返して来ると、坂道の上から下りて来る次男の車に会った。ミサヲちゃんも乗っていたという。

それから妻はフーちゃんと遊ぶ。図書室からリカちゃん人形を日の当る六畳へ運び込み、箱を並べて、「ここが庭よ。ここがおふろよ」といって、ままごと遊びを始める。「ことことおな

べ」で肉と野菜を料理する。読売ランド前へ次男一家が引越したその次の日、「山の上」で妻がフーちゃんと昔のようにリカちゃん人形で遊べるとは思っていなかった。

「昨日、うなぎ弁当、食べた？」

と妻が訊くと、フーちゃん、うんという。

「おいしかった？」

「うん」

「お父さん、うなぎ弁当食べるとき、お酒飲んだ？」

「飲んだ」

それから今日のことを訊く。

「けさ、御飯、食べた？」

「うん」

「パン食べたの？」

「うん」

「お昼は食べた？」

フーちゃんは、「食べない」という。それでは、朝昼兼用にしたのかと思ったら、あとでもとの借家の掃除を終った次男がフーちゃんを引き取りに来たときに訊くと、お昼御飯はみんな食べたんだけど、フミ子は食べなかったという。引越しで気持が動揺していて、フーちゃんはおなかが空かなかったのだろうか。

妻はリカちゃん人形で遊んでいる間に、お餅を焼いて、いそべ巻を二つ、出してやる。フーちゃんはおいしそうに食べる。アイスクリームも食べる。お昼御飯を食べなかったので、おなかがすいてきたらしい。

そのあと、書斎へ行って、ピアノのおけいこ。「子供のバイエル」の本を見て、フーちゃん「これ弾く」という。妻が「指一本で弾けばいいのよ」といって、先にお手本を弾いてみせる。フーちゃんは間違えずにうまく弾く。よろこんで、次々と進む。12まで弾いた。

妻は、「悟りが早い」といって驚く。そばで見ていたら、フーちゃんは殆ど間違えずに一回でうまく妻の弾いた通り弾いた。

ピアノのおけいこのあと、台所の廊下にクッションを積んで、フーちゃんを跳ばせる。一度転んで、膝を打ち、フーちゃん痛がる。

六時ごろに勝手口へ次男と春夫を抱いたミサヲちゃんが来る。遅くなったので、次男たちが来たら、武信のとんかつ弁当を取って、「山の上」で夕食を食べさせようかと妻と相談していたのだが、次男に話したら、「もうお肉を買って用意してありますから」というので、止めにした。引越し早々で、これから家へ帰って夕御飯の支度をするのはミサヲちゃんも大へんだろうと思ったのだが。妻は次男に自家製の梅酒とかりん酒をブレンドしたものを一壜上げる。

フーちゃんは、外が暗くなったのにいつまでもお父さんが迎えに来ないので、そろそろ心細くなっていたのか、次男が勝手口へ来たとき、お父さんの胸に飛びついた。妻と夢中になって遊んでいたものの、お父さんの顔を見たとたんに甘えたくなったのだろう。

「また、お出で」

といって別れる。次男、ミサヲちゃん、礼をいって帰る。次男は、「郵便がもう着きました。郵便で送って来ることになっていた登記の書類も書留で来ました」という。「表札は持って来たか?」と訊くと、もとの借家の表札を外して持って来るつもりでいて忘れた。「紙に書いて貼ってあります」という。妻は次男たちを車まで送る。

「フーちゃん、引越しで動揺している」

とあとで二人きりになったとき、妻がいう。新しい家のお風呂のことを訊いたら、フーちゃんは「狭くなった」といったという。長沢のもとの家のお風呂よりも狭いらしい。

引越しの二日前に行ったときも、引越しの当日も、フーちゃんの笑顔は見られなかった。何かしら心配ごとをかかえているような顔をしていた。今日も久しぶりに妻とままごと遊びをしたのだが、表情はさほど明るくならなかった。次男の話では、フーちゃんは今日、お昼御飯を食べなかったらしい。

夕方（十月三十一日）、妻ははじめてミサヲちゃんに電話をかける。「今日は駅までお買物に行った？」と訊くと、「昨日、前の家の掃除に来た帰りにかずやさんがいっぱい買物したので、行かなかった」という。

「フーちゃんは？」と訊くと、「いま、ぬりえをしています」「幼稚園は来週から行くの？」「行きます」

古田さんから電話かかる。

「御飯済みましたか？」

「これからです」と答えると、ご主人のお国の岐阜から届いた鮎を煮たので、お届けしますという。鮎の甘露煮を持って来て下さる。玄関へ出て行って、お礼を申し上げる。おそらく半日かかって煮たものだろう。夕食にこの甘露煮を頂く。おいしい。うまく煮てある。妻はすぐに古田さんに電話をかけて、お礼を申し上げる。川魚とはとても思えない。お国の家の近くに川があるらしい。そこで釣って来た鮎。それにしても古田さんの料理のセンスがいいのには、いつも感心する。

デザートに清水さんから頂いたカスタードプリンを食べる。おいしい。

夜、妻が話す。「夕方、ローソンへパンを買いに行った帰り、あ、フーちゃん、もういないんだと思った。今までならちょっとミサヲちゃんのところへ寄って行こうと思えば、お使いの帰りに行けた。だけど、もうそこは空家になっていて、フーちゃんはいない。フーちゃんは読売ランド前の家だと思った」という。

夕食のとき、妻がこんな話をする。これまでは夕方、ミサヲちゃんのところへ行ったら、お台所に電気がついていて、「ミサヲちゃーん」と呼ぶと、裏の戸を開けてくれた。中へ入ったら、向うの部屋から春夫、フーちゃんが飛び出して来た。春夫がいつも先に出て来た。何か食べるものを持って来てくれたと思って飛び出して来る。

以前、そんなふうにして夕方、何か届けに「山の下」へ行った妻が、帰って、ミサヲちゃんのところへ行ったら、フーちゃんと春夫が「どてどてどてと飛び出して来た」と、よく話していたのを思い出す。妻は、フーちゃんが幼くて、いちばん可愛いころにすぐ近くにいてくれてよかったと、しみじみ話した。

午前（十一月三日）、妻はミサヲちゃんに電話をかける。この前次男が来たとき、三日にもとの家の庭の掃除をしに来るといっていたので。ミサヲちゃん、かずやさんは朝野球の試合に行きました、そのあとたつやさんのところと一緒にファミリー・レストランへ昼食を食べに行きますという。

次男、昼すぎに来る。万事うまく行っていますという。生田小学校のときの同級生の白井君が近くで植木屋をしている。鉄工所の鈴木君と同じで、やはり親の仕事を継いでいる。その白井君が朝野球のメンバーで、今日、会ったとき、車の置き場を玄関先に作りたいと話したら、野球が終って、早速見に来てくれた。敷地内のブロックを動かさずに庭の木を少し動かすだけでうまく車置き場を作ってくれることになったと、嬉しそうに話す。

今のところは近所の人がお金を取らずに自分の家の敷地に車を置かせてくれている。いつまでも好意に甘えているわけにはゆかないから、有料の駐車場を探すつもりでいるが、家の前に車を置けるようになると、助かる。ただ、白井君は年内は仕事が詰まっているので、年明け早々に来てくれるといっている。

次男は家の前に車を置けるようになったのをよろこんでいた。庭木を二本移すだけでブロックは動かさなくてもいいというので。

フーちゃんの幼稚園のことを訊くと、朝、会社へ行くとき、電車で生田まで一緒に行き、スクールバスの来るところまで送って行く。帰りはミサヲちゃんがスクールバスまで迎えに行く、そんなふうにして引越してから昨日はじめて幼稚園へ行ったという。フーちゃんがまた今まで通り幼稚園へ行くことになったと聞いて、ほっとする。

今日は、朝野球のあと、長男一家とおとなりの前田さん（引越しの日にフーちゃんたちを乗せて車で先に読売ランド前の家へ運んでくれたお母さん）とその子供と次男一家の三家族で生田駅近くのデニーズへ行って食事をした。これからもとの借家の庭掃除をしますといって、次男は「山の下」へ帰る。

そのあと、妻は餡こを持って行く。妻が帰って、

「フーちゃん、遊びに行きたいというの。連れて来るわけにゆかないし、辛くて、泣いてしまった」

といい、泪を拭く。

妻の話。行ったら、春夫が「こんちゃーん」といって走って来て、転んだ。フーちゃんが春夫を抱き起してやった。もう一人、おとなりの前田さんの京子ちゃんが来ていた。恵子ちゃんも入れて子供ばかり四人。次男のいた借家の縁側に並んで坐らせて、持って行った紙パック入りの飲物を飲ませてやった。あつ子ちゃんは近所の奥さんと「生活協同組合」の配給物を床几の上で分けていた。

帰り、フーちゃんが「あそびたい、こんちゃんと行きたい」といい出し、フーちゃん一人連れて来るわけにゆかないので、帰って来た。葡萄畑の横の道を泣きながら歩いた……。

今日は清水さんのお結納（ヒルトンホテル）の日。いい天気でよかったと妻と話す。夕方、暗くなりかけたころに清水さん、栄一さんと連れ立って挨拶に来られる。薔薇の花束を持って。ヒルトンホテルから帰ってすぐに畑へ行き、切って来た薔薇だろう。玄関へ出て行って、初対面の栄一さんに「おめでとうございます」という。栄一さんは「いつもお世話になって居ります」といって、にこやかに挨拶する。両親の慈愛を受けて育ったことが分る、ふっくらとした、気持のいい青年。明治大学工学部を卒業して、キヤノンに勤めている。

書き落したが、今日、次男が来たとき、前から上げるつもりで第一巻に署名をしてあった『庄野潤三全集』（講談社・全十巻）を図書室の棚から出し、風呂敷に包んで次男に渡した。引越しが済むまで預かっておいて下さいといわれていたもの。ほかに妻が保存してあった次男の小学校のころの図画、工作、通信簿、手帳に書いた日記の入った箱、大学の書道部にいたときの作品などを次男に渡した。今度の家なら置き場があるだろう。次男は貰ったものを車のトランクに積み込む。

暫く南足柄の長女から便りが届かないのが気がかりで、夜、妻に電話をかけさせる。長女は正雄の小学校の行事が重なって、ずっと忙しかったらしい。そこへ歯が痛くなって困っている。

今日、宅急便を作って、その中へ手紙を入れましたという。

昼御飯を食べていたら、長女の宅急便が着いた。さんまの干物、長女の焼いたアップルパイ、三男の高校二年の明雄が九州修学旅行で私たちに買って来てくれた長崎カステラの箱、近所の那緒さん（染織工芸家の亡くなられた宗広先生の夫人）から頂いた柚子。

同封の手紙を読む。十月末から十一月はじめにかけて正雄の小学校の行事の手伝いに狩り出されて大多忙であったらしい。手紙の途中から不意にゴチックの太い字になって、

「でた、でた、いのししが」

よく野菜を下さる近所の菊池さんのいも畑に、夜中に猪が何頭も来て、収穫目前のおいもを食い荒したという。その光景を見た那緒さんの飼猫がショック死した。翌日、菊池さんのところは、勤めに出ている息子も休ませて、一家でおいも掘りをした。……

南足柄の長女の家は箱根の外輪山の山の中腹の雑木林のなかに建っていて、これまで庭でムササビが飛ぶ気配がすると話していたことはあるが、猪が近所に出たのは、これがはじめてである。驚いたのも無理はない。

夕方、妻はさんまの干物を「山の下」のあつ子ちゃんに届ける。あつ子ちゃんの話では、いつもフーちゃんに相手になってもらっていた恵子ちゃんは、ミサヲちゃん一家がいなくなり、

調子が出ないらしい。ミサヲちゃんから電話がかかって、話のなかに「春さん」という言葉が出たりすると、嬉しそうに笑うという。子供ごころにも、おとなりの次男一家の引越しがこたえているらしい。

三時ごろ、妻は読売ランド前のミサヲちゃんに電話をかける。雲丹要る？　などと話しているうちに、フーちゃんは？　と訊くと、「春夫はお昼寝、フミ子はひとりで遊んでいます」。フーちゃん、電話口に出て、「こんにちは」という。その声を聞いたら、急にフーちゃんの顔が見たくなり、ミサヲちゃんに「これから行くよ」といった。今日は土曜日、午前保育なので、幼稚園は休ませたのかも知れない。「太い声でこんにちはといった」と妻はあとで何度もいう。

急いで支度をする。なすのやの鮭の切身、荻窪の井伏さんから頂いた鳩サブレー（奥さまのお葉書では、井伏さんはお八つにこれを食べておられるらしい）、南足柄の長女の三男の明雄が九州修学旅行のお土産に買ってくれた長崎カステラを切ったもの、おいも二つを包んで、戸締りをして出かける。

読売ランド前の駅から次男が書いてくれたメモ用紙の略図を便りに歩く。最後の曲り角を一つ過ぎて、通りかかった娘さんに尋ねて、行き着いた。

フーちゃん、玄関の戸を開けて迎えてくれる。階下の洋間は暖房を入れて温かくしてあった。

前の持主の人が残して行ってくれた絨毯（これがなかなかいい）の上に机を一つ置いて、居心地よくしたところにミサヲちゃん、フーちゃん、春夫がいて、寛いでいた。持って来た寄せ集めのものを出すと、ミサヲちゃん、よろこぶ。引越したばかりの、さびしいときなので、特別嬉しそうに見えた。妻はフーちゃんと春夫にキャンデーを上げる。フーちゃんには別につないで首飾りなどを作る硝子玉やプラスチックの玉の入った小箱を上げる。フーちゃんに上げようと妻が買って来たもの。フーちゃんは、箱を持ってじっと見ていた。

ミサヲちゃんはお茶を出してくれる。妻はこの前、フーちゃんが来たときかいた「ぬりえ」をミサヲちゃんに見せる。空にクレヨンを塗りたくってあるのは、ガスが爆発したところだというと、フーちゃん、面白そうに笑う。久しぶりにフーちゃんの笑う顔を見た。

「フーちゃんは幼稚園へスクールバスに乗って行っているの？」と訊くと、ミサヲちゃん、「行っています」という。朝は会社へ行きがけに次男がバスに乗るところまで送って行き、帰りはミサヲちゃんが迎えに行く。引越し組が四人、いる。朝は九時十五分、午後は一時十五分です。「それなら、一時十分に行けば会えるね」と妻がいう。何か急いで届けたいものがあるときは、そこでミサヲちゃんに会って渡すことも出来るわけだ。生田から長沢の方へ少し来た、道が二叉に分れたところで、「山の上」からは十分くらいで行ける場所だ。

フーちゃんに「バスに乗って行くの、うれしい？」と訊くと、フーちゃん、大きく首を振っ

た。妻は、あとで幼稚園ごっこをしているときのフーちゃんがスクールバスに乗る姿勢を真似してみせ、このときは澄ました声で、

「まっすぐ行って下さい」

というのにといった。幼稚園ごっこで乗る空想のスクールバスは楽しいものだが、実際に幼稚園へ通うために乗るバスは、そんなに楽しいものではないということだろう。

洗面所と浴室を見せてもらった。洋間に食器棚のいいのが置いてある。ミサヲちゃんが結婚するときに買った信州松本の民芸品の食器棚というのだが、中にこの前、次男が車で運んだ『庄野潤三全集』十巻が並べてあった。次男夫婦が七年前に結婚して長沢の松沢さんの借家に入ったとき、持って行った『鷗外全集』もあった。この『鷗外全集』は、戦後間のないころに、海軍から復員した私が大阪阿倍野の古本屋で見つけて買ったもの。重いのを帝塚山の家までさげて帰ったときの嬉しかったことを、次男に譲るときに話したのを思い出す。

帰りはフーちゃんが門まで送ってくれた。家に帰って、妻は、

「早いものよ。あっという間に行って来られた」

といってよろこぶ。三時ごろに電話をかけて、ミサヲちゃんと話しているうちに急に行きたくなって、持って行くものを大急ぎでまとめて家を飛び出した。そうして、夕方には家に帰って来られた。これも次男が近くに家を見つけてくれたお蔭だ、有難いという。

妻の話。この間、「ぬりえ」を見ていたら、フーちゃんと二人でこれをかいたときのことを思い出して泪が出た。その「ぬりえ」を今日、持って行ってフーちゃんに見せた。私は、

「フーちゃん、嬉しそうに見ていたよ」

といった。

六

昨日（十一月八日）から恵子を連れて古河の両親の家へ帰っているあつ子ちゃんから電話がかかる。宅急便で送った山形の酒「初孫」が届いたお礼をいってから、たつやさん、十五日に休みが取れなくなって、みんなと一緒に宝塚見に行けなくなりましたという。いつも宝塚を見に行くときは、長男が休みを取って恵子ちゃんと留守番をしてくれる。それが出来なくなった。残念だが、仕方がない。

お使いから帰った妻にあつ子ちゃんが十五日、宝塚へ行けなくなったと話す。清水さんを誘おうということになり、妻が清水さんに電話をかける。清水さん、大よろこびしていたという。清水さんにはこれまでに何度かお声をかけて、大浦みずきのいたころの宝塚花組の公演の切符を取って上げたことがある。清水さんはいつも圭子ちゃんと二人で見に行った。そうして、たちまち大浦みずきのファンになった。さよなら公演のテレビの放送があったときも、ヴィデオにとった。今度は花組でなくて、月組の公演「ＰＵＣＫ（パック）」。

宝塚を見に行く日。九時十分に家を出る。いつもなら坂道の下からあつ子ちゃんとフーちゃんを連れたミサヲちゃんが並んで上って来るのだが、今日はあつ子ちゃんが行けなくなり、ミサヲちゃんたちは読売ランド前へ引越したから、三人が並んで上って来るところは見られない。ミサヲちゃんとフーちゃんとは生田駅のホームで会う段取りになっている。

清水さん、道へ出て待っていてくれる。生田まで来て、駅の階段を下りて来たら、ホームの人混みの中をフーちゃんを連れたミサヲちゃんが歩いて来るところであった。そこへ到着した電車に乗る。代々木上原から地下鉄千代田線の空っぽのに乗る。はじめ向い側の席にいたミサヲちゃんとフーちゃんだが、途中でフーちゃんはこちら側の席に移り、あとでミサヲちゃんを相手に、「せっせっせ」をして遊ぶ。今日は次男が休みを取って、春夫と留守番をしている。読売ランド前の丘の上の住宅へ引越したのが十月二十九日。あれから二週間ほどだから、家の中の片附けで忙しいミサヲちゃんは大丈夫かなと気がかりであったが、無事にフーちゃんを連れて出て来られた。よかった。

フーちゃんはこの前、大阪へ行ったとき、阪急で買った白のトレーナーを着ている。ブラウスは、これもやはり阪急で買ったものを着ていた。前に飾りの着いた黒い靴を履いている。その靴を脱いだり、足を入れたりしている。肩から吊した小物入れにおもちゃの首飾りや指輪とお八つのキャンデーが入っている。ときどき出して、手に取って見ていた。

日比谷で下車、東宝劇場の前は人だかり。切符をお願いしてあった久世星佳さんの会の東京代表の相沢真智子さんに妻とともに挨拶する。気持のいい人。清水さんたちに先に入って貰い、妻と待っているところへ、南足柄から来た長女が駆けつける。座席券は前から六列目の「へ」の中央。清水さん、長女、フーちゃん、ミサヲちゃんと並び、長女と清水さんのうしろの「と」の席に妻と二人、坐る。

始まる前にアイスクリームを長女が買って来て、配る。フーちゃんたち、食べる。十一時、「月組の涼風真世です。本日はようこそお出で下さいました」のアナウンスとともに開幕。「パック」は、シェイクスピアの「夏の夜の夢」の妖精パックを主人公にした物語。

フーちゃんは、途中でうしろの私にキャンデーを一つ渡してくれる。次に、「こんちゃんに」といって、また一つ、くれた。退屈な劇なのに、辛抱して、おとなしく見ていた。ときどき、となりのミサヲちゃんの肩にもたれたりする。ミサヲちゃん、そっと顔を寄せて、フーちゃんに耳打ちする。長女はフーちゃんにときどき顔を寄せて、何か話しかけてやっていた。

幕間に長女とミサヲちゃんが売店で買って来たサンドイッチとコーヒーを配る。フーちゃんはコカ・コーラ。いつもは妻があつ子ちゃんに財布を預けて買って来てもらうのだが、今日は残念なことに来られなかった。

次のショウ「メモリーズ・オブ・ユー」が終って、みんなで銀座へ出て、いつものように立田野に入る。二階の席が空いて、六人向い合せに坐れた。私と妻はあんみつ。ミサヲちゃん、クリームあんみつ。残りの三人はクリームソーダ。妻の話では、はじめショウウインドーを見ていたフーちゃん、片仮名の「クリームソーダ」が読めて、いちばんに「クリームソーダ」といったという。われわれ年長組は、あんみつに満足する。

これから帰宅する清水さん、ミサヲちゃん、フーちゃんの三人を送って、地下鉄日比谷駅まで行く。階段の下り口の手すりに日の丸の紙の小旗が二つあるのを見つけたフーちゃん、よろこんで取った。この日、東京国際女子マラソンがあって、選手がこの前の道を走るときに新聞社が観客に配った紙の小旗である。宝塚を見たあとで、いいおみやげが出来た。フーちゃん、小旗を二つ、かついで行く。

清水さん、ミサヲちゃん、フーちゃんと別れたあと、長女と私たちは、馴染のしゃぶしゃぶの店高尾で食事をした。

午後、清水さん、畑の薔薇を届けて下さる。昨日の宝塚のお礼の手紙を添えて。

夕方、古田さん、埼玉の叔母から届きましたのでといって、ブロッコリーほか野菜をいっぱい抱えて持って来て下さる。

妻は、昨日の宝塚月組のショウ、「メモリーズ・オブ・ユー」の最初の「バナナボート」が終って、背景がいろんな色どりのいんこが並ぶ熱帯風の舞台に代ったとき、フーちゃんは前の座席にくっつくようにして、いっしょけんめい舞台の方を見ていたと何度もいう。そこがいちばん面白かったらしい。

午前中に妻はかきまぜを作り、午後から二人で荻窪の井伏さんへお届けする。ほかに牛肉を佃煮風に煮たものと自家製の梅干。行きがけ、近所の家のいい色に紅葉した桜紅葉の落葉を妻が拾って封筒に入れたのも持って行く。家のなかにばかりいる井伏さんの目を慰めてもらうために。

奥さまと庭で立ち話をして、門を出たところでも少し話をして、井伏さんの様子をお聞きして帰る。奥さまの話では、井伏さんは食事はよくお上りになるというから、嬉しい。

一時ごろから妻と引越しのお祝いとかまぼこ、お菓子の箱などを持って、読売ランド前の次男のところへ出かける。また道が分らなくなり、まごついたが、やっと多摩美二丁目の家へ行き着いた。

次男は今日は休み。ミサヲちゃんと次男が揃っている前でお祝いを渡すつもりで、行くことは前の日に知らせてあった。次男は近くの公園へフーちゃん、春夫と行っていて、ミサヲちゃんが呼びに行く。

二人の前でお祝いの包みを渡す。次男、よろこび、「大切に使わせて頂きます」という。読売ランド前のコージーコーナーで買った苺のショートケーキを四人に食べてもらった。

庭にアオジや目白が来ますと次男がいう。フーちゃんは自転車を買ってもらった。次男と小学校のときの同級生で自転車屋の親の仕事を継いでいる生田の山田君の店で買った。「新品同様」の中古の自転車。それが今日、届いたので、近くの公園へ乗りに行っていたという。フーちゃんは長沢の借家にいるころから、近所の子の自転車で練習をさせてもらっていたので、楽に乗りこなせるという。

次男たちは、十一月二十三日から箱根芦の湯のきのくにやへ行く。二泊で行くという。「それはよかったな」とこちらもよろこぶ。楽しみにしているらしい。

居間にしている十畳の洋間の、『庄野潤三全集』を入れた食器棚を見ると、これも私から譲って貰った『鷗外全集』、次男が子供のころに読んでいた『ドリトル先生物語全集』が入っていた。次男はその食器棚へ私たちから貰ったお祝いの包みを置き、ちょっと礼をする。

台所との間の棚に文庫本を並べてある。それを見上げていたら、「お父さんのもあります」

と次男がいい、硝子戸を開けて見せる。

「この洋間は家具を置かずに出来るだけ広く使った方がいいな」

といったら、次男も「何も置きません」といった。

帰り、さっきフーちゃんが自転車の乗り初めをしていた公園へ行く。家の前のゆるい坂道を下りて行ったところにある。山の中の広っぱ。すべり台、ジャングルジムがあって、子供が遊んでいた。

フーちゃんは、友達の自転車で練習していたので、うまく乗る。広っぱの土のところで自転車を走らせ、二周すると私たちのいるこちらへ必ず戻って来る。全く危な気がない。長沢にいたころ、妻がミサヲちゃんに、

「フーちゃんの自転車買うとき、いってね。買って上げるから」

といったが、その度にミサヲちゃんは、

「いいえ、まだフミ子は早いです」

といった。その間にフーちゃんは近所の子供の自転車でみっちり練習をしていたのである。犬を連れたおじいさんが来ていて、フーちゃんはその犬をちょっと撫ぜてやっては、また自転車を走らせる。

公園から「自然遊歩道」というのが山の中を通っていて、そこを抜けて行くと、駅へ行く道

に出る。途中まで次男たちは送って来て、別れる。帰ったのは夕方。

「引越したら、こんなふうに訪ねて行く楽しみが出来た」

といって、妻と二人でよろこぶ。

妻の話。ミサヲちゃんが台所を見せてくれた。調理台、ガスレンジ、流しを今度全部、取り替えて、新しくなった。ガス会社に頼んで工事をしてもらった。二十年使って、さすがに汚れていたのが、すっかりきれいになった。ミサヲちゃん、嬉しそうにしていた。「三時間くらいかかって工事をして、全部きれいにしてくれた」といって。ミサヲちゃん、うまくお金を使ってやっている。

今日（十一月二十三日）は、次男一家、箱根芦の湯のきのくにやへ行く。快晴。「引越しのあとのいい慰労になった」といって、妻とよろこぶ。きのくにやは七年前、次男とミサヲちゃんがヒルトンホテルの披露宴のあと、新婚旅行に行ったところで、その後も何度か行っている。フーちゃんも行ったことがある。部屋でお父さんの膝の上に抱かれて写っている小さいときの写真が残っている。

夕食の途中、電話がかかる。

「フーちゃん？」と電話に出た妻がよろこびの声を上げる。いきなり、「フミ子です」といったから。

「箱根へ行ったの？」

「うん」

「温泉入った？」

「二回入った」

「晩ご飯、食べた？」

「いま、食べてる」

「ご馳走ならんでるの？」

「うん」

温泉のところでは、「お母さんと入った」といった。春夫はと訊くと、「お父さんと入った」といった。二回入ったというから、着いてすぐに入り、夕食の前にもう一度入ったのだろうとあとで二人で話す。夕食の途中でフーちゃんに電話をかけさせた次男とミサヲちゃんに感謝する。よく思いついてくれた。


その翌々日。妻が女学校のクラス会に出かけた留守、昼食後、日の差し込む六畳で昼寝していたら、庭で「こんにちは」と声がして、次男一家が来る。上ってもらって、次男からきのくにや二泊の話を詳しく聞く。フーちゃんたちは図書室へ行って遊んでいた。

箱根では三日間とも好天気に恵まれた。着いた日、すぐに湯に入り、夕方また入り、食後、入った。「今度は湯に入るつもりで行ったので、十回以上入りました」とミサヲちゃん、いう。二日目はバスで元箱根へ行き、芦ノ湖の遊覧船に乗った。元箱根に近い桃源台で足こぎボートに文子、春夫を乗せて湖上をまわった。遊覧船のそばまで行った。昼は食堂でそばを食べた。帰りのバスの中で春夫は立ったまま眠っていた。宿に戻って春夫を寝かせ、ミサヲと代り合って風呂へ行った。「新館のお風呂にも入って下さい」とおかみさんにいわれていたので、一回だけ行った。

次男の話を聞いている途中、ミサヲちゃんが来て、

「冷蔵庫に牛乳ありますか?」

と訊く。

「春夫がずっと飲んでいないので」

フーちゃんと春夫に牛乳一本ずつ飲ませた。フーちゃんは図書室で折紙で遊んでいたらしい。あとで台所に折鶴がひとつ落っこちていた。

次男と図書室へ行って、頂き物の岩手の林檎、紀州九度山の富有柿の箱からさげ袋にいっぱい入れて持たせてやる。次男、よろこぶ。フーちゃんは手帳に鉛筆で何か書いていた。春夫は

図書室の隅の缶を指して泣き出す。「いつもお母さんがお菓子をくれるんです」とミサヲちゃんがいう。缶から小さなお菓子の箱を二つ出して、春夫とフーちゃんに一つずつ上げる。妻がいないと、勝手が分らなくて、困る。

妻が帰って、林檎と柿をたっぷり次男に持たせてやったことを話すと、よろこぶ。

昨夜、世田谷のY君宅から夫人が車で届けてくれた富山のかますの干物、鮭の切身を渡すためにミサヲちゃんに電話をかけ、幼稚園の帰りのフーちゃんをスクールバスまで迎えに行く一時十五分に会うことにする。

昼食後、妻と二人で出かける。風が冷たい。今年の秋いちばんの寒い日。スクールバスの停る店の前で、妻は持って来た小さなリュックサックを敷石の上に置いて、ミサヲちゃんを迎えに駅の方へ行く。春夫を連れたミサヲちゃんと一緒に来る。ミサヲちゃんに、西生田小学校であったフーちゃんたち来年入学する子の身体検査のことを訊く。箱根から帰った翌日の十一月二十六日にあった。西生田小学校へ行ったら、長沢にいたころ、ときどき遊びに行っていた三田の公園の前のマンションの「あゆちゃん」のおかあさん（佐藤さん）に会った。この方は百合ヶ丘の小学校の先生をしているのに、どうしてここにいるのかと思ったら、西生田小学校へ転任になったという。

あゆちゃんのお母さんはお母さんで、

「どうしてフーちゃん、ここにいるの?」

と驚いて訊く。

「引越したんです、今度」

と話す。

誰も知らないところにこれまで親しくしていた佐藤さんがいて、来年、フーちゃんが入学する西生田小学校の先生になったと分った。心丈夫でしたとミサヲちゃんが話すので、「それはよかったね」といってよろこぶ。

そのうち、幼稚園のスクールバスが来て、フーちゃんが下りて来る。乗っていた先生にお辞儀をしてから、こちらへ駆けて来て、

「おかあさん」

という。

ミサヲちゃんたちが少し離れたところに立っていたので、フーちゃんはバスから下りて、お母さんがいないと思ったのかも知れない。ミサヲちゃんの姿を見つけて走って来た。そうしたら、「こんちゃん」も「おじいちゃん」も一緒にいるので、驚いただろう。

生田駅へ向って歩き出す。フーちゃんは、グレイの制帽と制服がよく似合う。今度、年長組

の鼓笛隊行進がある。そのことをミサヲちゃんが話す。「くるみわり人形」の曲を演奏する。フーちゃんはピアニカを弾く。その話が出たとき、フーちゃん、演奏行進に着る赤いベストを出して、ちょっと着てみる。

妻はミサヲちゃんに電話をかけたとき、引越しの日に届けて上げたお弁当入れを持って来てくれるように頼んだ。ところが、ミサヲちゃんはうっかりして持って来るのを忘れたらしい。「行こうかな、読売ランド前まで。お弁当入れを貰いに」と妻がいったら、ミサヲちゃん、恐縮しながら、「フミ子が行ってほしいといっています」といった。これはあとで妻から聞いた。駅へ行く道を歩きながら妻が「読売ランド前までフーちゃん送って行きましょうか」と私にいった。こちらもその気になっていたので、賛成し、一緒に電車に乗って行く。

読売ランド前の駅前のコージーコーナーでこの前行ったとき買った苺のショートケーキを四つ、妻が買う。フーちゃんは駅を出てから、跨線橋を越えて行く道を通い馴れた道を行くように歩いて行く。跨線橋の階段を下りるとき、階段でなしに端の平らになったところを手すりを持って下りる。

こちらは次男の家へ来る度に道順があやふやになるので、今日こそミサヲちゃんがいつも通る道を覚えるつもりでいた。「パン屋さんの広告が電柱に出ているのが見えるところまで来たら左へ曲ります」とミサヲちゃん、教えてくれる。ところが、フーちゃんがこのまままっすぐ行くというので、もう少し先まで行って左へ曲る。それで、帰り、また道が分らなくなった。坂道へかかってからフーちゃんは、妻がさげていた柿の入ったリュックサックを、ミサヲちゃんが春夫を乗せて来たバギーに載せて、バギーに自分の身体をもたせかけるように押して歩いていたが、一度、前に倒れた。

家に入ると、ミサヲちゃん、すぐにお茶を沸かして出してくれる。妻はかますの干物、鮭の入った箱をミサヲちゃんに渡す。フーちゃんはミサヲちゃんに着替えるようにいわれて、制服の上着だけ脱ぎ、スカートはそのままでいる。妻はフーちゃんに画用紙、春夫に小さな、自動車のおもちゃを上げる。

そろそろ帰ろうかといい、妻と家を出る。フーちゃんは門まで出て、手を振って送る。帰りの道は、最初にミサヲちゃんがここを曲るんですといって教えてくれたところへ出るつもりでいて失敗して、少し分らなくなった。

一つ向うの山の木が黄葉していて、それが混り合っていて、景色がいい。立ち止って眺める。

駅前の鈴木鉄工所の横を通ったとき、店の前で仕事をしている人を見て、妻は、「あれが鈴木君でしょう」という。生田小学校のころ、次男と一緒に西生田の山へ目白とりに来た同級生が、親のあとを継いで、鉄工所の仕事をしている話は、次男から聞いた。

十一月末のこの一週間ほど、玄関の垣根の山茶花が咲いては散り、咲いては散り、地面に散り敷いている。よく咲いた。

午後、清水さんから電話がかかり、常泉さんがうちへくれる人形を作って、いま、持って来ていますという。妻はすぐに出かける。

妻が人形を貰って帰る。清水さんのところでは、テーブルに人形を坐らせて、その横に花。そこで紅茶とケーキを出してくれた。人形のお祝いのティー。

常泉さんは五年間、先生に就いて人形作りを学んだ。それから五年、ずっと人形作りを続けている。顔は粘土から作る。顔を作るときは、心を静かにしないといけない。髪の毛は、紅茶で染める。手がいちばん難しい。そんな話を、お茶を頂きながら聞いて来た。

常泉さんの作ってくれた人形を書斎のピアノの上にのせる。ちょっと笑っている少女の顔が可愛い。帽子をかぶっていて、手にライラックのような花を持っている。帽子には紅いリボンを巻いてある。よくこんなにうまく作れたと思うほど、見事に出来ている。妻と二人で感心する。先日、常泉さんから清水さんへ、人形を差上げたいが、嫌がる人もいるから訊いてみてほしいという打診があった。よろこんで頂きますと妻は返事してもらった。

ミサヲちゃんから電話がかかり、明日（十一月二十九日・日曜日）みどり幼稚園で年長組の鼓笛隊行進が十一時からありますと知らせてくれる。もし雨で中止になれば電話しますという。妻は、帰りに「山の上」へ寄って頂戴、藤屋のサンドイッチを買っておくからと電話で知らせる。ミサヲちゃんは例によって遠慮したが、来てくれたら嬉しいのだから来て頂戴という。夕刊の天気予報では明日は雨、昼ごろから晴。

二十九日日曜日は、朝、雨が降っている、「これはフーちゃんの鼓笛隊行進、駄目だな」といって諦めていたら、朝食の途中から外が明るくなって来る。雨は上った。朝刊の天気予報は、曇、昼から晴。雨の確率は午前中10%、十二時からは0%と出ている。九時半ごろ、うす日が差して来る。よろこぶ。妻はミサヲちゃんに電話をかけて、帰りに「山の上」へ寄るように念を押す。演奏行進は三回あります、始まりは十一時すぎになりますとミサヲちゃん、いう。

朝食のとき、妻は戦時中の女学校五年のとき、鼓笛隊の行進で学校のある帝塚山の町を歩いたことがありましたと、昔の思い出を話す。たて笛と横笛と小太鼓の編成で、たて笛を吹いた。曲は「見よ東海の」の「愛国行進曲」。

たて笛を吹きながら歩くのは難しい。笛に気を取られると、足が進まなくなる。かぼそい音色で、頼りない行進になり、恥しくてたまらない。体操の時間にかぶるグリーンのベレー帽に制服で歩く。さっぱり気勢が上らなかった——という。フーちゃんの「くるみわり人形」はどうだろう？

十時半ごろ、妻と出かける。宮前平でバスを下り、西長沢まで歩くうちに日が差して、暖かい、いい天気になる。幼稚園に着いたら、丁度これから始まるところであった。親が大勢来て、芝生の運動場のまわりにいる。端の方へ行くと、赤いベレー帽に赤いベスト、グレイのスカートと半ズボンの子供らが整列している。旗を持つ列の子供もいる。フーちゃんを見つけて、妻は声をかけに行く。背がいちばん高いので、いつもは列の最後尾にいるのに、今日はピアニカ組の列の中ごろにいた。

軍帽をかぶったリーダーの女の子が二人、先頭を進んで行くと、演奏行進が始まる。はじめに「くるみわり人形」。これは耳馴れた、可愛い曲であった。先ず旗を持った子の列が進んで行く。フーちゃんは縦長のピアニカを額に当てるようにして捧げ持って歩き出す。途中で気が附いたが、フーちゃんの「行進」は、何だか自信のなさそうな歩きかたをしている。ピアニカを弾く方に気を取られて、歩くのがお留守になるのだろうか。足がすいすいと前へ出ない。とかく幼稚園を休ませることが多い上に引越しのための欠席も重なって、あまり練習をしていないのではないか。何だか自信のなさそうな、心もとない行進であった。

「くるみわり人形」の次は「史上最大の作戦マーチ」。これもよく聞く曲であった。

ピアニカを弾く子らがまるい気球のようなものを囲んで、ふくらませるところもある。三回、演奏行進をして、最後に指導をした四人の若い女の先生に花束が渡されて、終り。

散会になって、フーちゃんが受持の先生に挨拶をしてから、一緒にバスで長沢へ。「山の上」へ来てもらって、六畳で昼食。藤屋のサンドイッチのほかにいなりずしとお赤飯のおにぎり（三吉野）も用意してある。御飯の好きなフーちゃんはサンドイッチの包みに手を出さず、別のお皿のおいなりさん二つとお赤飯のおにぎりを三つ取って、食べる。紅茶とみかん。昼食の途中、フーちゃんに、「鼓笛隊の練習、何べんもした？」と訊くと、かぶりを振った。欠席がちで殆ど練習に出ていなかったのかも知れない。何しろ心細そうな「演奏行進」であった。

食事のあと、フーちゃんは妻と一緒に少しピアノを弾き、図書室でままごと遊びをする。こちらは新聞を見てから、六畳で昼寝。フーちゃんたちは三時のお八つにアイスクリームを食べて帰った。妻は、

「ミサヲちゃん、大よろこびしていた。あれから帰っても、食べるものはないし、くたびれているし。うちでお昼ごはんにして、助かったでしょう。フーちゃんもよろこんでいた」という。

夜、妻と鼓笛隊行進のことを話す。

「よくあれだけ教え込んだものですね。先生も大へんだったでしょう」

と妻はいう。旗を持った子は、旗を立てて歩き、あるいは旗を水平にひろげて歩き、よく揃

っていた。フーちゃんは引越しもあって、幼稚園は休むことが多かったから、ろくに練習に出ていなかったのだろう。スタート前にピアニカをおでこにくっつけるようにして捧げ持った姿勢は、

「どうかうまく弾けますように」

と祈るかのようであった。

妻の話。「お昼ごはんのあと、何だか静かだなと思ったら、書斎でフーちゃん、ソファーに大きな座布団を敷いて、ひざかけ毛布にすっぽりくるまって、気持よさそうに寝ていた。鼓笛隊行進を済ませて、ほっとしたんでしょうね」

庭の山もみじの葉がいい色に紅葉している。これから散り始めるのだろう。

この前、鼓笛隊行進のあとでフーちゃんが来た日のこと。

書斎にいたら、台所からフーちゃんの「クリストファー・ロビン!」という声が聞えた。十二月四日の朝食のあと、そのことを思い出し、「あれは何をしていたときにいったの?」と妻に訊く。

妻の話。お昼ご飯の支度をしていた。フーちゃんが「手伝わせて。前かけしめて」というの

で、フーちゃん用のレースの前かけを締めてやった。「ナプキン配って」というと、「もっと難しいことやらせて」という。で、「ポットにお紅茶いれて」といった。

紅茶の入っている缶（これはリプトン）からスプーンに一杯、もう一つのアップルティーの缶から二杯、温めてあるポットに入れてと頼んで、紅茶の缶を棚から出した。リプトンの入ったのは、清水さんが前にお歳暮のクッキーの箱を下さったとき、「これは奥さん用」といって別にクッキーを入れて下さった、「クマのプーさん」の絵入りの缶であった。この缶を棚から出して台所の配膳台の卓に置いたら、「プーさん」の絵のなかのクリストファー・ロビン（註・イギリスのA・A・ミルン作の童話『クマのプーさん』に出て来る男の子。作者ミルンの子供で、ぬいぐるみの「プーさん」「コブタ」など動物のおもちゃの遊び仲間として登場する）をフーちゃんが見て、とたんに、

「クリストファー・ロビン！」

といった。次男に買ってもらったヴィデオの「プーさんの大あらし」に出て来るのだろう。

清水さんは、お子さんの栄一君、圭子ちゃんの小さかったころに、二人を寝かせながら、よく『クマのプーさん』の本を読んで上げたそうだ。次男のところには石井桃子さんの訳した『クマのプーさん』はまだ無い。ヴィデオの「プーさんの大あらし」を見て、フーちゃんはプーさんが好きになった。

「紅茶をいれるお手伝いをしておいて、いざ食べるときになると、おいしいサンドイッチの包みに目もくれず、もし足りなかったらと思って三吉野で買ったいなりずし二つとお赤飯のおにぎりを三つ食べた」と妻はいう。

図書室で春夫がレンジの上に何かのせると音が鳴り出すままごと遊びの「ことことおなべ」で遊んでいるとき、妻が「玉葱切って」と春夫にいうと、机に向って「おえかき」をしていたフーちゃんが、「目がいたくなるよ」といった。

ミサヲちゃんの台所を手伝っていて、玉葱を切ると目が痛くなることを知っていたのね、ふだんよくお母さんのお手伝いをしているのでしょうと妻はいう。

午後、ミサヲちゃんの両親とお姉さんのいる栃木の氏家のお母さんから電話がかかる。子供の声が聞える。ミサヲちゃんがフーちゃん、春夫を連れて来ている。お母さんが足を痛めたので来てもらったという。ミサヲちゃんに代ってと妻がいったら、フーちゃんが出る。

「氏家に行ってるの?」

「うん」

「いつから?」

これには無言。ミサヲちゃんに代ってもらって、氏家へ行くときは知らせてね、でないと読売ランド前の家へ何か届けたいと思って何度電話をかけても出ないと心配するからという。

庭へ四十雀が来て、ムラサキシキブの枝の牛脂をつつく。この牛脂は、昔、長男が家にいたころ銅線で編んだ籠にいれて、吊してある。今朝、妻が新しく脂身を一つ入れ足した。二、三日前に入れたのが小さくなっているので。

ミサヲちゃんたち、氏家から帰ったかどうかと案じていた。今朝（十二月八日）は吹きぶりの、ちょっとしたあらし。昨日のうちに帰っていればいいがと思っていたら、夕方、ミサヲちゃんから電話かかる。「帰りました」妻がお母さんの足の具合を訊く。歩いていて転んだという。無事に帰ったので、安心する。

今朝のあらしで、いちばんいい色に紅葉していた山もみじの葉が全部散った。

書斎の机の上に薔薇のエイヴォン。昨日、清水さんから頂いた。妻が市場の八百屋へ花を買いに行ったら、清水さんに会った。（八百清の夫婦は息子に店を譲り、店の名もいちばんやに変ったが、自分たちはその新しい店の隣で花を売っている）清水さんは妻の顔を見るなり、引返して妻と一緒に畑へ行き、畑を飛びまわって薔薇を切って集めてくれた。そのなかに入っていたエイヴォン。

帰りに家へ寄って、四、五日前に妻が届けた大阪の学校友達の村木からの白菜を写生した絵を見せてくれる。頂いて帰る。いい絵。清水さんは日本画の先生に就いて通信指導を受けながら、楽しみに絵をかいている。かき始めたのは今年に入ってから。妻がそら豆を差上げると、和紙のはがきにそのそら豆を写生して礼状代りに下さる。新茶を差上げると、茶碗の絵をかいて下さる。それがみないい絵で、妻はファイルに入れて残してある。

午後、妻はあつ子ちゃんに電話をかけて、世田谷のY君宅から届いた高知の蜜柑と丹波のやまのいもを持って行く。次男のいた借家の縁先にままごと道具が並んでいて、恵子ちゃんと近所の子供の寄り合い場所になっている。あつ子ちゃんの話では、十時に近所のお母さんが来て、家の前の床几でお茶にする。それから子供を連れて、ブランコのある近くの公園へ繰り出すという。あつ子ちゃんとミサヲちゃんのいた家の前が集会所になっている。お隣のマンションの、ミサヲちゃんのところへよく来ていた前田さんの京子ちゃんのほかに恵子のお友達が二人、出来ましたという。

「恵子ちゃん、可愛くなったね」というと、あつ子ちゃん、「前はそんなにひどかったですか」という。ミルクばかり飲ませていたころは、随分太っていた。それが離乳してから、かた太りの、愛敬のある、いい顔になった。

午前（十二月十二日）、南足柄の長女が暮の障子紙貼りの手伝いに正雄を連れて来る。あつ子ちゃん、恵子を連れて来て、サンドイッチと紅茶とおいなりさんの昼食。恵子ちゃんはフーちゃん用の赤いスリッパーを履いて、居間を歩きまわる。このスリッパーが気に入ったらしい。家ではあつ子ちゃんのスリッパーを履くのだが、すぐ足から抜けるという。フーちゃんは跣で歩くのが好きで、このスリッパー、あまり履かないからといって、妻はその赤いスリッパーを恵子ちゃんに上げる。あつ子ちゃん、恵子ちゃんを連れて帰る。

長女はこの前、買って送ってくれた電子レンジの、アースの着け方が難しくてそのままになっていたのを、着けてくれる。妻が正雄を連れて障子紙を買いに行っている間に風呂を磨き上げ、「何かしておくことない？」と私に尋ね、庭の浜木綿の霜除けをしてくれた。

妻が買って来た障子紙を、妻と二人で貼ってくれる。また、長女はラムケーキ、アップルパイを焼き、豚のあばらの骨つき肉のマーマレード煮を作って来てくれた。

午前（十二月十三日）、妻が広島の姉から届いた広島菜の漬物を清水さん宅へ持って行ったら、清水さんは圭子ちゃんからのフーちゃんへのクリスマスの贈り物を持って、妻と一緒に家まで来て下さる。「クマのプーさん」の絵入りの可愛い缶におもちゃの首飾り、指輪などの装身具がいっぱい入っている、この缶が手さげになっている。缶といい、中身といい、フーちゃんの好きそうなものばかり。有難く頂く。この前、一緒に宝塚を見に行ったとき、電車のなかでフーちゃんがおもちゃの首飾りや指輪を肩から吊した小物入れから出しているのを見たからと、清水さん、いう。

あとで妻はミサヲちゃんに電話をかけ、清水さんからフーちゃんに可愛い贈り物を頂いたので、近いうちに届けると知らせる。フーちゃんのよろこぶ顔を見たい。

夕食に長女の作ってくれた豚のあばらの骨つき肉のマーマレード煮を頂く。おいしい。正雄がくれた絵物語、「にんにく　きょうりゅうじだいへいく」を読む。最初の作品の「にんにくの大ぼうけん」のシリーズである。

「にんにくはある日、きょうりゅうじだいへいきたくなりました」というのが書出し。そこでタイムマシンを作りにかかる。大よろこびして、タイムマシンにのりこむ。次のページは「きょうりゅうじだいです」まずはじめにそうげんへいってみると、トリケラトプスがいる。にんにくはトリケラトプスをつれてぼうけんにでかける。次は海へいく。大きなとりがいる。プテラノドンでした。「そしてプテラノドンもいっしょにでかけました」こんなふうに出会ったきょうりゅうがみんな友達になってゆくところがいい。出て来るきょうりゅうの名前は本で調べたのだろうか。ただひとつ、きょうぼうなティラノサウルスとたたかうところがあるが、このときは相手が「こうさんだ。やめてくれー」といい、「そしてみんな友だちになりました」で、「おわり」になる。面白い。

たたかうときのにんにくの顔はふだんと違ったきびしい表情になり、きょうりゅうを連れて出かけるところは笑顔になるのが、おかしい。

午後（十二月十八日）、妻はミサヲちゃんに電話をかけて、明日、神戸の学校友達の松井から届いた神戸牛ロース肉と一緒に清水さんからのフーちゃんへのクリスマスの贈り物を持って行くからと知らせる。二時半から三時ごろまでに行く。ミサヲちゃん、フミ子は風邪をひいて、熱は三十七度台という。それから、「いま横でVサイン出しています」。こんちゃんが明日来るというのを聞いて、よろこんだフーちゃんが横でVサインを出しているという。電話のミサヲちゃんの話を聞いていたのだろう。

妻が今日、ミサヲちゃんへ届ける清水さんの圭子ちゃんからのフーちゃんへの贈り物の手さげになった缶の中身をメモしたものを渡してくれる。

1、サンタクロースの絵入りのチョコレート四枚（うち二枚は春夫の分）

2、チェーンリング（首飾りにでも何にでもなるプラスチックの色つきの輪）入りの箱。

3、テディベアのまるい缶に入ったチョコレート。
4、プラスチックの指輪が四つ入った袋（金色のが三つ、ビーズのが一つ）
5、硝子玉の腕輪。
6、ピンクの硝子のネックレス。
缶の底と上にクリスマスの柊の絵入りの紙ナプキン。手さげの缶には、「クマのプーさん」が手紙を書いている横で、「コブタ」がソファーで新聞を読んでいる絵が入っている。

お昼を食べてから、こちらは神戸牛、蜜柑、ハムなどの入ったリュックサックを担ぎ、妻はフーちゃんへの贈り物の缶と苺の箱などの入った包みをさげて、読売ランド前へ出かける。今日こそ道を間違えないで行こうといって、例のパン屋の広告の電柱の見えるところまで来て、左へ坂道を上る。うまく行った。

ミサヲちゃんと春夫が出て来る。フーちゃんはどうしたのかと思ったら、かぜ引きで、六畳の和室に寝床を敷いてもらって、布団の中で「おえかき」をしていた。

先ず春夫に新幹線のおもちゃを渡しておいて、フーちゃんに清水さんからの贈り物の缶を妻が渡す。フーちゃん、寝床で受取って、プーさんの絵入りの手さげの缶を見て、「かわいいー」と何度もいった、「おかあさん、お弁当作ってここへ入れて」とミサヲちゃんにいったとあとで妻が私に話した。中の指輪や首飾りを見てよろこんだ。

「フミ子は、食欲がまだあまり出ません」

とミサヲちゃんがいった。

「幼稚園はもう冬休み？」

「今日からです」

フーちゃんは休みに入る前から休ませていたらしい。

庭に目白が来る。半分に切った蜜柑を木の枝に刺してある。その蜜柑を食べに来る。牛脂も置いてある。「お柿を出しておいたら、ひよどりが来て、食べてしまいました」とミサヲちゃんが話す。

春夫はぬいぐるみの犬を私めがけて投げつける。投げ返すと、よろこぶ。フーちゃんが寝床で刷り物のうらに色鉛筆でかいた絵を見せてもらう、「およめさん」と「おむこさん」が服を着て並んでいるところ。うしろに笑っている女の子が小さくかいてある。靴下にキャンデーを入れた絵もある。「フーちゃんの夢なのね」と妻がいう。クリスマスが近いので、そんな絵をかいたのかも知れない。

ミサヲちゃん、お茶を出してくれる。持って行った苺をフーちゃんと春夫に食べさせる。フーちゃんは、ミサヲちゃんの半纏を着せてもらって寝床から出て来て、大きな苺を二つ食べる。一つをお母さんに渡した。

「かぜが治ったら、遊びにお出で」

と妻はフーちゃんにいって、帰る。ミサヲちゃんは神戸牛ロース肉を貰って、よろこんでいた。「すきやきにします」と妻にいった。

「フーちゃん、プーさんの手さげの缶を寝床のなかへ仕舞い込んでいたね」

「うれしかったんですね」

と、二人で話しながら帰る。


午後（十二月二十日）、妻はアップルパイを焼いて清水さんへ持って行く。フーちゃんに清水さんからのプレゼントを渡したら、とてもよろこんでいたこと、手さげの缶を見て「かわいいー」と何度もいったことを報告する。伊予の蜜柑一箱頂き、さげて帰る。重い箱で、清水さんは途中まで一緒に持ってくれようとしたが、息切れがして顔が青くなり、あとは崖の坂道を妻がひとりでさげて歩いた。清水さん、「力持ちですね」といって驚いていた。妻は、お礼にS君からの頂き物のハム半分と京の漬物を持ってもう一度、清水さんのところへ行く。今度はオレンジ一袋、頂いて帰る。

昼前のいつもの散歩から帰ったら、長男と次男からの妻への贈り物のアレンジの花が届いていた。長沢の花屋に註文して作らせたもの。黄色の薔薇にかすみ草をあしらって、きれいにうまく作ってある。妻は二軒にお礼の電話をかける。次男の次の休みはいつ？　と訊くと、ミサヲちゃん、二十五日という。そのとき、清水さんから頂いた蜜柑、オレンジを取りに来るようにいう。

夕方（十二月二十三日）、妻は「山の下」のあつ子ちゃんのところへ風邪の見舞いに行く。前の日の午後、お花のお礼の電話をかけたら、あつ子ちゃんが風邪で、山本先生へ行ったと聞いたので。ところが、あつ子ちゃんの風邪どころでない、恵子ちゃんが台所のガスにかけてあった湯を引繰り返して、腕に火傷したという。

幸いなことに家の中が寒いので恵子ちゃんにオーバーを着せていた。その上から湯を浴びた。下にセーターがあり、シャツを着ている。それを通してだから、よかった。恵子ちゃんは泣いた。あつ子ちゃんは生田の多摩皮膚科に電話をかけ、氷か水で火傷したところをよく冷やしてから連れて来るようにいわれた。その通りにしてから、おとなりの前田さん（次男一家の引越しの日、ミサヲちゃんたちと自分の子供を乗せて一足先に読売ランド前の家へ車で運んでくれたお母さん）に車で多摩皮膚科へ連れて行ってもらった。

恵子ちゃんの腕の火傷したところは、皮がむけていた。そこへ人工皮膚を貼りつけてくれた。

オーバーの上からかかったのと、あとの処置がよかったので、かたは残らないといわれた。あつ子ちゃんが落着いていて、皮膚科に電話をかけて、先ず火傷したところをよく冷やしてから、前田さんの車で医者へ連れて行ったのがよかった。あつ子ちゃんは多摩皮膚科から帰ってから、ヒルトンホテルのデーニッシュを四つ食べたという。恵子ちゃんの火傷のショックでおなかがむやみに空いたらしい。

朝（十二月二十四日）、妻、「山の下」へ恵子ちゃんのお見舞い（クリスマスの可愛い鈴とケーキの絵の封筒に入れて）を持って行く。帰って来た妻が話す。長男が休みで、前に二階の階段にあったフェンスを台所のガスレンジの前にとりつけていた。恵子ちゃんは、夜、泣きもせず、ぐっすり眠ったという。お見舞いを貰って大へん恐縮し、「クリスマスプレゼントとして頂きます」といい、感謝していた。

夕方、長男、恵子ちゃんを抱いて来る。胡椒亭さんのケーキが届いたので、取りに来てと妻が電話をかけたので。毎年、クリスマスイヴの日に柿生の河上夫人からの贈り物のケーキを銀座の胡椒亭さんが作って届けてくれる。昔、子供が小さかったころ、クリスマスに河上徹太郎夫妻を夕食にお招きしていた。そのとき、いつもお土産に下さっていたのと同じ苺のショートケーキ。酔っぱらった河上さんがケーキを一口食べて、「あ、おいちい！」といわれたのを思い出す。河上さんが亡くなってからも、毎年、胡椒亭さんの同じケーキが河上夫人から届くようになった。

やわらかなものだから切り分けるのが難しい。妻がやっとのこと、「山の下」の分を切って、長男にことづけた。

恵子ちゃんは元気で、妻が出したラケットとボールでよく遊ぶ。前の日に火傷した子とは思えないくらい元気だ。ラケットでボールを打つ。あとは「ままごとトントン」で遊ぶ。

長男は、二階の階段に恵子ちゃんがころげ落ちないように立ててあったフェンスを持って来て、台所のガスレンジの前へ取りつけたことを話す。また、お鍋の湯をかぶったりしないように、用心のために。

火傷したのは手首に近い方の腕、あつ子の処置がよかったのでという。「お風呂は入れた？」と訊くと、腕にビニールを巻いて入れましたという。

十一月に米国カリフォルニア州バークレーのストーン・ブリッジ・プレス社から刊行された英訳の作品集『静物その他』（ウエイン・ラーマズ訳）を見せる。これまで短篇が飜訳されたことはあるが、単行本で出たのは、ミラノの出版社からのイタリア語訳の『夕べの雲』（一九六六年・リッカ須賀敦子訳）以来二十数年ぶりである。長男は台所からメモ用紙と鉛筆を取って来て、何か写していた。出版社の所在地と社名をメモしたのかも知れない。

藤野邦夫さんから頂いた『フランスワイン大全』（藤野邦夫訳）を上げる。長男よろこぶ。妻は大きなこの本とケーキの箱を持って家まで送って行く。

七

昼前（十二月二十五日）、十一時半ごろ、次男一家来る。フーちゃんの「こんにちはー」という元気のいい、大きな声とともに。庭から入る。清水さんから頂いた伊予の蜜柑を分けるから、次男の次の休みの日に取りに来るようにいってあった。

フーちゃん、阪急百貨店で買って上げた、英文入りの白のトレーナーを着ている。赤の長い靴下。来るなり妻から画用紙とクレヨンを貰って、絵をかき始める。青空に真赤な太陽（笑っている）をかき、その下に女の子三人、それぞれ髪の黒いの、茶色の、黄色とかき分ける。スカートをはいた、ウエストの細い女の子。順番に「みきちゃん」「ゆきちゃん」「まりちゃん」と名前を入れる。「みきちゃん」は、妻の説明によると、いつも「山の上」へ来ると遊ぶリカちゃん人形の仲間であるらしい。あとでこの絵を見ると、画用紙の左下に「文子」と書いてあった。これまでは「ふみこ」であったが、はじめて漢字の名前を書いた。

絵をかき出す前に、妻が用意していたクリスマスの贈り物を渡す。（恵子ちゃんには、この前来たとき、人形を上げた）フーちゃんには、絵本の『あかいふうせん』（フランス映画をもとにした、いわさきちひろの絵本）とリカちゃんに着せるエプロンなどの入った袋。これはひとつひとつボール紙に糸で留めてあるのだが、早く取りたいものだから、フーちゃんはその糸を自分の歯で喰い切ろうとする。妻が台所から鋏を持って来て、切ってやる。フーちゃん、鋏なしで歯で喰い切る気でいたが、糸が堅すぎた。春夫には、押すと荷台が上るようになったダンプカー。

トーストと紅茶の昼食。次男の一家は、これからお弁当を持って、どこかへ食べに行くというのだが、われわれに附合って、少しだけ食べる。フーちゃんが、この前貰った清水さんの圭子ちゃんからの贈り物の「クマのプーさん」の絵入りの手さげの缶におにぎりを入れて行きたいといったのでと次男が話す。「この寒い日に、どこでお弁当を食べる気だろう」とあとで妻と話す。

こちらは月に一回の虎の門病院行きの日で、一時にいつも梶ヶ谷の分院まで運んでくれる近所の個人タクシーの中山さんの車が来るので、気忙しい。次男は、会社のボーナスがこの不況なのに沢山出たといって、よろこんでいた。ただし、貰ったボーナスの半分は、来年一月、今度買った家のローンの支払いにまわる。

次男に胡椒亭さんのショートケーキを分ける。清水さんの蜜柑とオレンジに添えて、お歳暮の頂きものの雲丹などあり合せのこまごまとした食べ物を渡す。次男、よろこぶ。荷物全部、玄関へ出したところへ中山さんの車が来る。

フーちゃんは、私たち二人が病院へ行くと聞いて、

「どうして病院へ行くの？」

と心配そうに次男に訊く。何かしら不安に思ったのだろう。フーちゃんたちに見送られて出発する。

次男の話。休みの日の夜は、フミ子に『ドリトル先生物語』を読んでやる。読んでやっているうちに眠くなって、つい眠ってしまうことがある。フミ子は『ドリトル先生物語』が好きで、何べんも読まされる。

病院から帰ってから、フーちゃんの絵を見る。三人の女の子の表情をそれぞれかき分けてある。フーちゃんは、物もいわずにクレヨンでかいていた。

午後、妻がピアノを弾いていたら、書斎の硝子戸の外へ次男が来る。昨日、分けて貰った食料のなかにコーヒーの壜が間違って入っていましたといって、返しに来た。「おかたいことで」と妻はいう。「お父さん、虎の門、どうでした？」と訊くので、「血圧よかった。低いとい

われた」というとよろこんでいたと、あとで妻が私に話した。次男は二日続きの休み。

夕方、妻は「山の下」へ行く。恵子ちゃん、風邪をひいて山本さんへ行ったというが、元気。テレビを見よというふうに、テレビの方を指して叫ぶ。「バイバイ」というと、「バイバイ」と大きな声でいう。風邪どころでない。

次男が今日届けてくれた、フーちゃんの恵子ちゃんへのお見舞いの手紙を妻は貰って来る。小さな画用紙に横書きの、色鉛筆で書いたてがみ。

おけいちゃん　やけどなおった　それでもまだなおっていない　だいじょうぶ　はやくなおってね　ふみこより

下に髪の長い女の子と子供と花が三つ、かき添えてある。髪の長い女の子がフーちゃんで、子供が恵子ちゃんだろうか。いい手紙。「それでもまだなおっていない」のところは、「それとも」のつもりか。

朝（十二月二十七日）、妻が書斎へ来て、一昨日、次男たちが来た日のことを話す。

「フーちゃん、物もいわずに絵をかいていたな」

というと、妻は、

「いっしょけんめい、かいていました」

という。

「来るなり、絵をかきたいというの」

「プレゼント、渡す前？」

「絵をかき出したのは、渡してから」

図書室の机でかきかけた。「寒いから、あっちへ行こう」といって、日の当る六畳へ行って、そこで画用紙にかき出したんです、物もいわずにと妻はいう。


「山の下」の長男からの葉書が、二十五日に届いた。

拝啓　この度は暮の忙しいときに恵子のことでご心配をおかけしてすみませんでした。幸い厚着していたのと事後の処置がよかったのやらで、たいしたことなくすみそうです。早速、台所のガスレンジのまわりに柵をしました。以後気を附けます。

ブランコのお礼状までで、すみませんでした。（註・フーちゃんたちが引越したあと、すぐに登戸の家具店へ妻と行って、フーちゃんたちが乗っていたのと同じ型のブランコを買って、長男のところへ送った）かずやの引越しでそれまで楽しく遊んでいたブランコが無くなり、恵子もさびしそうでしたが、今は毎日、となりの京子ちゃんたちと一緒に賑やかにけんかしながら乗っています。引っぱると「夕焼け小焼け」のメロディーが流れるオルゴールのひもは特に気に入って、切れるんではないかと心配するほど、力を入れて引っぱっています。お正月、皆で集まってする食事、楽しみですが、チビタンクが引っかきまわすのが心配です。

いいはがきをくれた。

午後（十二月二十七日）、広島の増田さんの活き車海老を妻と二人で次男のところへ届けてやる。一時半に家を出て、二時に読売ランド前に着く。ほかに午前中、清水さんが下さったカスタードプリン。ミサヲちゃんが迎えてくれる。フーちゃんも出て来る。春夫はお昼寝。

フーちゃんは、洋間の机で年賀状を書いていた。ミサヲちゃんの両親、お姉さんがいる栃木の氏家の、いつも遊んでくれる修平ちゃん、亮平ちゃん宛のもの、みどり幼稚園の受持の瀬戸先生宛のもの。

「あけましておめでとうございます」の下ににわとりとひよこが並んでいる絵。そこへフーちゃん、色鉛筆の赤で「とり」、「ひよこ」と入れる。自分の家族宛に出すといって、住所をミサヲちゃんに書いてもらう。宛名は平かなで自分でお父さん、お母さん、弟の名前を書く。「さま」を入れるんだよといって教えてやる。五枚くらい書いた。

ミサヲちゃんがお茶を出してくれる。

「昨日はかずやさん、一日、庭のお掃除をしてくれました」という。妻がさげ袋から車海老やカスタードプリンを取り出すと、ミサヲちゃん、よろこぶ。フーちゃんの恵子ちゃんへのお見舞いの手紙のことをいうと、ミサヲちゃん、「フミ子がやけどのこと聞いて、おみまい書くといって、すぐ書き出しました。ちょっとへんになったところもありますけど」という。「へんになったところ」というのは、「それでもまだなおっていない」のくだりだろう。ミサヲちゃんが書かせたお見舞いの手紙ではなくて、フーちゃんが自分からいい出して書いた手紙であった。

帰りは、門の外の道まで送りに出てくれたミサヲちゃんとフーちゃんに手を振って、別れる。

午前（十二月二十八日）、南足柄から長女夫婦、正雄の三人、大掃除の服装をして、すすはらいの篠竹をかついで来る。長女だけ来るつもりでいたら、正月休みに入っている宏雄さんが「おれも行きてえ」といって、神奈川トヨタの会社の引越しのときに作った作業服を着て、「トヨタ」の名前入りの帽子をかぶって来た。

長女は内外のすすはらい、外まわりの掃除。宏雄さんは直し専門。台所の換気扇、ひらき戸の具合の悪かったところを直してくれ、最後は下の空地で紙屑など燃やした。昼はラーメン、ローストビーフ、いなりずしを出し、こちらはサンドイッチ。

長女の話。この前、正雄を連れて小田原へゴジラ対モスラという映画を見に行った。途中で眠ってしまって、目が覚めたら、モスラが国会議事堂へ糸を吹きかけているところだった。それは蛾の幼虫のモスラが繭を作って、その中へ入ろうとしているのであった。

長女は、私の靴下を二足、買って来てくれる。前に貰った靴下が温かくて、はき心地がいいとこの前、長女が来たとき話したら、すぐに同じ靴下を二足、小田原で買ってくれた。

長女と書斎で話しているところへ清水さん、来る。伊予のかまぼこ、圭子ちゃんの御主人の親御さんの九州中津から届いた豊後牛の牛肉のお裾分け、銀座ウエストのリーフパイ二箱、これが最後の最後ですという畑の薔薇、絵をかくのが好きなフーちゃんへのプレゼントの「おえかきの道具」（中は見なかった）を下さる。清水さんのお歳暮。長女夫婦が大掃除に来てくれたというと、清水さん、この暮の忙しいときにといって絶句していたと妻がいう。リーフパイの一箱は、長女にお裾分けした。

元日。三時ごろ、南足柄から長女一家来る。

読売ランド前の次男の引越した家を見に行きたいというので、そのまま車で多摩美二丁目へ。ただし、道案内のこちらが車で行く道順をよく知らないので、次男に電話をかけて、読売ランド前の跨線橋を下りた、横断歩道のそばで待っていてくれるように頼む。ところが、うっかりその前を通り過ぎて、気が附いてから引返す。次男が乗って、いつも歩いて行く道ではない遠まわりの道を行って、家に着く。ミサヲちゃん、フーちゃん、嬉しそうに迎える。長女ら家の中を二階まで上って見てまわり、「いい家ね」といってよろこぶ。

次男一家を車に乗せ、生田へ引返す。二家族が詰め合せて長女のワゴン車に乗った。書斎で宏雄さんと次男にお屠蘇を飲ませる。家で正月のサッカーのテレビ中継を見ていた長男と、今度、高校のサッカー部のキャプテンになった長女の三男の明雄が来たところで、「おめでとうございます」のコーラス。引続いて、書斎でお年玉、プレゼントを全員に渡す。四時半、居間の食卓に着き、「頂きます」「おめでとうございます」のコーラスで始める。大人の男はビールで乾杯。

その前、レースの前かけを締めてもらったフーちゃん、よく台所の手伝いをする。長男が届けてくれたわさびを擦る。苺を洗う。洗った苺を鉢に盛りつける。フーちゃん、手伝いたがり、よく役に立つのと、あとで妻が話す。私の斜め向いにいたフーちゃん、益膳のうな丼をおいしそうに食べ、デザートのアイスクリームもおいしそうに食べる。

南足柄の四人、大学生の和雄、大学受験三年目の良雄、高校生の明雄、小学生の正雄は別の食卓にいたが、みなよく食べる。「出したもの、きれいに空にした」と、あとで妻がよろこぶ。一度、ヤング組の食卓の方を見ると、明雄がローストビーフをパンの上にのせて食べるところであった。明雄は長男とサッカーをするつもりで、サッカーの服装をして来たが、テレビ観戦で、ボールを蹴ることは出来なかったらしい。運動選手だけあって、ローストビーフをのせたパンの食べっぷりがいいのには感心した。

食事のあと、恒例の坊主めくりと百人一首のかるたとり。フーちゃんは去年と同じように、となりの席の長女に、

「大江山、といったら、とるのよ」

と教えてもらって、「またふみもみす」の札の前に構える。去年も同じこの札を長女に教えてもらって取った。それで百人一首が面白くなった。やっとのことで、「大江山」になって、札を押えたときの嬉しそうな顔。あと、長女に上の句を教えてもらって、二枚、取った。終ると、札を片附けている次男のそばへ行って、

「もう一回、やろうよ」

とせがんだ。正雄も、長女に上の句を教えてもらって、三枚、取った。次の朝、妻が話して

いたが、フーちゃんは、今年は最初からかるたとりをする気で、食事が終ると、妻に「ぱっちん、しようよ」といったらしい。こんなふうにしてフーちゃんや正雄が百人一首が好きになってくれるといい。フーちゃんのお父さんも正雄のお母さんも、子供のころ、お正月には百人一首をして大きくなったのだから。

福引もした。フーちゃんは、福引で当った輸入キャンデーの箱を開けて、正雄に一つ、取らせた。私にも一つ、くれる。フーちゃんは、阪急百貨店で買って上げた、英文入りの白のトレーナーを着ていた。年賀状の中にフーちゃんのが一枚あった。にわとりとひよこの絵の年賀状。にわとりの横に赤で「とり」、ひよこの横に「ひよこさん」と書いてあった。

お昼寝であとから来た恵子ちゃんは、はじめは大勢集まっているのに驚いておとなしくしていたが、食事が終ったころには馴れて来て、みんなが図書室へ行って、いなくなったあと、何べんも食卓へ這い上っては、長男とあつ子ちゃんに手を持ってもらって、畳の上へとび下りた。とび下りては笑う。長男が暮にくれた葉書に、「チビタンクが引っかきまわすのが心配です」とあった。だが、引っかきまわすところまでゆかなかった。プレゼントで貰った、おもちゃのシロホンを鳴らした。十時、散会。みんなで十五人揃って、賑やかなお正月であった。

二日の午前は、妻と二人で氏神様の諏訪社へ初詣でに行った。心臓の大動脈瘤の手術で入院中の帝塚山の兄の回復、南足柄の良雄の入試合格をお願いする。

昼、次男に電話をかけて、届けものを持って行くからという。次男は元日と今日と二日だけ休みで、家にいる、妻と二時に出かける。おせちの残りの黒豆、林檎、グレープフルーツ、おとなりの相川さんから頂いた生ハムのサンドイッチなど持って行く。

次男は、午前中に書初めをしましたといって、出して来て、見せてくれる。次男は「独釣寒江雪」。ミサヲちゃん、「めじろと柿の木」。フーちゃん、「げんきなこ」。みな、いい字。フーちゃんに何と書くと次男が訊いたら、「げんき」といった。それで、「げんきなこ」と書かせたという。

「さっきまで下の公園でフミ子と羽根つきをしていた」と次男、いう。春夫は昼寝中。妻が前に長女一家がお正月に来て、生れて二十何日目かの正雄を寝かせておいたまま忘れて帰り、「フニャラー」と呼んでいたころのことである。すると、次男は、家族旅行にどこか遠くへ出かけた一家が、男の子を一人だけ、家に忘れて行ったというアメリカ映画の話をする。フーちゃんは、その映画のヴィデオが出たら、見たいと次男にいう。

帰り、次男とミサヲちゃんとフーちゃんの三人が道まで出て見送ってくれる。大分坂道を下りてから、フーちゃんが大きな声を出して、「バイバーイ」という。ミサヲちゃんに抱いてもらっていた。こちら、振返って手を振る。

午前（一月三日）、近所の古田さん夫妻、年始に見える。暮に御主人の郷里の岐阜へ子供三人が行っていたという。椎茸を頂く。

庭の侘助が二つ、咲いた。ミサヲちゃんから電話かかる。明日（一月五日）から氏家へ行きます。八日に帰ります。かずやさんは六日に来ます。妻が氏家へ行くときいつも乗る新宿発の朝早い電車に乗るのと訊くと、それには乗りませんとミサヲちゃん、いう。

午後、一時半ごろ、氏家のミサヲちゃんから電話かかる。「着きました」「何時ごろ出たの？」「九時半ごろです」「風邪ひかないようにね」と妻はいう。氏家へ行くときは、いつもフーちゃんが電話で到着を知らせてくれるのに、今日はミサヲちゃんであった。

夕方、妻は「山の下」へ行く。恵子ちゃんは正月休みの間だけ、多摩皮膚科の先生から紹介された近くの医大病院へ行っていたが、火傷の治療は今日で終り。皮がむけたあとへ貼りつけてあった人工皮膚が融けて、きれいになっているという。よかった。

長男のところでは、今度、ヴィデオを見られるようにした。ディズニーの「シンデレラ」のヴィデオを買って、見ている。恵子ちゃん、ヴィデオの箱を持って出て来て、妻に、「あれを見てごらん」というふうに、テレビのある居間の方を指す。

「面白いの、恵子ちゃん」

と帰って来た妻が何度もいう。遊びにお出でといったら、頷く。「賢い子です」

午前（一月六日）、古田さん、「鰹を煮ましたので」といって、小鉢に入れた鰹の角煮を届けて下さる。夕食に頂く。おいしい。「少し甘くなりました」と古田さんは妻にいったそうだが、そんなことはない。いい味に煮てあった。

妻は、午前中に清水さんに電話をかけておいて、栄一さんの結婚のお祝いとお米（宮城のささにしき）を届ける。清水さん、カスタードプリンを下さる。

午後、清水さん、雨の中を来て、いなりずしを下さる。夕食に清水さんのいなりずしを頂く。おいしい。

氏家からミサヲちゃんたち帰る日。幸いに天気よくなる。

午前（一月九日）、ミサヲちゃんから電話かかる。昨日遅く氏家から帰りました。フミ子は修平ちゃん、亮平ちゃんに毎日遊んでもらってよろこんでいました。かずやさんは宇都宮へ「英国風景画展」を見に行きました。

午後、昼寝していたら、古田さん来て、「国から送って来たやまといもです。暮に奥さまから頂いたかきまぜをとてもよろこんでいました」といって、やまといもを下さる。見事なやまといも。暮に古田さんから子供ら三人が岐阜へ行き、御主人はどこかへ出張に行った留守に、御両親が襖を貼りに来られると聞いたので、妻は父母の命日やお盆に作るかきまぜ（母の郷里の阿波徳島のまぜずし）をこしらえて、「お父さん、お母さんに差上げて下さい」といって届けた。そのお返しのやまといもである。

古田さんのやまといも、四本。きずひとつ入れずに掘ってある。夕食にひとつ擦りおろして、お椀にして頂く。おいしい。――その前、夕方、下の空地を雪まじりの雨の中を犬（さくらちゃん）の散歩をさせている古田さんを見かけて、妻が大きな声を出してお礼を申し上げる。「今夜頂きます。どうぞよろしくお伝え下さい」と。

風邪をひいている妻、熱はないが、洟と咳が出て、身体のふしぶしが痛むので、夜、早く片附けて九時に寝る。

南足柄の長女から、お正月の御馳走のお礼の二枚続きの葉書が来る。

一年のいちばん初めにふさわしい大宴会を、あんなに賑やかに楽しく開いて頂いて、本当に本当にありがとうございます。並んだ並んだテーブルせましと、うなぎのお重、なめこ椀、ローストビーフの大皿、サラダ、蓮根とくわいの天ぷら、くわいの甘煮、大根と人参のなます、黒豆、火鉢の火でたっさんが焼いてくれた子持ちししゃも、とりの手羽の中華風料理、ブロッコリー、トマト、パンが山盛り、ビール、お酒、牛乳……。なんて豪華でお心のこもった初春のディナーだったことでしょう。

でも、どう考えても暮にあんなに忙しいお母さんにひとりで十五人分のあのお料理を支度して頂くのは、申し訳ないです。どんなに朝から忙しかったことでしょう。来年から、もうちょっとみんなで考えてみましょう。そして、あのプレゼントの数々！　これでは足柄盗賊団みたいです。父さんのチェックの素敵な赤のパジャマ。ぴったりで嬉しくて仕方ありません。私にはイヴサンローランの割烹着。これも本当に素敵！　和雄、良雄、明雄らにはセンスのいいデニムのシャツ。「こんちゃんが選ぶのは、上等なものばかりだね」と大よろこびして、三人で試着していました。正雄には『日本昔話』の本。早速翌日から読みふけっていました。なおこの上に（もう書くのも恥しいくらいです）福引の賞品。おうどんの束、ごま油、チーズ。石鹼、洗剤の大袋、お餅。もう四輪駆動のワゴン車が沈むほどの土産物を載せて、おなかはいっぱい、身も心もポカポカとしてフーちゃんたちを家まで送って、帰途につきました。いいお正月が出来て心から家族一同感謝しています。本当にありがとうございました。

なお、欄外に「せっかくことづけて下さったローストビーフや蓮根の天ぷら、置き忘れて帰ってごめんなさい！　残念無念です」と書き入れてあった。余りものの料理を妻が包んで、長女に持たせようとしたら、うっかり忘れて帰ったのを口惜しがっているのである。

夜、妻は早く後片附けをして、八時五十分に寝床に入る。

妻は昨夜、温かくして寝たら、いっぱい汗をかいて気持よかった。今日も早く寝ますという。まだ咳が出る。洟が出る。今が峠か。

夜、妻は咳が出て、苦しそうであった。

朝（一月十三日）、妻に、夜、眠れたかと訊くと、咳の発作のとき以外はよく眠れた。背中のぞくぞくするのがよくなったので、今日はお風呂に入りたいという。夜、妻は五日ぶりに風呂に入る。よろこぶ。

午後の散歩に出たら、崖の坂道の下からトレーニングパンツの次男とフーちゃんが並んで走って上って来るのに会う。「どうした?」「酒屋まで来ましたので」次男は私たちがお酒を取っている三田の大林酒店へ山形の酒の「初孫」を買いに来る。読売ランド前へ引越してからもそうしている。

ポストで葉書を出して帰る。六畳でこれからお茶にするところであった。オレンジと柿と紅茶。「フーちゃん、幼稚園へ行っている?」と訊くと、次男は「行っています。朝、フミ子と一緒に坂道を走って下ります」という。この前、氏家に行ったときのことを訊く。文隆さん(ミサヲちゃんのお兄さん)夫妻の車二台にみんなで乗って、近くの町の市営温泉へ行ったら、満員で入れない。塩原温泉まで行った。次の日、次男だけ宇都宮の県立美術館へ英国風景画展を見に行った。ミサヲちゃんも行きたかったが、行けなくて、次男ひとり行く。「英国における風景画の変遷」という展覧会。ターナー、コンスタブル、ゲインズボローなどのがあった。日本経済新聞のコラムに紹介が出ているのを見て、見たかったと次男、いう。

二月にフミ子のおゆうぎ会があって、劇を見せる。「沼の宝石」。「何になるの?」と妻が訊くと、フーちゃん、答えない。あとで、「かっぱ」という。かっぱのその他大勢のひとりだろう。どうやらかっぱになるのがフーちゃんはいやなのねと、妻がいう。幼稚園はよく休むし、無口な、物をあまりいわない子だから、仕方がない。

次男がフーちゃんに何か訊いたら、「わからない」という。「そんなにあっさりいうもんじゃない。ちょっと考えてごらん」と次男はいう。「幼稚園で何してる？」と訊くと、たいがい「わからない」という。分っているときは答えると次男が話す。八割がた「わからない」と返事する。

氏家では文隆さんの家へ毎日行き、小学生の修平ちゃんと亮平ちゃんがフミ子とよく遊んでくれた。そんな話を次男から聞く。

妻は、お茶のあと、フーちゃんとリカちゃん人形で遊ぶ。晩、そのときのことを妻が話す。フーちゃん、お肉を焼くのが手際がいいの。「塩ですか？　胡椒ですか？」と訊き、「胡椒」といったら、振りかける。家でミサヲちゃんの手伝いをよくしているのか、手つきがうまい。

リカちゃん人形のあとは、ピアノのおけいこ。妻についてフーちゃんは指一本で弾く。それから図書室で妻とドッジボールをする。

そのうち、

「名探偵のフミ子さん」

という妻の声が書斎から聞える。あとで話を聞くと、フーちゃんは名探偵になり、机の上の虫眼鏡を持って、無くなったものを見つけ出すという。で、妻はなつめちゃんのさよなら公演のときの引出物の置き時計をフーちゃんに見せておいて、居間の掘炬燵のこたつ布団の下に置いたが、フーちゃん、見つけられない。

そのうち、書斎から、

「名探偵のフミ子さんは、お紅茶が飲みたいといっています」

という妻の声が聞えた。置き時計を見つけられない名探偵は、「お紅茶飲みたい」といい出したのであった。妻は、ピアノの上の父母の写真の前に毎朝、お茶をいれてお供えする小さな紅茶茶碗に紅茶を注いで、フーちゃんに持って行ってやる。

フーちゃんが六畳でリカちゃん人形で遊んでいるときのこと。次男にウイスキーを一本上げようかという話になり、妻が「かずや、ウイスキー飲まないでしょう」と台所でいうと、夢中になってままごと遊びをしていたフーちゃん、

「お父さん、ウイスキー飲むよ」

といった。ちゃんと聞いている。これは夜、妻と二人で昼間のことを話していたときに出た。お父さんがウイスキーを貰い損なうと大へんだと思ったのだろうか。妻の声を聞くなり、すぐにいった。次男は私も飲んでいる山形の酒の「初孫」が好きで、晩酌にはビールと「初孫」を

飲んでいる。ウイスキーは旅行のときに小壜を買ったりする程度で、ウイスキーよりお酒の方を好む。妻はそれを知っていたから、「かずや、ウイスキー飲まないでしょう」といったのであった。

次男は、夕食のときにはビールとお酒だが、ウイスキーがあるときは、食後に水割りにして飲みますといった。次男には、古田さんのやまといもをお裾分けしてやった。五時半ごろ、妻は車でフーちゃんを送って行く。

午前(一月十五日)、妻は一昨日、次男がフーちゃんを連れて来たときのことを話す。図書室で、「フミ子はかぜひきです」といって、フーちゃんは窓際のベッドに寝る。妻が、

「湯たんぽ、入れて上げようか」

といったら、

「湯たんぽってなあに?」

とフーちゃんがいった。湯たんぽは知らないらしい。

書斎の仕事机の正面の枝で梅が三輪、咲く。居間の方に近い枝では、暮の三十日ごろ咲き出した。いつもは書斎の机の正面の枝のがいちばんに咲くのだが、今年は遅かった。

侘助は一月に入ってから咲き出した。目白が蜜を吸いに来る。

夕方、妻は久しぶりに「山の下」へ苺を持って行く。風邪をひいていたので、恵子ちゃん、あつ子ちゃんにうつしてはいけないと思ったので、暫く行かなかった。久しぶりで、ゆっくりして帰る。

妻の話。長男が休みで、自転車で外から帰って来て、「上ったら?」といわれて、上った。あつ子ちゃんがお茶をいれて、安倍川餅を作ってくれた。恵子ちゃんは元気。お八つにフランスパンを一つ食べたという。妻が持って行った苺を食べ、安倍川餅の黄粉を貰って上手に食べる。妻の膝へ来る。笑う。

お八つを食べるときは、漫画をかいた恵子ちゃん用の椅子に腰かけて食べる。この椅子、恵子ちゃんが坐ると、可愛い音を立てて鳴る。

ヴィデオの「シンデレラ」をいつも見ているらしい。火傷のあとを見せてくれた。少し赤くなっているだけ。きれいに治った。夏は日に当てないようにといわれた。

長男が買って来たカシオトーンというのを見せてくれる。ピアノの鍵盤みたいなものも附いている。「まいごのまいごの小ねこちゃん」の歌（「犬のおまわりさん」）が鳴り出す。そのとき、ボタンを押すと、ねこの声がしたり、「おまわりさん」の犬の声がしたりするというのだが、よく分らない。いろんな歌や曲が入っている。マイクも附いている。恵子ちゃんのおもちゃというより、長男が自分で遊びたくて買って来たものらしいと妻はいう。

二階は、足の踏み場もないほどおもちゃが置いてある。貰ったものが大方、と長男はいっていた。

朝（一月二十一日）、妻はミサヲちゃんに電話をかける。大阪の学校友達の村木から届いたさつまいもをミサヲちゃんが貰いに来ることになっていたのだが、暖かいうちに帰る方がいいから、十二時ごろいらっしゃい、お昼一緒に食べようと妻がいう。ただ、今日は藤屋が休みで、いつものサンドイッチは買えないけどというと、「お父さん、たまにはきつねうどんはいかがですか」とミサヲちゃん、いう。そこで、きつねうどんを一緒に食べようということで話は決まった。

昼前の一回目の散歩から帰ると、家の中でフーちゃんの声がしている。妻の話を聞くと、ミサヲちゃんたちは下から上って来た。声が聞えたので、妻が門の前へ出たら、フーちゃんと春夫が、「こんちゃーん」といって走って来た。（ミサヲちゃんたちは生田の駅前からバスで来て、近道の、新築の建売りの家の前へ出る崖伝いの道を上って来た）

六畳でみんなできつねうどんを食べる。フーちゃん、黙々として食べ、デザートの苺を台所から運ぶ。食後、フーちゃんは書斎の机の下へリリーちゃん（人形）や「ままごとトントン」など運び込む。私の机の下が「ジャングル」。もと長女の部屋のベッドに寝かせてあるリリーちゃんを持って、嬉しそうに廊下を走って行くところを見た。

妻の話（一月二十一日夜）。フーちゃん、書斎の机の下が好きなの。あそこへ入るのがいちばん好きなの。そこへ何もかも運ぶ。そこが「ジャングル」。「ワニになってお出で」といったりする。「へびよ、大蛇よ」といったら、恐がる。「お友達になるものがいい」という。「とらになって行くよ」というと「フミ子、とら年よ」といった。

帰るときになって、ミサヲちゃんが、「おかたづけしなさい」というと、もっと遊びたいものだから、悲しそうな顔をして、「おねがいー」という。（フーちゃんのその泣き顔を妻は真似してみせる）何ともいえない情ない声を出すの。

帰り、妻がミサヲちゃんたちを送って行く。バスに一緒に乗る。生田の駅まで行き、改札口で別れると、まだ一緒に行くのかと思ったフーちゃん、さびしそうな顔をする。生田でバスを下りたあと、五反田川に鴨が浮んでいるのを見つけて、フーちゃんよろこび、春夫と一緒に川を覗いていた。

翌日。朝食のとき、昨日の話をする。フーちゃん、あそこ（書斎の机の下）が何より好きなの。あそこで庭を背にして、椅子を前にして坐っていると、落着くらしい。何もかも持って行くの。リリーちゃんもネコも。ネコ全部持って行くの。それからソファーでひざかけ毛布にくるまって寝るのが好きなの。

そんな話のあとで妻は、

「九度山のお柿の箱にフーちゃんを入れて、バスといって廊下を押してやっていた小さい頃からずっと遊んでいたから。それがみんなお仕事になって。本当にフーちゃんは授かりものでしたね」

としみじみいう。

図書室の机でらくがき帖におてがみを書く。「ゆみちゃんへ　こんにちは　おげんきですかふみこより」その横にスカートをはいた女の子の絵をかく。それが「ゆみちゃん」？　幼稚園のおともだちか。図書室にいるとき、ベッドの上でせっせとらくがき帖におてがみを書く。えんぴつかしてといって。「はるおせんせい」宛に書く。書いたてがみを春夫に渡すと、春夫は見向きもしない。字がよめないので。

妻の話。フーちゃん、せっせとてがみを書くの。字が書けるのが面白いんでしょうね。

十二時半ごろにミサヲちゃんたち来て、帰ったのが二時半。いつもお昼寝をする春夫が眠くなったらミサヲちゃんが困るので、早い目に帰った。それでもフーちゃんはたっぷり遊べた。

今度は次男が休みの日に車で来ればいい。春夫が眠ったら、車に乗せて帰ればいいからと妻はいう。

帰るとき、六畳から見送る。ミサヲちゃんに、

「おじいちゃんにあいさつして」

といわれて、門まで出ていたのを引返したフーちゃん、こちらを向いて、

「さようなら」

と大きな声でいって、勢いよくおじぎをした。フーちゃんはフランス語の入った白のトレーナーを着ていた。これはフーちゃんを主人公にして書いた『鉛筆印のトレーナー』（福武書店）が去年、出たとき、記念に妻がスカートと一緒に買って上げたもの。その上からデニムのジャンパーを着て来た。素足。妻が、「フーちゃん、タイツはかないの？」と訊いたら、ミサヲちゃん、「フミ子、タイツはくのいやがるんです」といった。

新宿三越で妻が、入院中の帝塚山の兄に送るパジャマを買って来た帰り、生田からバスに乗ったら、恵子ちゃんを連れたあつ子ちゃんと一緒になった。「たつやさんが中耳炎になって、駅前の宮部医院へ会社の帰りに週に二回行っています。その順番をとりに行った帰りです」とあつ子ちゃんがいった。

「恵子ちゃん、こちら見て笑った。愛敬のいい子。笑い顔がいいの」と妻はいう。

午後、妻は電話をかけておいて、「山の下」へ行く。長男たち、明日からディズニーランドのヒルトンホテルへ二泊で行くという。前にヒルトンで長男の部下であったのが浦安のベイヒルトンへ転勤になり、インド料理の店の黒服になっている。「来て下さい、来て下さい」というう。それで行くことにした。一晩はインド料理、一晩は中国料理を食べるつもり。外へ出ないで、ホテルの中で二日間過したいとあつ子ちゃんはいっている。

恵子ちゃんは三時きっかりにお八つを食べる。坐ると音のする自分の椅子に坐って、お皿のメロンを漫画の入ったフォークでしっかりと突き刺し、大きくあけた口へゆっくりと入れて食べる。食べてしまうと、お皿の汁を飲む。ちっともこぼさない。悠々と楽しんで食べるの、食べっぷりが堂々としているのと帰った妻が報告する。

妻は「ままごとトントン」の野菜と縫いぐるみのネコをひとつ持って行った。ネコを出して「にやごにやご」といいながら渡すと、恵子ちゃんは首をすくめて笑った。

翌日。朝、雪で、長男一家のベイヒルトン行きはどうなるかと話していたら、あつ子ちゃんから電話がかかる。雪でよろこんでいる。恵子も外へ出たがっていますという。一時にチェックインしたい。東京駅からディズニーランド行きの直通が出ていて、三十分で行ける。十一時に家を出ればいいという。丁度、長男のヒルトンでの将棋の仲間の一人がベイヒルトンへ行くので、向うで将棋をするという。

晩（一月二十三日）、清水さんから電話かかる。「ヒルトンの式披露宴、無事に終りました。いま圭子を送って帰ったところです」今日は栄一さんの結婚式であった。清水さん夫妻、ほっとなさっただろうと妻と話す。

夕方、清水さん、畑の薔薇と一緒に内祝いの有田焼の湯呑、ユーハイムのバウムクーヘンを届けて下さる。

南足柄の長女から、重い、大きな宅急便が届く。林檎18個、長女が焼いてくれたラムケーキ、金沢の水あめ、うなぎ、かに缶ほか。長女の手紙が入っている。

ハイケイ、足柄山からこんにちは。

寒い寒い冬本番ですね。毎朝、霜柱を踏んでよろけながら洗濯物を干しに出ます。お母さんの風邪の具合はいかがですか？　こちらでも正雄の小学校など、一クラス二十人もお休みの子が出るくらいインフルエンザの大流行です。でも有難いことにわが家は全員元気で、相変らず一日一升の御飯を平らげています。正雄もマラソン大会で七位になって頑張っています。

先日、家を建てて十三年目に外壁のペンキを塗り直してもらって、見違えるほどきれいになりました。嬉しくて嬉しくて朝に夕に深夜に表に出ては眺めています。小泉さんの紹介でとても良い塗装屋さんが来てくれて、忙しかったけれど楽しかったです。真面目で誠実な長男と元気者の次男がお父さんと一緒に来たのですが、親孝行で、お父さんに楽な仕事をしてもらい、お父さんが屋根に登りたがるのを止め、「おやじ、おやじ」といって面倒をみるのに感心しました。

その間に、会社のグループとここの近所のグループが合同で、毎年行く長野のスキー場へ二泊三日で出かけました。マイクロバスでわが家を夜中に出発、夜中に帰りました。何台もの車がうちに集合して、最後は深夜にお茶とアップルケーキで打上げ会があったりして、忙しかったの。お母さんの風邪のことずっと気にしていたのですが、お見舞いが遅れて済みません。そして良雄に成人式のお祝いを沢山、また大学入試合格の金太郎あめを送って頂いて、本当に有難うございます。金太郎あめも「三度目の正直だよ」という顔をして笑ってくれているみたいです。（註・良雄のために合格のおまじないの金太郎あめを送ってやるのも、今年で三回目になる）グレープフルーツや鮭やパンやにんにくのたまり漬もあって、いつも本当に嬉しいものばかりのお母さんの宅急便です。
ペリカン便のおばさんが待ってくれているので、とり急ぎ、さようなら。お元気で！

昨日、広島の増田さんから届いた寒餅をミサヲちゃんに宅急便で送った。あつ子ちゃんに電話で訊いたら、お餅はありますというのでやめる。ミサヲちゃんから着きましたというお礼の電話かかる。関西のまるい小餅を頂くのははじめてですといってよろこんでいた。
午後、虎の門病院行き。血圧よかった。

夕方（一月二十九日）、足柄から電話かかる。「こんちゃん、正雄だよ。プラモデルありがとう。作ったよ」という。長女に代って、妻からの宅急便が着き、正雄は学校から帰るなり動くくるまのプラモデルにとりかかり、夕食までかかって作ったという。宅急便に入れたザボンの砂糖漬（長崎の寿恵男さんからの頂き物のお裾分け）が、林檎を切ったみたいに、実もそのまま入っていて、おいしかった。最高のお茶受けですとよろこんでいた。増田さんの寒餅は、明日の朝、お雑煮にして頂きますという。妻はラムケーキとうなぎがおいしかったことを話す。

お礼の手紙を妻も私も出したが、まだ着いていなかった。

午後（一月三十一日）、庭の白木蓮のそばを通ると、下の方の枝に花芽がいくつも出ていた。大きくなっている。

妻は犬の散歩に出かける古田さんに会って、金沢の水あめを上げる。門に吊しておいたら帰りに持って行ってくれてあった。夕方、古田さんから電話がかかる。「いま、下の子と水あめを頂いています」

午後、妻は清水さんへお米を持って行く。参議院に長く勤めていて、去年の秋、叙勲になったお隣の佐々木さんから内祝いに頂いた宮城のお米のお裾分け。よろこばれる。

清水さん、結婚式の前日に伊予から来てくれた親戚十五人がヒルトンに泊り、夕食に中国料理に招いた話をする。こちらの家族も入れて二十人。「王朝」の料理がおいしくて、よく飲み、よく食べ、弾んで、「式よりも楽しい」といってよろこばれた。

夕方、妻がお使いに出ているとき、古田さん来て、御主人のトルコ出張のお土産のお菓子を下さる。「ピスタチオが入っていて、信玄餅のようなお菓子です」夜、デザートに頂く。粉砂糖をまぶした餅菓子のようなもの。中にナッツが入っている。風味がある。

午後、妻と成城へ行った帰り、崖の坂道で犬の散歩の古田さんに会う。「トルコの信玄餅、おいしく頂きました」と妻がお礼をいう。

朝(二月三日)、南足柄の長女から電話かかり、小田原の梅見、今週の金曜(五日)に行くことに決める。「お父さんの誕生日のお祝いを兼ねて梅見に行きませんか」と先日来、誘われていた。昨日まで寒かったが、今日から暖かくなった。この暖かい日の続いているうちに行けるだろうと妻と話す。

午後、二回目の散歩から帰ったところへ、あつ子ちゃん、恵子を連れて来る。書斎の硝子戸のこちらから迎える。恵子ちゃん、はじめ手を振り、それからおもむろにお辞儀をしようとする。妻は図書室で「ままごとトントン」リリーちゃんを出して恵子ちゃんを遊ばせる。

あつ子ちゃんの話。かずやさんに頼んであった「ピーター・パン」のヴィデオを届けてくれました。ミサヲちゃん、フーちゃん、春夫ちゃんを連れてみんなで来てくれた。恵子は、前に買ったディズニーの「シンデレラ」が気に入って、それぱかり見ている。「シンデレラ」といって見たがります。妻はバウムクーヘンを切って出す。

「恵子ちゃん。笑うと、たつやそっくりです」

と夜、妻が話す。お父さんに似ているということは、祖父の私に似ているということだろう。

「門の横にクロッカスがひとつ、咲いています」と妻がいう。見に行くと、ひらき戸の手前の塀の下にちいさいクロッカスの青が咲いていた。うれしい。

八

小田原行き（二月五日）。南足柄の長女から「お父さんのお誕生日に近い日に、お祝いを兼ねて梅見に行きましょう」と誘いがかかっていた。そこで三寒四温の暖かい日の続くうちに行くことにして五日に決め、小田原までのロマンスカーの切符を買った。予報は、晴ときどき曇。ところが、朝になってみると雲がひろがっていて、日は出ない。

向ヶ丘遊園10時5分発の小田急ロマンスカーで出発。本厚木を過ぎたころ、片方の窓から日が差し込み、晴れて来た。有難い。

小田原着。迎えてくれた長女の車で去年、梅見に来た山寄りの高いあたりにある辻村植物公園へ。梅はちらほら咲き出したところで、梅見の客が入って行く。

公園の中のいちばん高いところをめぐる道を歩いて、長女が海の見えるところまで案内してくれる。「お天気がよければ房総半島がぼんやりと見えます」というのだが、海は空と同じ色をしていて、よく見えない。「お天気なら箱根の山も二子山まで見えるんだけど」と長女は残念がる。いったん入口まで戻って、車からお弁当の包みを取って公園へ引返す。

梅の下に長女が持参したビニールマットを敷き、その上に大学受験三年目の良雄が愛用しているというひざかけをひろげて、コートを取って、お座敷へ上るようにしてその上に三人坐る。はじめに木彫のお盆に載せた急須で、抹茶玄米のお茶の葉に魔法壜の湯を注いで、長女が先ずお茶をいれてくれる。湯呑で熱いお茶を飲む。いい具合に日が差して来る。それから長女の用意してくれたお弁当を開く。

「頂きます」というなり、出し巻を食べる。長女と妻が「お誕生日、おめでとうございます」といったようだが、こちらはお弁当を食べるのに夢中で、よく聞えなかった。

去年、梅見に来たのは二月の下旬に近く、そのときは誕生日のお祝いを兼ねるということはしなかった。梅も見ごろを過ぎていた。ここで長女の用意してくれた熱いコーヒーを飲み、長女が家で焼いて来たラムケーキを食べた。おなかが空いていたので、コーヒーもラムケーキも有難かった。それから小田原でいちばんうどんのおいしい店というのへ長女が案内してくれ、お餅入りの力うどんを食べた。今年は趣向を変えて、梅の花の下でお弁当ということになった。

お弁当の中身は、「桜ずし」。具だけ買って、炊いた御飯のすし米に混ぜたの、手抜きずしですと長女はいったが、そんなことはない。おいしい。なぜ「桜ずし」かといえば、御飯の上にさくらの花と菜の花がのっかっているから。「菜の花さくら、なの」と長女はいうのだが、それを聞いたときは、こちらはもう大方、その「桜ずし」は平らげてしまっていて、どこにさくらの花があったのやら、どこに菜の花があったのやら、気が附かなかった。いくらお弁当の前に歩いておなかが空いていたにせよ、古稀を過ぎたこの年になって、いささか恥しい。「菜の花さくら、なの」と長女がいったのは、去年の二月に出た私の友人の阪田寛夫の作品集（講談社）の題名が「菜の花さくら」で、いつもみんなで宝塚の公演を見に行くときの仲間である阪田から長女もこの作品集を一冊送って頂いているからであった。だが、せっかくの「菜の花さくら」も、どうやらこちらは気が附かずに食べてしまったらしい。そのさくらの花も菜の花も、長女が買った「桜ずし」の具に附けてあったものだそうだ。

弁当に入っていたのは、この「桜ずし」のほかにハム、豚のあばらの骨つき肉のマーマレード煮（長女のお得意の料理で、前に南足柄の長女の家で御馳走になったとき、私がよろこんだのを覚えていて、ときどき作って宅急便に入れて送ってくれる）、とりのささ身の串揚げ、出し巻、ブロッコリー、お漬物。みな、おいしかった。

デザートに長女はご近所のブラジル帰りの斎藤さんから頂いた手作りの甘納豆のほかに、ショコラ、おせんべいを出してくれる。それと妻が持参したユーハイムのバウムクーヘンも食べる。途中で長女が、

「ひよどりより
「とりが」
という。振向くと、少し離れた梅へ一羽、小鳥が来て、花の蜜を吸っていた。ひよどりより
は小さく、四十雀よりは大きい鳥。
いい具合にお弁当をひらいている間、ずっと日が差していた。コートを脱いでいたのに、寒
くなかった。
ほかに梅見に来ている客が（女の人が多かった）、ときどき前を通って行った。長女の話で
は、小田原の梅といえば曾我の梅林が有名で、そこは梅見の客目当の甘酒の店が出るほど人出
が多いが、この辻村植物公園の梅はまだそれほど知られていないせいか、あまり混まないから
いいということであった。
車へ戻って、今度はお堀ばたの、前に行ったことのある静かな喫茶店へ行って、コーヒーを
飲む。ホットケーキを一人前だけ取って、三人で分けて食べる。小田原駅まで送ってくれた長
女に礼をいって別れ、2時40分発のロマンスカーで帰った。
夜、長女のお土産のアップルパイを頂く。おいしい。梅見のあとのデザートに食べるつもり
で焼いて来てくれたものだが、貰って帰った。長女が家を出がけに焼いたので、辻村植物公園
では包みの箱にまだ温もりが残っていた。
「のんびりした梅見だった。誕生日のいいお祝いをして貰った」

といって、妻と二人でよろこぶ。

妻はミサヲちゃんに電話して、山梨の飯田龍太さんから頂いた黒富士農場の鶏の卵を取りに来るようにいう。次男が明日、休みで、午後は用があるというので、十一時に来て、一緒にきつねうどんを食べることにする。

あつ子ちゃんから赤ちゃんの肌着や服がまとまりましたという電話がかかったので、妻は貰いに行く。三月はじめに赤ちゃんが生れる清水さんの圭子ちゃんに上げることになっている。段ボール箱にいっぱい詰まっていた。恵子ちゃん、「ピーター・パン」のヴィデオを見たがり、あつ子ちゃんが、「パパが帰ってからね」というと、「ピーター・パン」といって泣き出すという。長男が買って来た野外セットのおなべやアルミの皿が居間に散らかっていた。

妻は帰って清水さんにすぐに届けるつもりで電話をかけたら、生憎お留守であった。

十一時すぎに玄関に声がして次男一家来る。フーちゃんは阪急百貨店で買って上げた英文入りの白のトレーナーとブラウス。長男たちも来る。恵子ちゃん、玄関でお辞儀をする。あつ子ちゃんから朝、電話がかかり、今日、長男が休みで、次男のところと一緒にファミリー・レストランのデニーズへお昼を食べに行こうと誘いの電話をかけたところ、「山の上」へ行くと聞いたので、それなら一緒に行こうということになった、なかなかみんな一緒になる機会が無いからという連絡があった。そこで妻は、うどんと薄揚を買い足しに行ったというわけである。

妻は台所できつねうどん九人前の支度をする。その間、長男は図書室で子供らを遊ばせ、こちらは居間の炬燵で次男から、車の置き場の工事のことを訊く。生田小学校の同級生で親の仕事を継いで植木屋をしている白井君に頼んであるのだが、暮は仕事が詰まっているので、正月明けに来てくれることになっているという話は聞いていた。白井君が来て、前に打ったモルタルを壊して、やり直してくれた。植木を何本か移して、うまい具合にやってくれている。まだ終っていないという。さっきもミサヲちゃんから電話がかかり、「出かけようとしていたところへ白井君が来たので、出るのが少し遅れました。これから行きます」という連絡があった。

次男の話。うちでは昨日、休みだったので、三日早く誕生日（二月九日）のお祝いをした。夕食にステーキを焼いた。フミ子がよろこび、ステーキのあと、肉汁をまぶした御飯を食べた。このところ、幼稚園は休まずに行っています。小学校へ行くようになったら、今までのように休めないので。

この前、西生田小学校で新入生のための説明会があった。制帽があって、あとは服装は自由。新しく入学する子のなかに、町内から行く子が一人もいなかったといい、次男は少しがっかりした様子であった。一人でもいたらよかったのだが。

みんな揃って食卓に着き、きつねうどんを食べる。別に三吉野のお赤飯と五目ずしのおにぎりの皿。デザートはバウムクーヘンと大きな苺。早く「ごちそうさま」をいったフーちゃんたち、図書室で声がしていたが、あとで見に行くと、恵子ちゃんを膝の上にのせた長男が、フーちゃん、春夫の相手になっている。牛乳壜の蓋のお金を床にばら撒いてあるのを取り合いしていた。妻がいうには、図書室から、フーちゃんの、

「おこづかい、上げます」

という声が聞えたというから、例によっておもちゃのがま口を開けて、中にある牛乳壜の蓋のお金を春夫や恵子ちゃんに渡していたのだろう、自分がお母さんになって。

次男の話（つづき）。テレビで「セーラームーン」という続きものを放送していて、幼稚園で友達がみんな見ているらしい。フミ子はそれを見るのが楽しみで、放送のある日は御飯が食べられなくなるほど。その時間はこれまで「日本むかしばなし」を見ていた。これを止めるのは惜しいので、「セーラームーン」と代りばんこに見ることにした。

このごろ、幼稚園の友達の間で手紙のやりとりをするのがはやっている。フミ子はこの前、南足柄の正雄宛に、はがきに絵をかいて出した。男の子と女の子の絵。男の子は「かんがえるくん」、女の子は「にこにこちゃん」――「かんがえる」といえば、フーちゃんが二歳のころであったか、或る日、「山の上」へミサヲちゃんに連れられて来ていたとき、不意に、

「かんがえる。かんがえる」

といい出して、私たちを驚かせたことがあったのを思い出す。ミサヲちゃんの説明を聞いて、訳が分った。そのころ、フーちゃんはお父さんが買ってくれた「プーさんの大あらし」というヴィデオを見ていた。その中に、風の強い日に外へ出て行ったクマのプーさんが、窪みになったところへ入って、「かんがえる。かんがえる」と声に出していう場面がある。そこがフミ子は気に入っているというのであった。

フーちゃんはそのクマのプーさんのひとりごとをふと思い出して、正雄宛にかいた男の子の名前に取り上げたのかも知れない。

このごろ『ドリトル先生物語』を読んでやっているかと次男に訊くと、読んでいないという。クマのプーさんの絵本が一冊ある。プーさんが好物のはちみつを取ろうとして計画をたてる。仲間のみんなに草花に仮装してもらって、そこへ蜜蜂が来て、はちみつを作るようにさせて、そのはちみつを食べるという計画であったが、蜂に分ってしまって失敗に終るというお話。

「クマのプーさん」はイギリスの作家A・A・ミルンの童話で、私の図書室にも石井桃子さんが訳した岩波少年文庫の本があり、ときどき出して読んでみるが、その中には入っていないから、おそらく「プーさんの大あらし」のヴィデオのように、「プーさん」を借りて来て主人公にした絵本なのだろう。ミルン作の「クマのプーさん」がそれほど世界中の子供に親しまれる存在になったという証拠といえるかも知れない。

次男は、三時から多摩高校のグラウンドでサッカー部のOBの試合があり、それに出場するという。ミサヲちゃんの電話で、「かずやさんは午後、用事があるので」といっていたのは、この試合のことであった。

食事のあと、次男が図書室へ来て、子供のころ次男の学習机にしていた机（いまはミシンを載せてある）を譲って頂けますか、フミ子が小学校へ上るとやはり机が要るのでという。はじめは台所との間の台を机代りにして、椅子だけそこへ持って行けばいいといっていたのだが、やはり机がひとつあった方がいいということになったのだろう。「いいよ」というと、次男よろこぶ。

妻が明後日、私と同じ日に誕生日を迎える次男に、「いくつになったの？」と訊くと、「三十七です」といった。

一時前にはみんな帰る。あと、歩く。いつもの昼前の散歩が出来なかったので、その分も合せて歩いた。暖かい一日。

午後、妻は昨日、「山の下」から貰って来た段ボール箱いっぱいの赤ちゃんの肌着や服を清水さんに届ける。清水さん、よろこんで下さる。圭子ちゃんのお産は三月四日が予定日。

一回目の散歩から帰ると、清水さんが来て、居間の炬燵にいる。私の誕生日のお祝いの花（薔薇と水仙）、水仙の絵の入った手紙、いい柄のシャツを届けて下さった。有難い。お礼を申し上げる。

庄野文子と書いた、平たい、大きな封筒の手紙が着く。ミサヲちゃんの字で「ガムテープを剝がして開封して下さい」と書いてある。中からフーちゃんの絵入りの手紙と画用紙でこしらえた王様のかんむりが出て来た。はじめ、手紙だけかと思ったら、妻が「まだあります」といい、かんむりの入った紙を取り出す。手紙は、

おじいちゃん　おたんじょうびおめでとう　げんきでね　ふみこより

これに添えて「おじいちゃん」と「こんちゃん」が並んでいる絵をかいてある。前に花が二つと蝶が一匹いる。「おじいちゃん」は青い服、「こんちゃん」は赤い服を着て、手さげを持っている。

王様のかんむりは、真中に水色のハート型の紙が貼りつけてあり、その両側にも小さなハート型（黄色）がある。――ハート型はフーちゃんのお気に入りで、絵をかいたとき、サイン代りにハート型をよく入れる。かんむりの上に宝石が附いていて、色が変えてある。うしろにゴ

ムバンド。ミサヲちゃんが手伝って作ってくれたのだろう。よく出来ている。

早速、そのかんむりを頭にかぶり、そのまま六畳でいつものトーストと紅茶と野菜ジュースと温野菜と果物の昼ご飯を食べる。妻が、王様のかんむりを「よく似合う」といってよろこぶ。いいものをくれた。

食後、すぐにフーちゃんにお礼の手紙をカードに書く。

たんじょうびのおいわいのてがみとえをかいてくれて、王さまのかんむりをつくってくれてありがとう。おじいちゃんはうれしくて、かんむりをかぶったまま おひるごはんをたべました。

南足柄の長女から速達の手紙が来る。毎年、私の誕生日のときにくれるスタイルの、「生田の山の親分さん江」「金時のお夏より」の手紙である。長女の住む足柄山の中腹の家から金時が産湯を使ったといわれる夕日の滝まで、「朝めし前のドライブ」で行って来られるくらいの距離なので、「金時のお夏」になるのである。いつもの手紙は、「足柄山からこんにちは」で始まるのに、私の誕生日の日だけ、このスタイルになる。

清水さんの手紙も含めて、みな、うれしい手紙ばかり。王様のかんむりは、お昼御飯のあと脱いで、居間のテレビの上に飾っておく。「頭のかたちが卵がたなので、よく似合うの」と妻はいう。家族、隣人のみんなから祝福してもらって、いい誕生日であった。

妻の話（二月十五日）。四月に見に行く宝塚月組公演の座席券のお金を駅前の銀行から切符を取って下さる久世星佳の会の代表の相沢真智子さんに振込んだあと、ゆりストアへ行ったら、レジスターのところで清水さんに会ったので、一緒に帰る。清水さんも銀行へ振込みに来たあと、ゆりストアへ寄ったという。清水さんに会う前に、揚げるばかりにしたコロッケを売っている店員から、「召上って下さい」といってコロッケの揚げたてのを渡されて困った。北海道のじゃがいもの男爵を一袋買ったら、今度は肉入りコロッケの揚げたのをくれた。そこへ清水さんと会ったので、清水さんに一つ上げて、帰りに一緒にどこかで食べることにした。帰り、あと少しで西三田団地へ入る手前の道ばたの家庭菜園へ入って、そこで二人で食べた。まだ温かいコロッケでおいしかった。

清水さんのいうには、圭子ちゃんの主人の淳二さんは、「子供はきびしく育てるんだ」といいながら、まだ赤ちゃんが生れない先から、ペコちゃんの絵入りのハンドバッグなんか買って来るのだそうだ。また、圭子ちゃんにお母さんのところへ行って、コロッケの揚げかたを教わって来いという。

清水さんにゆりストアで買った北海道のじゃがいも一袋を上げたら、家へ寄って、伊予柑十個入った袋をくれた。

二月十九日。南足柄の長女の次男の今年で三年目の大学受験の結果が気がかりでならない。昼食のとき、

「足柄から電話かからないね。良雄、駄目だったのかも知れない。大分傾いて来た、悪い方へ」

と話す。妻は「十七日でおしまいといっていましたから、もうそろそろ発表になるころでしょうね」という。一昨日、十一時半に電話のベルが鳴った。てっきり長女からだと思って電話にとびついたら、違った。発表が午前中で、良雄が見に行って家へ知らせたら、大体昼前くらいになる。きっと足柄からだと思ったら、そうでなかったと妻はいう。

長女から電話がかからない。良雄はどこも駄目であったのか。

フーちゃんのおゆうぎ会（二月二十一日）。十時に次男たちと幼稚園の入口で会うことにしていたので、九時に家を出る。バスの停留所まで来たら、すぐに宮前平行きが来て、九時半に

着く。受附の先生が「寒いので中へ入ってお待ちになって下さい」といってくれ、中へ入る。遠足の日の写真などを展示してある廊下。フーちゃんのいる教室が見える。かっぱのお皿を頭に着け、青いベストを着たフーちゃん、友達とテレビを見ている。そのうち出番になり、フーちゃんの組が教室から出て行く。次男たちまだ来ないので、こちらは受附の先生に訳を話して講堂へ入る。いっぱいの人。うしろの方で見ていたら、次男とミサヲちゃん、春夫を連れて来る。劇を二つ見てから、プログラム10の「沼の宝石」になる。幕が明くと、いきなりフーちゃんがかっぱの八人の先頭で舞台へとび出して来た。かっぱのうしろの方かと思っていたら、先頭でとび出したから驚いた。

「沼の宝石をかっぱが大事に守っていました」というマイクの語り手の声が入る。それを山賊が奪いに来る、かっぱが防ぐというふうな筋らしい。

フーちゃんのかっぱは三回くらい出て来る。いつも先頭を切って、腰に手を当てて、二歩跳んで進み、うしろを振り向く。そういう振附になっている。フーちゃんは、しっかりとよくやっていた。鼓笛隊行進のときは心細そうな行進であったが、今日はよく稽古をしたらしくて、そんなことはなかった。「沼の宝石」が終って、あと二つ見て、ミサヲちゃん、春夫を残して、次男が車で送ってくれた。

あとで次男たちに「山の上」へ来てもらって、お昼のきつねうどんを一緒に食べることになっているが、妻は三吉野でおにぎりの予約をしているので、その辺まで送ってもらう。こちらは浄水場の門のあたりで下してもらって先に家に帰る。

妻が戻って、きつねうどんの支度をし終ったころに次男たち来る。おゆうぎ会は十二時に終り、フーちゃんを連れて来た。

一緒にきつねうどんを食べる。御飯の好きなフーちゃんには、抹茶の茶碗にうどんを少しと薄揚の大きいのを一枚のせて出し、お赤飯のおにぎり二つと五目ずしのおにぎり一つをお皿に入れてあった。ところが、フーちゃんは牛乳を飲み、きつねうどんを食べると、「もうごちそうさまする」という。いつも三吉野のおにぎり三つくらい食べるのに、どうしたのだろう？図書室へ行く。妻は「新しいリカちゃん人形があるので、早く遊びたいのでしょう」という。

デザートの苺を食べに戻ったとき、フーちゃんは幼稚園でおゆうぎ会が終ってから、パンが出て食べたという。乳酸飲料も出たらしい。それだけおなかへ入っていたところへ、「山の上」へ来て、牛乳を一本飲み、少しではあるがきつねうどんを食べたので、もうおにぎりは食べられなくなった。それで早く「ごちそうさま」をしたのだと訳が分った。

デザートのあと、妻はフーちゃんと図書室と書斎で遊ぶ。こちらは六畳で次男と話す。「セーラームーン見ている？」と訊くと、ミサヲちゃん、「見ています。一週間おきに見るんですけど、フミ子はその日が楽しみで、朝から『今日、あるね』といいます。あんまり楽しみにして晩ご飯がのどを通らないくらいです」という。

二時半ごろ、次男たち帰る。妻は車に乗せてもらって「山の下」へ。あつ子ちゃん、「恵子、風邪をひいています」という。「フミ子も風邪ひいてる」といって、フーちゃんと春夫、家へ入って行く。恵子ちゃんは顔色がいい。帰るとき、「バイバイ」といったら、手の先だけ動かした。「バイバイ」のつもり。

夜、妻の話。フーちゃんと「がっこうごっこ」をした。「おえかきしよう」といったら、「スケッチする」といい、ソファーにもたれて画用紙に絵をかく。スケッチというのは、そうしてのびのびとかくものらしい。「おえかき」のときは机に向ってかく。フーちゃんのスケッチは、川をクレヨンで青く塗って、山を三つかく。一つの山には「りんご」、次の山に「もも」、三つ目の山には「ぶどう」をかく。「みかんは?」といったら、「ぶどう」の横に「みかん」を入れる。

「次はさんすうです」というと、フーちゃん、手帳に、1＋1＝2　2＋2＝4　2＋3＝5　5＋5＝10と書く。いつ、覚えたのか。

次は「たからさがし」。フーちゃん、地図をかく。山があって、そこに×印を入れる。ここが「たから」の隠し場所。そこへ行く道がかいてある。

妻がなつめちゃんのさよなら公演のときのファンクラブの「花みずきの会」の記念品の木彫

の装身具箱を持って来る。指輪やブローチを入れてある。その中に結婚前に女学校のときの友達の上住さんがくれたペンダントから外れた淡紅色の水晶のかけらがある。フーちゃんが気に入ったらしいので、紙に包んで上げる。フーちゃん、大事に持って帰る。

その装身具箱（なつめちゃんのサインが入っている）を「たからもの」にして、妻が書斎のサイドテーブルの下に隠す。虫眼鏡を手にしたフーちゃんが探す。近くになったら、「近い」と知らせることになっている。これは結局、見つけられなかった。

そのうち、ミサヲちゃんは図書室を片づけ始める。フーちゃん、「まだ遊びたいー」と悲鳴を上げる。たっぷり遊んで、二時半に帰る。フーちゃんは本当に面白い。

次男たちが来たとき、フーちゃんが誕生日のお祝いにくれた王さまのかんむりをかぶって玄関へ出て行く。帰るまで、ずっとかぶったままでいた。ミサヲちゃん、「お父さん、よく似合います。頭のかたちがいいんですね」といって感心するから、「そうなんだよ。ぼくの頭は小判がたなんだ」という。かんむりをかぶったまま玄関へ出たとき、フーちゃんはびっくりしてこちらを見つめていた。自分が作ったかんむりだと、咄嗟に分らなかったかも知れない。

次男の話。昨日、フミ子は咳が出たので、おゆうぎ会の前の日だから大事をとって休ませた。熱は無かった。今年になって一回も幼稚園を休まなかったのにはじめて休ませた。ひどくなっておゆうぎ会に出られなくなるといけないので。

「西生田小学校までどのくらいかかる?」と訊いたら、「フミ子の足で十分かからない。はじめだけ附いて行けば、ひとりで通えます」と次男はいった。

この前の説明会で、うちの町内にフミ子と一緒に入学する子が一人もいないのが分ったと次男が残念そうに話したが、通学しているうちに近くから来る子が見つかるかも知れないと次男はいう。見つかってほしい。

昼食のとき(二月二十二日)、南足柄の長女に電話をかけて、これまで受けたところがどこも駄目なら、どこかの大学の二部を受けたらどうかと勧めてやれと妻に話す。夕方、妻は電話をかける。最後に試験のあった二つの学校の発表が二月二十八日で、まだ分らない。良雄は落ち込んでいるという。昨日の朝日新聞に募集広告の出ていた大学があったので、切抜き、妻に渡して、明日、速達で足柄へ送ってやれという。受附が三月二日までとなっていた。

フーちゃんが来た日のこと。いつもスクールバスに乗る手前の石材店に三匹、仔犬が生れて、出て来るのを見るのがフミ子は楽しみで走って行くと次男がいった。出て来た仔犬と遊んでやる。ほかの子供も仔犬の相手になるという。

夕方、妻は「山の下」へ行く。小豆を煮た餡こと伊予柑、八朔、林檎、麩を持って行った。あつ子ちゃんのところでは、お雛さまを飾ってあった。木目込の可愛いお雛さま。あつ子ちゃん、コーヒーをいれて、アイスクリームを出してくれる。恵子ちゃんはテレビの「おかあさんといっしょ」を見ている。口のなかに歯ブラシを入れて磨く場面になると、あつ子ちゃんの膝へ行って、口を開けて、歯みがきで磨くふりをしてもらう。体操ダンスになると、自分もテレビを見ながらダンスをする。じっとしていない。

古田さんが来て、深谷葱とブロッコリーを下さる。「お葱が欲しかったところへ頂いたの」といって、妻はよろこぶ。

庭のクロッカスの黄色が今日（二月二十五日）、三つ咲いた。午後、妻と成城へ行くときに気が附いた。横にもう一つ、咲き終って倒れているのがあった。これも黄色。四つ咲いたことになる。気が附かなかった。

クロッカスは、黄色が咲くとそこが明るくなる。この前、ひらき戸の横にひとつ、青が咲いていたが、黄色の方がクロッカスらしい。クロッカスの黄色が咲くと、もう春という気持になる。

午後（二月二十六日）、妻は清水さんを訪ねる。清水さん、また風邪をひきましたという。栄一さんの結婚式の前にも風邪をひいて寝込んでいた。今度で二回目の風邪。この前、道で妻が清水さんの御主人に会って、お酒の粕、召上りますかと訊いたら、頂きませんといったのを御主人から聞いて、去年、頂いて、あんなにおいしい甘酒を作ったのに忘れたのですかといって怒ったのという。妻も昨年、頂き物のお酒の粕を清水さんに差上げたことを忘れていた。

夕方、妻は海老フライを揚げたのとしゃものから揚げを清水さんに届ける。風邪をひいて買物に出られないとき、こんなものでも頂くと助かるかも知れない。清水さん、よろこばれたと聞いて、こちらも「よかった」という。圭子ちゃんのお産は、もう秒読みに入っている、予定日は三月四日だが、早くなりそうだという。

夕方（二月二十八日）、清水さんから電話かかる。「今朝、圭子、女の子が生れました」昨夜、夜中に産気づき、淳二さんが車でかかっていた生田の医大病院へ連れて行ったという。よかったと、妻とよろこぶ。

妻はすぐに山形の酒「初孫」を一本、お祝庄野と書いた紙を貼りつけて、清水さんへ届ける。清水さん、団地の建物の踊り場にほかの人たちと一緒にいたが、見つけて下へ下りて来た。清水さん、風邪で声が涸れている。安産で、よろこんでいた。圭子ちゃんと赤ちゃんは病院に一週間いて、清水さんのところへ来ることになっている。清水家で暫く二人を預かる。フーちゃんが一週間おきに楽しみに見ている「セーラームーン」がいったいどんなものか見ておきたいといっていた。で、夕食の途中、七時から始まるテレビをつけてみた。悪の世界の女王らしきものとセーラームーンが対決する話らしいが、何だかよく分らない。放送が終って、妻はフーちゃんに電話をかけて、「セーラームーン、見たよ」といってよろこばせてやろうと思ったら、みんな風呂に入っているのか、出なかった。

妻は、昨日、縫い上げたミサヲちゃんの黒のベルベットの服を、図書室で見せてくれる。服の下に着るブラウスも一緒に。なかなかいい。この前、フーちゃんたちが来たとき、図書室でミサヲちゃんに着てもらった。小さくないかと心配していたが、寸法はうまく合った。そのとき、服を取り出すのを見て、そばにいたフーちゃんが、「だれの?」といった。自分の服かと思ったのだろうか。「お母さんの服よ」と妻がいうと、「今度、お葬式に着て行けばいい」とフーちゃんがいった。縁起でもないことをいうと思って妻は慌ててフーちゃんを止めたが、「この前、近所でお葬式があって、黒い服を着た女の人をフミ子、見たんです」とミサヲちゃんが訳を話してくれた。お葬式に集まった黒い服の女の人たちを見ていたフーちゃんが、このベルベットの黒い服を見るなり、お母さんに「今度、お葬式に着て行けばいい」といったのは、無理もないことだ。

午前、妻は「山の下」へあつ子ちゃんに買って上げたブラウスを持って行く。長男が休みで、家にいた。あつ子ちゃん、コーヒーをいれてくれる。お隣の前田さんが京子ちゃんを連れて来た。

妻は、この前、三越でフーちゃんにぴったりの紺の服を見つけて買った。今度、ミサヲちゃんの服と一緒に届けて上げるといっている。ミサヲちゃんには、「大阪にいたころ、庄野のおばあちゃんがなつ子に紺のいい服を買ってくれたの。だから、フーちゃんに買わせてね」といってある。何か買って上げるというとすぐに遠慮するミサヲちゃんに反対させないように先手を打っておいた。

亡くなった母が、長兄の子供の啓子ちゃん、育子ちゃんとなつ子の三人に高島屋で揃いの服を買ってくれた。それが白い襟の、紺の服であった。嬉しかった。啓子ちゃんが一つ上で小学一年生。なつ子が幼稚園、育子ちゃんがひとつ下だった。啓子ちゃんが小学校へ入った記念に買ってくれたのではなかったかと妻はいう。その服には胸にアップリケが附いていたけれども、今度、フーちゃんに買ったのは、アップリケなし。だが、白い襟の紺の長袖の服であることには変りはない。同じデザインの服を見つけて買ったのを妻はよろこんでいる。

午前（三月二日）、妻と昼前に家を出て、溝の口へ。この前、妻が税務署へ確定申告を届けに行った帰りに、四月に小学校へ入学するフーちゃんに買って上げる学習机の下見をしておいた西村家具店へ行く。快晴。いい机と椅子がある。大人が坐りたくなるような机。しっかりした男の店員が応対してくれ、机と椅子は次の大安の三月八日にお届けしますという。この日も大安で、気に入った買物が出来てよかった。

帰りは向ヶ丘遊園の立花というそば屋に入って、おかめそばを食べる。そのあと、南足柄の長女に、この前、誕生日のお祝いの梅見に招いてくれたお礼にブラウスを一枚買ってやる。天気のいい日にいい買物をしたことを二人でよろこびながら。

妻はミサヲちゃんに電話をかけて、机と椅子、八日の午後に届くからと知らせる。

朝（三月三日）、妻はミサヲちゃんに電話をかけたら、次男が休みで、電話に出た。「今日、お雛さまのかきまぜ作って、三時に届けるから、ミサヲちゃんにおすし作らないようにいっておいて」と話す。

十時ごろ、清水さん来る。毎年、御主人が銀座で買って来て下さる空也のさくら餅と草餅、伊予の「てっちゃん」（蜜柑畑を持っている御主人の小学校の友達）の伊予柑を頂く。妻がかきまぜをこしらえているときに来られた。

妻は「山の下」へかきまぜを届ける。

午後、妻とかきまぜ四人分、清水さんのさくら餅と草餅四つ、先日来妻がかかっていたミサヲちゃんのドレス、フーちゃんのワンピースの箱を持って、読売ランド前の次男のところへ行く。行きがけにかきまぜを清水さんに届ける。次男の家に着く。車の置き場が出来て、やり直した門のところもよくなっていた。呼鈴を三回押しても出て来ない。声を出して呼ぶと、フーちゃんが気が附いて出て来て、新しくとりつけたアコーディオン式の門の扉を開けてくれた。表札も新しくなっている。庭先に車を入れて、なおゆったりしている。植木屋の白井君が庭木を移し変えて、うまくやってくれた。次男、出て来る。「よくなったな」という。次男も車置き場と新しい門の出来栄えに満足している。玄関のそばに長沢の家から持って来た薔薇のレッドライオンを植えてある。

ミサヲちゃん、すぐにお茶をいれてくれる。洋間で寛ぐ。持参したものを出す。三越で妻が買ったフーちゃんの服をはじめて見た。白い襟の紺の長袖ワンピース。なかなかいい。フーちゃん、身体に当ててみる。よく似合う。妻は帝塚山にいたころ、母が高島屋で亡くなった長兄の子供の啓子ちゃん、育子ちゃんとなつ子（いま南足柄にいる長女）の三人にお揃いの紺の服を買ってくれた話をミサヲちゃんにする。それとそっくり同じ型の、白い襟の紺の服。お母さんのは胸にアップリケが入っていた。今度のはそれが無いだけ。三越で見つけたとき、「これをフーちゃんに買って上げなさい」と亡くなったお母さんがいっているような気がしたと妻はいう。今日もこの服を箱から取り出したとき、妻は私に、

「見て、見て」

といった。いい買物をした。フーちゃんは自分の服だとてれるのか、ちょっと胸に当てただけでミサヲちゃんに渡した。でも、嬉しかったに違いない。こんな服は一着も持っていなかったから。

この前、テレビで「セーラームーン」をはじめて見たことを妻がフーちゃんに話す。ところが、その週はフーちゃんは「日本むかしばなし」を見る番で、「セーラームーン」を見ていないのが分った。いろいろ訊いてみる。うさぎちゃんというのは、セーラームーンの友達ではなくて、うさぎという名前で、セーラームーンに変身する子供のこと。前に「セーラームーンのおへや」のままごとをしたとき、うさぎちゃんというのがいるが、それはセーラームーンの友達らしいと妻がいったが、違っていた。うさぎというのが主人公の少女で、ふだんは中学へ通う、目立たない女の子であるらしい。「フーちゃんが楽しみにしているというから、どんなものか一度見てみたが、続けて見ていないせいか、よく分らなかった」というと、次男も「よく分らない」という。

フーちゃんは、かきまぜの自分のお弁当箱（妻が目印のシールを貼っておいた。春夫の分と

区別するための）の蓋をあけてみて、「おいしそう」という。幼稚園の卒園式は三月十七日。入学式は四月五日。「生田にいて、よく遊びに行っていたあゆちゃんのお母さんの佐藤さんが西生田小学校の先生になっているので心強い」と次男はいう。

フーちゃんは、今日、幼稚園のお雛さまで、おすしが出たそうだ。

ミサヲちゃんは揚げたらいいようにした一口カツを用意してくれていて、それを貰って帰る。道へみんな出て来て、見送ってくれる。坂道を下りながら、妻と二人、何度も振返って手を振る。大分坂を下りてから、フーちゃんが大きな声で「バイバーイ」というのが聞えた。

「楽しかったな」といいながら帰る。「生田から一駅先というのがいいですね」と妻がいう。こんな近くに家を見つけてくれて有難いと、行く度に妻と二人でいう。次男の家では、庭の梅が一輪、咲いていた。淡紅色の梅。沈丁花も咲いていた。庭木を移し変えて、手入れをして、前よりもよくなった。車を入れて、まだゆったりしている。

溝の口の家具店で買って、八日に届くフーちゃんの机と椅子のことを次男に話した。「いい机で、大人が坐りたくなるような机だよ」という。次男、フーちゃんに、

「お父さんと一緒に使おうか」

といったら、フーちゃん、「いやだ」という。もう一回、次男が「お父さんと一緒に使うことにしようか」といったら、フーちゃん、「いやだ」といった。「だめ」といったのだろうか。

あっさり断わったから、おかしい。次男は、多少、本気でいったのかも知れない。どうだろう？

かきまぜや服を渡したあと、溝の口の家具店で机と椅子を買ったときにくれた景品の箱を妻がフーちゃんに上げた。中に鉛筆やら鉛筆削り、消しゴム、鉛筆箱が入っていて、みんなハローキティの絵入りの文房具。つまらない景品の紙箱と思ったら、フーちゃんがよろこんで放さない。鉛筆削りで鉛筆を削り、「たつやおじちゃん」から引越し前に貰った布張りのアタッシエケースを六畳から持って来て、その中に削った鉛筆をしまい込む。こちらは開いてもみないでつまらないものと思ったが、フーちゃんには嬉しいプレゼントで、よろこんで遊んでいた。

下の六畳にお雛さまを飾ってあった。家の中へ入ったとき、いちばんに見せてもらった。次男が、このお雛さまはフミ子の初節句のときに氏家のお父さんからお金を貰って、浅草橋の人形の専門店で買ったものですといった。ミサヲちゃんが名前を知っている店で買った。木目込の、子供の顔をしたいい人形。買った年に一回飾ったきり、長沢の前の家では狭いので飾らなかった。内裏雛を出すだけにしていた。全部こうして雛段に飾るのは、今度が二度目。こちらへ引越して、ゆったりと飾ることが出来るようになったという。フーちゃんもさぞかし嬉しいだろう。妻がミサヲちゃんに、箱は一つに仕舞っているのと訊くと、二つですといった。

朝（三月五日）、書斎でノートを読んでいたら、庭の水盤に井戸水を入れていた妻が、

「しぼりも出た」

という。クロッカスの黄が一つ咲いている横に、紫のしぼりが一つ、咲いた。

洗濯干しの向うにもクロッカスの黄が咲いている。昨日、気が附いた。先日、入院中の兄に庭でクロッカスの黄色が三つ咲いたことを葉書で知らせた。草花が好きな兄には、こんなことでも慰めになるかも知れないと思って。

妻はまた、

「何かいい香りがすると思ったら、うちの庭の沈丁花が咲いていた」といって、花を着けた小枝を三つ切って来たのを書斎の机の上の花生けに差す。

「よその家の沈丁花ばかり見ていたら、うちで咲いていた」

といって笑う。こちらも「おとなりの沈丁花が咲いているなと思って、見ていた」という。

夕方、妻は「山の下」へ小豆を煮た餡となすのやの鮭の切身四つ持って行く。あつ子ちゃんから、なすのやの鮭はおいしいから、「山の上」で鮭を買うとき、うちの分も四切れ一緒に買って下さいと頼まれていた。

妻の話。恵子ちゃん、「ピーター・パン」のヴィデオを見ているらしい。「ピーター・パン。にんぎょ」と何度もいう。人魚が出て来る場面があるので。あつ子ちゃんと話していて、何か

静かだと思ったら、恵子ちゃんは妻の持って行った乳酸飲料の壜のひとつの蓋を歯で嚙んで穴を明けて、少し吸っていた。あつ子ちゃん、その残りを湯で割って温めて、恵子ちゃんに飲ませた。妻は帰ってからも、「恵子ちゃん、ピーター・パン、にんぎょといった」と何遍もいう。

夕食のとき、テレビの「セーラームーン」を見る。終って妻はフーちゃんに電話をかける。フーちゃんが出る。この前、放送が終ってすぐに電話をかけたことを話したから、今日もかかって来ると思ったに違いない。

「セーラームーン、見た？」

といったら、「ううん」と頼りない返事。

「こんちゃんとおじいちゃんも見たよ」

「ううん」とまたしても頼りない返事。

「おじいちゃん、よく分らないといってたけど、こんちゃんは分った」

「ううん」

「悪者が二人、転校生になって入って来るのをセーラームーンがやっつけるんでしょう？」

「ううん」

およそはっきりしない返事であった。フーちゃんもあまりよく分らなかったのかも知れない。

主人公のうさぎちゃんというのはあまり出来のよくない生徒で、先生から水の入ったバケツを頭の上に担ぐようにして、廊下に立たされる場面があった。そんなところはよく分った。

裏の通り道の花壇にクロッカスの紫が一つ咲いた。庭の海棠のそばにも一つ咲く。洗濯干しの向うにも黄色と一緒に紫が咲く。いま(三月六日)がクロッカスの花ざかり。

夕方、妻はミサヲちゃんに電話をかける。「明日の午後、フーちゃんの机、届くから、フーちゃんを迎えに行くとき、三時に戻りますと書いた紙を門にとめておいたらいいね。念のために」という。

そのとき、「昨日、セーラームーン見たけど、よく分らなかった」というと、ミサヲちゃん、「私もよく分りませんでした。フミ子は、こわい、フミ子もう見ないといっていました。そういってから、もう一回だけ見るといいました」という。

昨日、妻がテレビを見終って電話をかけたら、フーちゃんが何だかはっきりしない返事しかしなかった筈だ。フーちゃんにはやはり「日本むかしばなし」の方が向いているのではないかとあとで妻と話す。

古田さん、ずいきとするめの煮たのを小鉢に入れて届けて下さる。夕食のとき頂く。ずいきがおいしい。お酒にぴったりのいい味。妻はすぐにお礼の電話をかける。

クロッカスが裏の通り道の花壇にも庭の海棠のそばにも洗濯干しの先にも、咲く。紫、紫のしぼり、黄色と賑やか。

夕方、妻がお使いに出た留守にミサヲちゃんから電話かかる。「机、着きました」三時ごろから、着いたという電話がもうかかるかもうかかるかと待ちかねていた。ミサヲちゃんも、もう来るかと思ってずっと待っていましたといった。家具店で買ったとき、幼稚園の迎えに行きますので、午後、遅い目に届くようにして下さいと頼んでおいたのである。

「フーちゃん、どういってる？」

「すごーいといっています」

お使いから帰った妻に話すと、すぐにミサヲちゃんに電話をかける。よかったなといって、妻と二人でよろこぶ。

九

読売ランド前の次男から葉書が届く。

御葉書有難うございます。先日は、お菓子からお寿司から文子の洋服から沢山のものを頂戴しまして大喜びでした。文子は鏡の前で洋服を着せて貰い、大変よく似合っていました。小学校の入学式にぴったりのようです。あの後、文子、春夫と下の公園に遊びに行き、自転車に乗ったり、山を探険したりして、おなかを減らして帰りました。かきまぜがおいしくて、文子も春夫もみなよく食べました。御馳走さまでした。

夕方（三月十日）、南足柄の良雄から電話がかかる。妻が出た。
「稲村良雄です。いろいろご心配をおかけしましたが、法政の二部に受かりました」

という。よかった。代って「おめでとう」という。すぐに妻は「山の下」、ミサヲちゃんに電話で良雄合格の吉報を知らせる。あつ子ちゃんもミサヲちゃんもよろこぶ。南足柄の長女に電話をかけて、お祝いをいう。今日、電報が来た、二時に生田へ電話をかけたら留守だったという。こちらは上野の芸術院の総会があって、私は附添いの妻と二人で出かけていて留守であった。「入学の手続きをきちんとするように」と長女にいっておく。

次男から葉書が届く。

前略、三月八日、文子の机届きました。夜、仕事から帰り、下の六畳の部屋の明りをつけると、どっしりと置いてありました。机の上には文子の「むしさんのけんきゅうかばん」（たっちゃんに貰ったアタッシェケース）と小さなバンドエイドが二枚載っていました。板に触ったり椅子に坐ったりしてみました。シンプルでしっかりしていて、まさに「一生もの」という感じです。立派なお祝いを有難うございます。

今朝起きて、顔を洗って居間をのぞくと、着替えた文子がいつものストーブの前にいないので六畳を見ると、大きな机にはりつくようにして絵をかいている小さな姿が見えました。大きな文子も、机の前ではまだ小さくなるようです。有難うございました。敬具うれしい葉書で、何遍も読み返す。

兄の長女で大阪の富田林にいる小林晴子ちゃんの長女で高校二年の由佳理ちゃんから手紙来る。兄の見舞いに毎日、病院へ行ってくれて、沈みがちな兄を元気づけてくれるごほうびに妻が送ったブラウスのお礼の手紙。「あのブラウスは一目で気に入ってしまいました」とある。よかった。それに続いて、

「今日はとてもうれしいニュースがあります。昨日、祖父は初めて私と主治医の先生と一緒に車椅子で病院の外まで散歩に出たのです」

丁度暖かい日であったので、はじめは少しそのあたりまでというつもりであったのが、病院のまわりを一周してしまったこと、兄はところどころ家の前にあるパンジーなどを楽しそうに眺めていたという嬉しい報告の手紙であった。

「もう少し暖かくなれば万代池の桜を見に行くことも計画中です。そのときは叔父さんから頂いたハンチングをかぶって行くことも決めています」

と書いてある。このハンチングというのは、去年の秋、兄の喜寿のお祝いに贈ったものである。ワインレッドの、兄の気に入りそうな色のハンチングを妻が三越で買って来て、贈った。そのとき、兄は心臓の大動脈瘤の手術のために入院したあとであったが、私たちが心配すると

思って、義姉は隠して知らせなかった。兄は、お祝いのハンチングを病院で受取ったのであった。

由佳理ちゃんの手紙の最後には、

「確実に元気になって来ていますので、どうぞご安心なさって下さい」

と書いてあった。手術を受けたあとの回復がはかばかしくなくて、病院暮しがもう半年にもなろうという兄のことが気がかりでならないが、車椅子で病院の外まで散歩に出ることが出来たという知らせは、有難いものであった。

午後（三月十四日）、妻はシュークリームの蓋のなかにひき肉を詰めたものを作って、清水さんへ届ける。行く前に電話をかける。今日は日曜日なので、御主人が圭子ちゃんを車に乗せて宮崎台のマンションまで送って行った。向うでお昼を食べて、午後、淳二さんが連れて来ることになっているという。

妻の話。清水さんのところでは、赤ちゃんを布団に寝かせて、枕もとに私たちがお祝いに差上げた「初孫」を飾ってあった。名前は？　あんずの杏子。命名杏子と書いた半紙が貼ってあった。耳の大きい、福相な、しっかりした顔の赤ちゃん。はじめは盥のお湯に入れていたが、ベビイバスを買って、いまはそれで御主人がお風呂に入れている。お七夜にはみんな集まってお祝いをした。宮崎台のマンションでひとり暮しの淳二さんは、インスタントラーメンばかり食べているらしい。こちらへあまり来ない。もっとも、週日は帰宅が夜の十一時ごろになるので、来たくても来られないということもある。そんな話を清水さんから聞いて来た。

清水さんは銀座ウエストのリーフパイの箱、アーモンドチョコレート一箱、讃岐の醤油（小壜三本）をさげ袋に入れて用意してくれていた。「こんなに頂いて来た」といって妻は帰って来る。

妻が清水さんへ行っている間に、「山の下」のあつ子ちゃんから電話かかる。「古河から帰りました」恵子ちゃんを連れて長男も一緒に二泊三日で、あつ子ちゃんの両親のいる古河へ帰っていた。妻は最初の日に着くように「初孫」を一本、宅急便で送った。「みんなで頂きました」という。昨日、留守に世田谷のY君からの頂き物の「立山」の小壜一本とかりんとう一袋を、妻が持って行って、居間の机の上に置いて来た。メモを添えて。あつ子ちゃんは、そのお礼もいった。

フーちゃんから手紙来る。宛名をミサヲちゃんに書いてもらった和紙の封筒の裏に、色鉛筆の赤で「しょうのふみこ」と書いてある。画用紙一枚たっぷり使った、絵入りの手紙が出て来た。

こんにちは　おじいちゃん　こんちゃん　おつくえありがとう　たいせつにするね　ふみこより

こんちゃん　おようふく　ありがとう　はやくきたいな　ふみこより

てがみの横に大きな花火があがっている絵。片目をつぶってウインクしている猫のキティーちゃんと「こんちゃん」（孫たちの妻を呼ぶときの愛称）が手を組んでいる。この絵の「こんちゃん」、赤い服を着て、若々しい。

裏は、「ぴいたあぱんのおじいちゃんとうえんでぃーのこんちゃん」が並んでいるところをかいた絵。ピーター・パンは腰に剣を吊している。そのとなりは人魚が二つ、並んでいる絵。一つの人魚は、星のかたちの手さげを持ち、もう一つの人魚も、何か大事なものの入った袋を持っている。

力を入れて、時間をかけてかいた絵であることがよく分る。うれしい。

フーちゃんは、今、お父さんに買ってもらったヴィデオの「ピーター・パン」を見ている。そこで「おじいちゃん」を「ぴいたあぱん」に、「こんちゃん」を「うえんでぃー」に見立てたのだろう。二人ともうんと若返らせてくれたわけである。すぐに妻にカードを出してもらって、お礼の手紙を書く。

ふみこさま　たのしいおてがみをありがとう。うれしくはいけんしました。あたらしいつくえでこれをかいてくれたのですね。おとうさんのはがきで、ふうちゃんがつくえをよろこんでいることがわかりました。ではおげんきで。おじいちゃんより。

新しい机と白い襟の紺の洋服を貰ったことへのフーちゃんの感謝の気持は、盛大に打ち上げられた花火の絵ひとつにも、よく表われている。有難い。

小玉光雄さんから案内を頂いた春の二科展へ行くので、妻と二人、十一時すぎに家を出た。生田駅の近く、バス道路へ出る手前の左手の空地のなかから、幼稚園の帰りのフーちゃんが出て来るのにぱったり会った。連れの男の子がいる。間もなく春夫を連れたミサヲちゃんがバス道路沿いの歩道から現れた。スクールバスの着くところまで迎えに行ったあと、フーちゃんが友達と二人で先へ駆けて来たらしい。

ミサヲちゃん、今日が終業式、明日（三月十八日）卒園式ですという。生田駅で別れて、こちらは新宿行きのホームへ。

いいところで会った。幼稚園のグレイの制服制帽を着たフーちゃんの姿はこれが見納めになる。宝塚音楽学校の生徒の制服制帽に似ているといって、妻と二人でよろこんでいたものであった。明日の卒園式には春夫をその間だけ「山の下」の、前の借家にいたとき親しくしていた前田さんに預かってもらいますと、ミサヲちゃんはいっていた。

ミサヲちゃんたちと別れてから、

「フーちゃんは、物をいわない子だな。道でぱったり会っても、嬉しそうな顔もせず、おじいちゃんともこんちゃんともいわないで、黙っている」

というと、妻は、

「小さいときのなつ子（南足柄の長女）と同じです。なつ子があんなふうでした」

という。

駅へ来る手前の道で、妻はパン屋へ入って、ミサヲちゃんに上げるショートケーキを三つ買う。その間にフーちゃん、駅の方へ向って駆けて行く。すぐに走って戻って来て、パン屋へ入り、妻と一緒に出て来る。妻はケーキの箱をフーちゃんに渡す。家へ帰ってから、お八つの時間に食べるだろう。

銀座へ出て、松屋の春季二科展を見る。招待状を下さった小玉光雄さんの「三叉路の運河」は、ヴェニスのゴンドラに乗った人たちを描いたもの。小玉さんの作品は、これまで宝塚大劇場の前に集まった見物の人たちと歌劇のなかの人物と客席で舞台を見ている人たちとを重ね合せて立体的に構成した「花の道讃」の絵葉書になったものをお嬢さんの祥子さんから見せて頂いたことがあるだけだが、宝塚歌劇を愛好する人の気持が溢れている楽しい絵で、忘れられない。今度の「三叉路の運河」は小玉さんのヴェニスの旅の印象に違いない。見終って、

「小玉さんの絵は、人を楽しい気持にさせてくれる絵だな」

といううと、妻は、

「花の道讃に通じるものがありますね」

という。

昼食後、妻と登戸駅へ四月十七日の大阪行きの新幹線の切符を買いに行く。宝塚の新しい大劇場で月組の「グランドホテル」を見て、翌日、父母のお墓参りをする。この旅行には友人のS君を誘い、また、南足柄の長女を連れて行くことになっているので、一泊の慌しい旅になる。お墓参りのあとは大阪に用のあるS君と別れて、残りの三人はこだまで小田原まで一緒に帰ることにした。その方が南足柄へ帰る長女に都合がいいからだが、私と妻も、小田原から小田急のロマンスカーで帰ることが出来るから、丁度いい。いつも大阪へ行くときに泊る中之島のホテルは、今月はじめに予約した。「新幹線の切符を買ったら気分が出て来た」といってよろこ

ぶ。

そのあと、向ヶ丘遊園まで行って、今月お誕生日を迎えるミサヲちゃんと春夫に運動靴とジーパンとシャツを買う。「何が欲しい？」と妻がミサヲちゃんに訊いておいたのである。

庭の白木蓮の蕾がふくらんで来た。書斎の仕事机の前から硝子戸越しに見える。もうすぐ――多分、二三日中に咲きそうだ。

妻は午前中にお彼岸のおはぎを作り、ピアノの上の父母の写真の前にお供えする。「山の下」と清水さんにおはぎを配る。

昼食にそのおはぎを三つ食べる。お酒も飲むが甘党の父は、御飯を食べたあとで、母の作ったおはぎを二つくらい食べたものであった。お昼ご飯代りにやっと三つ食べているようでは、大きな顔はできない。

昼食後、読売ランド前の次男のところへ妻と一緒におはぎを持って行く。今日（三月二十日）が春夫の、明日がミサヲちゃんのお誕生日である。ミサヲちゃんに運動靴と花、春夫にジーパンとシャツのお祝い。フーちゃんに何もないとさびしいから、ぬりえとレターセット。このレターセットは、にわとりの絵入りの封筒、にわとりのかたちの便箋に、卵のシールが附いた可愛いもの。世田谷のY夫人が送ってくれたのを妻がフーちゃんと半分わけにした。

次男の家へ行く急な坂道を上って行くと、坂の上の道の端にフーちゃんと春夫が腰かけていて、フーちゃんは本を読んでいた。私たちの来るのを待っていてくれた。春夫は「こんちゃーん」といって駆けて来る。

ミサヲちゃんはおいしい紅茶をいれてくれる。苺といっしょに頂く。フーちゃんは妻が上げたレターセットをよろこび、にわとりのかたちの便箋をメモ帖にするという。メモ帖が欲しかったところへいい物を貰った。ところが卵のシールを春夫が取ったので、喧嘩になる。

ミサヲちゃんの話。十八日の卒園式のとき、はじめに教わった先生がたの紹介があった。フミ子がハンカチを出して目を拭いているので、ごみでも目に入ったのかと思ったら、泣いていた。何人も泣き出す子がいた。あとでフミ子に訊いたら、ちがうといったけど、夜になって、「となりの子がいちばんに泣いた。フミ子は三番目に泣いた」といいました。

書き落したが、妻が昼前にミサヲちゃんに電話で今日行くことを知らせたとき、フーちゃんが出た。妻が「卒園おめでとう」というと、

「どうもありがとう」

とフーちゃんはいった。

ミサヲちゃんの話では、フーちゃんがハンカチを出して涙をふき出したのは、卒園式が始ってすぐ、教わった先生がたの紹介をしているときであったという。となりの子が泣き出した

のに誘われたということもあるのだろうが、ミサヲちゃんは意外に思ったらしい。

私が坐っているところへフーちゃんがそろそろと近寄って来る。こちらが両手を上げると（ゴリラのように）、悲鳴を上げてミサヲちゃんの胸にとびつく。それを何遍も繰返す。春夫もついて来る。こちらは声を立てない。ただ腕を持ち上げるだけなのだが、それがフーちゃんや春夫には「かいじゅう」に見えるのだろう。「かいじゅうごっこ」がしばらく続いた。フーちゃんがいつ「かいじゅう」になるかとこわごわ近づいて来る様子は真剣そのもので、おかしかった。こちらも楽しませてもらった。

帰り、ミサヲちゃん、フーちゃんは坂道の上に立って、いつまでも見送ってくれた。妻は家に帰り着いてから、

「面白かったね、かいじゅうごっこ」

といった。

フーちゃんの入学祝いに上げた学習机が、六畳の窓ぎわに置いてあった。机の上には何も載っていなかった。

午前、妻がお使いに行った留守に、「山の下」のあつ子ちゃんが恵子ちゃんを連れて、お彼岸のおまいりに来てくれた。ピアノの前でおまいりしたあと、図書室で恵子ちゃん、遊ぶ。古河のお

父さんが足で押して進む自動車を買ってくれ、恵子ちゃんは家の中でそれに乗っていますとあつ子ちゃん話す。恵子ちゃんが「じいたん、じいたん」というので、古河のお父さんはよろこんでいるという。

午後、こたつで昼寝していると、次男がフーちゃんを連れて、お彼岸のおまいりに来てくれる。書斎へ妻も一緒に行く。手を叩く音が聞えた。

「叩くんじゃない。手を合せるだけ」

と次男がいう。フーちゃんはお宮さんの前でするように手を叩いたらしい。

そのあと、フーちゃんは妻と図書室でリカちゃん人形やらクマさんなど出して、大パーティーを始める。こちらは炬燵で次男の話を聞く。

次男の話。この前貰ったフミ子の洋服の着初めを一昨日、しました。よく似合った。白い襟の紺の服を着たフミ子を連れて、新宿へ「ドラえもん」の映画を見に行った。お弁当を持って行って、映画館のなかで食べた。おにぎりとおかずのお弁当、伊勢丹の向いのヴィレッジ・ワンという映画館。

あとで高野へ行ってフミ子にミックスジュースを飲ませた。こちらはフルーツのデザートというのを食べた。フミ子が、「お母さんにおみやげ買おう」といい、高野で髪どめを買った。

イルカが四匹、はねているデザインの髪どめ。春夫には砂あそびのセット（バケツとシャベル）を買った。髪どめはおかあさんのお誕生日に渡すのがいい、それまで黙っていて、とフミ子がいった。

先日の次男の葉書に、新しい机の上に「むしさんのけんきゅうかばん」が置いてあったとあったので、そのことを次男に訊いてみる。

下の公園で日曜日に不用品のバザーがあった。夕方、見に行ったら、バザーは終って片附けているところで、持って行きなさいといってくれたのが、スポンジの昆虫の標本の入った箱。フミ子が気に入って、とんぼやありの標本をとり出して、ひとつひとつ、紙に名前を書いて標本箱を作って、たっちゃん（長男）がくれた布張りのアタッシェケースに仕舞い込んだ。かばんの上に「むしさんのけんきゅうかばん」と書いた紙を貼りつけた——というのである。

次男はまたこんなことも話した。

夜、仕事から十時半ごろ帰って、御飯を食べていると、フミ子が目を覚まして二階から階段を下りて来る。「おかあさーん」といって。こちらが居間で御飯を食べているのをストーブの前に坐ってぼんやり見ている。

フミ子は、寝床のなかにぬいぐるみの犬やら何やらいっぱい持ち込んでいる。

卒園式の日のこと。式が始まって間のないころにとなりの子がいちばんに泣いた。帰って、ミサヲが訊いたら、フミ子は泣かないといったが、夜になって「三番目に泣いた」といった。先生もみな泣いていたといった。

机のこと。はじめ「お父さんと一緒に使おう」といったら、いやだといった。あとでお許しが出た。「お父さん、使っていいよ」とフミ子の方からいった。

机は今のところ真中の引出しに、何か入れているらしい。右側の上下に並んだ引出しには何も入れていない。「自分の場所」があるのがフミ子はうれしいらしい。

今日（ミサヲちゃんの誕生日）は、シチューを作る。フミ子はシチューが大好きで、楽しみにしている。ステーキにしてもシチューにしても、肉のかたまりを食べるのが好き。シチューのときは、ガーリック・トーストも作る。そんな話を炬燵で次男がした。

妻は次男にお茶とグレープフルーツ、フーちゃんにアイスクリームを出した。そのあと、フーちゃんは書斎へ行って、ピアノを弾く。「ドレミの歌」と「草競馬」。こちらが書斎へ行ったときは、指一本で「きらきら星」を弾いた。妻が横について連弾する。フーちゃんは家で鍵盤つきの小さな楽器で練習しているらしい。「ドレミの歌」と「草競馬」と「きらきら星」の三曲だけ弾ける。

ピアノの前は「宝さがし」をした。「名探偵のフミ子さん」は虫眼鏡を持ってソファーの下やら机の上を探しまわるが、見つけられない。「宝」はなつめちゃんのさよなら公演のときにファンクラブからくれた木彫の装身具箱。近くへ行ったら、「近い」と知らせることになっているが、フーちゃんはほかばかり探して、私がいつも坐る椅子に近寄らない。しまいに妻が「ここよ」といった。勘が悪い。

夜、妻は昼間のことを話していて、

「フーちゃんと遊んでいると面白い。ちっともませていないから。小賢しくないから」という。

庭の白木蓮が咲きかけている——三月二十二日。妻は、海棠の蕾が出て来ましたという。

白木蓮の下の方の枝の蕾が咲いた。庭の隅で連翹《れんぎょう》が咲きかけているのに気が附く。

白木蓮が全部咲いた——三月二十四日。

朝、長男が恵子ちゃんを連れて、種から咲かせたパンジーの鉢を四つ、ねこ車に載せて届けてくれる。玄関の大谷石の階段に並べてくれた。

恵子ちゃんは図書室で遊ぶ。乳酸飲料を二本飲み、せんべいを食べる。妻が昨日、駅前の本屋で絵本を買って来て、恵子ちゃんに持って行って上げようと思っていたところへ来た。「ねこちゃんのしゃっくり」という絵本。

長男は、いま木山捷平さんの本を読んでいる。「大陸の細道」と「長春五馬路」、短篇の「うけとり」を読んだ、面白いという。図書室で二巻本の『木山捷平全集』(新潮社)を見つけて、下巻の方を借りて行く。(この本は、次に長男が来たとき、もとの棚に返してあった)おとなりの相川さんから頂いたケーキを妻は長男に持たせてやる。恵子ちゃんをねこ車に乗せて押して帰る。

あとで妻と、

「恵子ちゃんは笑顔よしだね。笑ったら可愛い顔になるね」

と話す。笑顔に愛敬があって、いい。

妻と朝から用事で国立まで出かけていて、帰ったら、留守に南足柄の長女が車で来て、袋にいっぱいの夏蜜柑と庭でとれた椎茸をメモと一緒に台所の卓の上に置いてあった。ミサヲちゃんから電話かかる。明日から氏家へ行きます、四月一日に帰ります、今日、なつ子さんが来てくれました。前から譲ってくれる約束をしていた食卓を届けてくれましたという。

長女のところでは、これまで食卓にしていた炬燵机が、子供らが大きくなったので新しく作ることにして、去年、大きな、立派な食卓を作った。一方、次男のところではそれまで夏は食卓に冬は炬燵にしていた炬燵机では狭くなったので、長女のところで使っていた食卓を譲ってもらうことにした。長女と次男との間で話がついていた。その食卓を車で運んでくれたわけである。また、今度、次男が新しく表札を作った。材料にする板を日曜大工の店で買うと、結構お金がかかった。そこで、長女に余った板があったら譲ってほしいと頼んでいた。その板もついでに持って来て、濡縁に食卓と一緒に置いてくれてあった。

長女からミサヲちゃんのところへ電話がかかって、今日、東京の西片のお父さんのところへ行く用事が出来たので食卓を届けるといった。ところが、ミサヲちゃんは春夫の三歳児の検診があって連れて行くことになっていた。それを話すと、留守でも構わない、庭先へ置いておくからと長女がいったのだそうだ。ミサヲちゃんの話では、帰ってみると、食卓と板のほかに夏蜜柑をいっぱい置いてくれてあったという。ミサヲちゃん、よろこんでいた。

夜、妻は南足柄へ電話をかけて、長女に夏蜜柑と椎茸を届けてくれたお礼をいう。長女は、ミサヲちゃんのところへ行ったら、濡縁にシャムパン一本と法政大学に入学が決まった良雄へのフーちゃんのお祝いの手紙（にわとりの絵入りの封筒に入っている）が置いてあったといった。良雄の法政の入学手続きは全部済み、四月三日の入学式の入場券も届きましたと長女がいった。

午後（三月二十七日）、炬燵で昼寝していると、近所の柳沢有美ちゃんのお母さんと有美ちゃんが昨日のお礼に来る。——昨日、妻と二人、用事で国立へ出かけたというのは、有美ちゃんがピアノのおけいこをしている大沢せつ先生の門下生の発表会が国立の小ホールであり、招待状代りのプログラムを有美ちゃんのお母さんから頂いた。小学三年の有美ちゃんが開会の挨拶をしますというので、開会の十時に間に合うように出かけたのであった。大沢せつ先生には、妻も有美ちゃんのお母さんの紹介で、去年の九月から毎週月曜日の午後、三十分だけ、西三田団地の先生のピアノ教室のお部屋でバイエルのおけいこをしてもらっている。妻は週一回のそのおけいこを大へん楽しみにしている。有美ちゃんはプログラムの七番目に出て、「ロンドン橋」を上手に弾いた。開会の挨拶も、なかなかよかった。

国立まで出かける私たちのために、登戸発の南武線の電車の時刻を調べて知らせてくれた有美ちゃんのお母さんは、ヴァイオリンのかたちをした指輪入れを下さる。有美ちゃんからはお礼の絵入りの可愛い手紙。フーちゃんの手紙のように、「おばちゃん」の絵が入っている。

昨日の発表会の会場では、有美ちゃんは私たちのすぐ前の席へ来て、二人にしきりに話しかけた。無邪気で、人なつこい子。お母さんの話では、発表会があるのに家ではピアノの稽古をろくにしない。弾いても五分くらいで止めてしまう。開会の「ごあいさつ」を聞かせてといったら、いやがってちっともいわなかったという。だが、「ごあいさつ」も「ロンドン橋」も上出来であった。私たちが聞きに来てくれたのが、有美ちゃんは嬉しかったらしい。

庭で連翹が咲く。

午前中に氏家のミサヲちゃんから電話かかる。「着きました」「ランドセルのお礼いっといてね」と妻がいう。氏家のお父さんからフーちゃんの小学校入学のお祝いにランドセルのいいのを送って下さった。ミサヲちゃんたちは、朝の早い、いつもの新宿発の電車で行った。

夕方、南足柄の長女から、妻が送った宅急便のお礼の電話かかる。丁度、秀子叔母さんが泊りがけで来たところであったという。お米五キロ、鮭の切身、にんにくのたまり漬に大よろこび。この宮城のお米は水を心持少な目にして炊きなさいと妻がコーチする。

もろもろのお祝いの会の日取りのこと、四月三日にするからという。四月一日に氏家からミサヲちゃんたち帰り、五日がフーちゃんの西生田小学校の入学式だから、三日しかない。きつねうどんを出すからというと、長女よろこぶ。もろもろのお祝いというのは、フーちゃんの入学、ミサヲちゃんと春夫のお誕生日(これはもう過ぎた)、良雄の法政入学、正雄の三年進級をまとめてお祝いしようというのである。

朝食のとき、妻は「誕生日のアップルパイ」まで読みましたという。この間から一昨年出た私の随筆集『誕生日のラムケーキ』（講談社）を、夜、寝る前に少しずつ読んでいる。「誕生日のアップルパイ」は、南足柄の長女が四十歳の誕生日にアップルパイを焼いて食べたという話。いつもの年だと前の日に「明日は誕生日だ」と家族や友達にいいふらすのに、四十歳になる今年はなんとなく淋しくて黙っていたら、皆も忘れているみたいで、誰も何ともいわないので、よけいに淋しくシュンとしていたところへ、朝いちばんにかかった電話で、お母さんの「ハッピー　バースデイ　トゥー　ユー」の朗らかな歌声が聞えて来て、たちまち嬉しくなりましたという長女からの二枚続きの葉書が届いたという話から始まる随筆である。

夜、お風呂につかって、

「私も四十になったのだから、もっと落着いて、侘び寂《さ》びの境地に近づいて行こう。でも、明るく元気で行こう」と何だか支離滅裂なことを思いました、というところが出て来て、葉書を声を出して読む妻も、聞いている私も、思わずふき出してしまったことを思い出す。

そのことを私がいって、

「あの、侘び寂びに近づいて、のところはおかしかったな」

という。

それから妻は、「『一番咲きの薔薇』もいいですね」という。これは近所にいる清水さんが、

「これが一番咲きの最後の薔薇です」といって、畑で丹精した薔薇をいっぱい届けて下さったという話から、「残れる夏の薔薇」という唱歌を思い出し、明治のころにイギリスからわが国へ入ったその唱歌（わが国では「庭の千草」となる）のもとの曲の入ったレコード、「イギリスの民謡――スコットランド・アイルランド篇」を久しぶりに聴いてみたくなるが、私の書斎にあるレコードプレーヤーはこのところ調子がよくない。演奏中に針が同じところをまわって、先へ進まなくなる。その度に走って行って針を持ち上げてそっと次へ移してやらないといけない。おかげで私はレコードをかけている間、何度も書斎を走りまわらなくてはいけないという話へとひろがる随筆である。

最後に私の友人の小沼丹の、ロンドンで過した半年の思い出を語る『椋鳥日記』（河出書房新社）のなかの、そろそろ帰国の日が近づいた九月の或る日、宿の近くへ散歩に出た小沼が道で小さい女の子を連れた母親とすれ違うときに、母親が子供に、

「プレティ・サンシャイン」

というのが聞えたという場面を私が思い出すところが出て来て、「一番咲きの薔薇」は終る。

そんなことを思い出して、私は妻に話した。そのあと、書斎へ入って日記をつけていたら、庭先にいる妻が、梅の根のあたりを指して、

「春蘭が、いっぱい咲いていますよ。あとで見て下さい」

といった。

妻は、南足柄の長女が送ってくれたパイシートを使って、ミートのパイを焼き、清水さんの御主人の誕生日のお祝いに届ける。ブルゴーニュの赤葡萄酒を一本、添える。二月の私の誕生日に清水さんからお祝いに薔薇と水仙といい柄のシャツを頂いたお返しである。

日曜日で、圭子ちゃんと赤ちゃんを車で宮崎台のマンションまで送って行って帰った御主人が出て来て、身体を二つ折りにする清水式の丁寧なお辞儀をして礼をいわれたという。妻は清水さんに電話で訊いてみてから、「山の下」のあつ子ちゃんから届いた赤ちゃんの肌着や服のまだ残っていた分を一緒に届けたのだが、清水さんはよろこばれた。

妻がお使いから帰って話す。スーパーマーケットのOKの手前で清水さんと会って立ち話をしていたら、バギーを押したあつ子ちゃんが市場の方から来るのが見えた。バギーからおりた恵子ちゃん、走って来て、妻と清水さんの立っている横を豆タンクみたいに駆け抜けて行った。まっしぐらに駆けて行った。速いの、恵子ちゃん、走るのが、と妻はいう。

あつ子ちゃんが来て、

「お母さんの姿が見えたので、こんちゃんよ、走って行ってごらんと恵子にいったら、走り出したんです」

といった。

清水さんは、あつ子ちゃんに、

「圭子に赤ちゃんの肌着と服を沢山頂いて、有難うございます」

とお礼をいわれた。

明日、圭子ちゃんは出産後一ヵ月の検診で病院に行きますといわれる。

夕方、溝の口の楽器店に頼んであったピアノのカバーが届く。薔薇の花の飾りが五つ並んだ、ベージュ色のカバーで、よろこぶ。ピアノにかぶせてみると、なかなかいい。

「フーちゃんに見せたら、きれいーというわ。楽しみ」

と妻はいう。

カーテンの色と調和している。カタログの写真から妻が選んだものだが、うまく行った。カバーの上に父母の写真、常泉さんから頂いた人形を置く。常泉さんの人形の頭の上には、帝塚山の兄から前に貰ったフランス人形の油絵の額が懸っている。この額は、図書室の壁に長い間、飾ってあった。心臓大動脈瘤の手術のために入院した兄の回復が遅れているので、ここへ移した。父と母の写真のそばへ来たら、兄も淋しくないだろうと考えたのである。この絵は兄の贈り物の、兄がかいた油絵だから。

翌朝、「昨夜、寝る前にピアノカバー見に行ったの」と妻はいった。

夕方（三月三十一日）、氏家のミサヲちゃんから電話かかる。妻が昨日、宅急便で送ったお菓子いろいろ詰めた箱、海苔、紀州の梅干一箱が着いたお礼の電話。ミサヲちゃん、よろこんでいた。

「寒い？」

と妻が訊くと、「昨日は強い風が吹いて寒かったけど、今日は暖かくなりました」とミサヲちゃんいう。フーちゃんに代ってもらって、

「修平ちゃん亮平ちゃんと遊んでいるの？」

と訊くと、「まだ」という。昨日は遊んだけれども今日はまだ遊んでいないという意味だろうか。何だかちぐはぐな返事であった。

朝（四月一日）、あつ子ちゃんから電話で頼まれた段ボール箱二つ、さげて「山の下」へ行く。南足柄の良雄の入学祝いに買ったブレザーを送るためのもの。「ブレザー見て下さい」とあつ子ちゃんがいうので、家へ上る。恵子ちゃん、出て来る。妻が抱き上げて「たかい、たか

い」してやると、笑う。その笑い顔が愛敬があって、いい。

二階の部屋でハンガーに吊してある紺のブレザー（金ボタンつきの）を見せてもらう。なかなかいい。バドワイザーの布が貼ってある。ビールの会社がブレザーも売っているのか。ワイシャツとネクタイもある。どちらもいい。次男のところと二軒でお金を出し合って買った入学祝いである。いいものを選んでくれた。良雄も長女もよろこぶだろう。

「お父さん、コーヒーをいれますから、飲んで行きませんか」といわれたが、これから生田駅前の銀行へまわる用があるので、出かける。春秋苑下から住宅地の坂の上を抜けて駅へ。

銀行から出て来ると、向いのパン屋の前にフーちゃんが立っていた。妻が先に見つけて、「フーちゃん」と声をかけたら、パン屋へ駆け込み、買物をしているミサヲちゃんに知らせる。ミサヲちゃん、春夫と出て来る。今日、氏家から帰って来ることになっていた。氏家の帰りに生田で途中下車したのは、ここの銀行にでも寄る用事があったのかも知れない。そのついでにパン屋でパンを買っていたのだろう。

フーちゃんはお母さんに、こんちゃんと行きたいといったらしい。ミサヲちゃんに、「あさってよ」といわれた。三日に「もろもろのお祝いの会」で「山の上」へみんな集まることになっている。

別れて、こちらはバスで帰る。妻は、「あれ？　可愛い子がいると思ったら、フーちゃんだった。こんなところで会うと思わなかった。よかった」という。妻は、パン屋から出て来たフーちゃんの水色のフード附きのコートを着た背中を手でさすってやった。こちらもさすった。

「コートの下は、何を着ていた?」と訊くと、「赤いカーディガンとタータンチェックのスカートです」と妻はいった。朝早く氏家を出発して帰ってきたのだろう。思いがけないところでフーちゃんに会ったことを妻と二人でよろこぶ。

昼食のとき、妻は、

「フーちゃんは、垂れ目垂れ眉じゃないですね。ミサヲちゃんに似たんですね」

という。

私も妻も長女も長男も次男も、みな「垂れ目垂れ眉」派なのだが、フーちゃんはそうでないというのである。そういわれてみると、眉のかたちはお母さんのミサヲちゃんに似ている。一重瞼の目は、父親似であるのだろうか。

生田は今日(四月二日)でさくらは満開。浄水場も公園も小学校もどこもさくらが咲いている。

今日は「もろもろのお祝いの会」で孫が集まるので、先に十時ごろ、一回目の散歩に出かける。フーちゃんの小学校入学、ミサヲちゃんと春夫のお誕生日、良雄の法政入学、正雄の三年進級をまとめてお祝いする会である。散歩から戻ったら、もうみんな集まっていた。「おじいちゃんが帰ったよー」と妻がいうと、子供ら玄関へ出て来て、「おかえりなさーい」という。正雄、フーちゃん、春夫、恵子ちゃんの孫四人。その母親——長女、ミサヲちゃん、あつ子ちゃんらは台所にいる。

妻の話を聞くと、私が散歩に出たあと、丁度、南足柄の長女と正雄が着いて玄関にいるところへ清水さん夫妻と赤ちゃんを抱いた圭子ちゃんが挨拶に見えた。今日、宮崎台のマンションの方へ帰るので。銀座の空也のお菓子の箱、フーちゃんの入学祝いのハンカチと子供用シャンプー（可愛い包み紙に入ったもので、その二つをラクダ色のさげ袋に入れてあった）、畑のお花をどっさり頂きましたという。せっかくお揃いで挨拶に来て下さったのに留守にしていて、「福相で、しっかりした、利口そうな顔」の杏子ちゃんを見られなくて残念なことをした。南足柄の長女がいてくれたのでよかったが。

長女は、

「可愛い赤ちゃん。夜泣きしなくて親に楽させてくれる赤ちゃんだといっていました」

という。清水さんのところでは、今日からさびしくなることだろう。

食事の前に書斎に子供らを集めて、妻が用意したプレゼントを渡す。先ず、今日は法政の入学式で来られなかった良雄の入学祝いを長女に渡す。正雄にプラモデルの箱、フーちゃんにエプロンとハンカチと、給食のとき机にひろげる風呂敷、恵子ちゃんにふくらませるボールを渡す。あつ子ちゃんからフーちゃんにスカート二枚（紺のチェックとピンクの）と紺のトレーナー、長女に良雄の白のジャンパー（どちらも「山の下」と次男のところと二軒からの贈り物）を渡す。

食事の支度が出来て、六畳にみんな集まる。私の「みなさん、おめでとう」の発声で一同「おめでとう」と唱和する。きつねうどん、海苔巻、ミニトマト、デザートは苺。フーちゃんはきつねうどんはわきへ寄せて、海苔巻を食べる。これもやっと一つ食べた。いつものように食べっぷりがよくない。どうしたのだろう？

デザートのあと、恵子ちゃんと春夫が立って、テレビの「おかあさんといっしょ」に出て来る「おべんとうばこのうた」を歌う。長女も知っていて、一緒に歌う。

「これくらいの　おべんとうばこに」

というので始まる。身ぶりの入るところもある。その「おべんとうばこ」の中身が次々と出て来るのだが、恵子ちゃんが、

「にんじんさん」

「ごぼうさん」

肩に手を当てて、力を入れて歌うのが可愛い。随分力を入れて歌った。いつもテレビで「おかあさんといっしょ」を見ていて覚えたのだろう。「おべんとうばこのうた」のあと、清水さんが下さった和菓子の箱からみな一つずつ取って食べる。

妻は今日の会の前から、あとでみんなを公園へ連れて行って「孫のお花見」をするんだといって楽しみにしていた。デザートが終ってから出かける。あつ子ちゃん、恵子ちゃんは先に帰る。

さくら満開の公園は家族連れで賑わっていて、みなそれぞれ子供を遊ばせながら楽しそうにお花見をしている。フーちゃんは「かいじゅう」のところへ行き、這い上って遊ぶ。正雄も「かいじゅう」の背中のいちばん高いところへ登ってゆく。春夫はひとりでは上れないので、抱いてのせてやる。フーちゃん、「かいじゅう」の低い方の背中にまたがり、「潜水艦」といってよろこぶ。われわれは「へんなものをこしらえた」と思っていたが、子供にはこれほど面白いものはないらしい。フーちゃんは「かいじゅう」から離れない。

途中で妻は、「アイスクリーム取って来る」といって、家へ引返す。その間にこちらは葉書を出しに行き、ひとまわり散歩をする。公園へ戻ったら、もうみんなアイスクリームを食べ終って、相変らず「かいじゅう」のところにいた。フーちゃんは、前にときどきお母さんと遊びに行っていた、公園の前のマンションのあゆちゃんと久しぶりに会って、遊ぶ。妻が気が附いて、あゆちゃんにおせんべいを上げる。

あゆちゃんのお父さんもお母さん（西生田小学校で教えている佐藤先生）も来ていた。「孫が西生田小学校でお世話になります」といって、お二人に挨拶をする。佐藤先生は三年の担任になったという。フーちゃんたちの一年の担任でなかったのは残念だが、仕方がない。同じ西生田小学校にあゆちゃんのお母さんが先生をしているというだけでミサヲちゃんも心強いだろう。

ミサヲちゃん、フーちゃんたちと別れて、長女と正雄と私と妻は家へ帰る。妻は長女と炬燵で話をする。こちらは書斎のソファーでうたた寝をする。四時に妻は長女と正雄をバスで生田まで送って行く。

夕方、ミサヲちゃんから電話かかる。清水さんにお祝いを頂いたお礼をいいたいので、電話番号を教えて下さいという。フーちゃんたちはあれから公園でゆっくり遊んで、家へ帰ったのは五時でしたという。

いいお天気に恵まれて、あとでお花見も出来たし、「もろもろのお祝いの会」はめでたしめでたしで終った。

長女は「きつねうどん、おいしいね」といって、よろこんでいた。いつも長女が来るときは藤屋のサンドイッチで、きつねうどんを食べたのははじめてであったから。これはもともとミサヲちゃんが、「お父さん、たまにはきつねうどんはいかがですか」といったのが始まりであった。何か渡すものがあって「山の上」へ来るとき、妻が、今日は藤屋は休みで、サンドイッチは出せないけどといったら、ミサヲちゃんが電話でそういった。ミサヲちゃんは、うどんが好きなのであった。それから「山の上」でお昼を一緒に食べるときは、きつねうどんと決まってしまった。

そのきつねうどんのあとの食卓で長女がこんな話をしていた。

明雄（三男、高校二年）が春休みにサッカー部の合宿で静岡へ四泊五日で行っていた。昨日、帰った。

海岸で（グラウンドが海岸にあったらしい）練習をしていると、ボールが海へ飛び込む。キャプテンの明雄が取りに行く。海水パンツひとつになって、水のなかに入って、泳いで取って来る。三月の海だから、水はとびきり冷たい。そのうちにまたボールが海へ飛び込む。明雄が泳いで取って来る。そんな話を長女がした。

「もろもろのお祝いの会」の翌日（四月四日）、庭の海棠咲く。この二日ほどの暖かさに誘われて。

散歩の途中、清水さんの御主人に会う。「昨日はお揃いで来て下さり、有難うございます。

留守にしていて、失礼しました」と申し上げる。清水さんは昨日あれからお宮参りをして、宮崎台まで送って行きましたといわれる。さぞかしほっとなさったことだろう。

十

今日（四月五日）は、フーちゃんの西生田小学校の入学式。雨でなくてよかった。北風吹き、寒くなる。次男が会社を休んで春夫を見ているのだろうかと妻と話す。

書斎の机の上に清水さんのヒヤシンス。サイドテーブルの上もヒヤシンス。本棚の下はクリスマスローズ（白）と水仙（黄）。「家の中に清水さんのお花が溢れた」といって、妻はよろこぶ。一昨日、赤ちゃんを連れて来たときに頂いた畑の花。長女にも分けて上げたという。

昼前、妻がミサヲちゃんのところへ電話をかけると、次男が出た。フーちゃん、まだ帰っていなかった。十二時すぎになるという。

午後、二時ごろにミサヲちゃんから電話かかる。「一年四組になりました。担任の先生は、やさしそうな男の先生です」

書斎の鉢植の君子蘭が咲く。この間から蕾がオレンジ色になってふくらんでいた。妻に訊いてみると、この君子蘭はいま南足柄にいる長女がまだ生田の外れの餅井坂の借家にいた頃に、小さな鉢に入れて持って来てくれたもの。その株がふえて、大きな鉢に植えかえたら、この四、五年、毎年花が咲くようになったんです、これだけはうまく行ったのという。

十時ごろ、フーちゃんから電話かかる。妻が出ると、

「フミ子です」

「もう学校から帰ったの?」

「うん」

「一年四組?」

「うん」

「お友達できた?」

「うん」

となりの机の子? と訊くと、はなれてるという。何という名前? わからない。例のごとく頼りない返事であった。ミサヲちゃんと代った。赤いランドセル背負って行ってるの? はい、よく似合います。朝は会社へ出勤する次男と一緒に家を出て、前の坂道を下り、途中の通学路のところで別れる。帰りは一人で帰って来るという。

どんなふうにしてフーちゃんは学校へ行っているのかと案じていた（といっても、今日が登校第一日目である）。ミサヲちゃんが校門までついて行っているのかと思っていた。これで安心する。一人でちゃんと校門から入って、一年四組の教室まで行っているらしい。こちらはいろいろ取越し苦労をして心配していたけれども、フーちゃんはしっかりとうまくやっているのが分って、ほっとする。

「ランドセル背負っているところ、一回見たいな」

と妻と話す。

妻は、清水さんへお菓子やお花やフーちゃんへのお祝いやらいろいろ頂いたお礼の手紙を届ける。清水さん、ミサヲさんとフーちゃんからお電話頂きましたという。フーちゃん、何といいました？　ハンカチ、ありがとうといいました。清水さん、フーちゃんに「学校へ行ったら、お友達たくさん作りなさい」といったら、はいといいましたという。

清水さんの御主人が仕事から帰って、圭子ちゃんと赤ちゃんがいなくなった家の中に立って、「静かになった。何だか淋しいな」という。これから日曜ごとに杏子ちゃんの顔を見に行こうかといっている。そんな話を清水さんがした。

今日（四月七日）はフーちゃんの学校が始まってからまだ二日目だが、朝食のとき、フーちゃんのランドセル姿を見たいというと、妻は見に行きましょうという。天気もいいので、今日、行くことにする。ミサヲちゃんに電話をかけてみる。帰りは十時四十分ころになります。今日はあつ子ちゃんが恵子ちゃん連れて来て、お昼ご飯を下の公園で一緒に食べることになっています、ご一緒にどうですかとミサヲちゃんはいったが、こちらはフーちゃんのランドセル背負って帰って来るところさえ見たら、それで帰りますという。

九時に家を出る。市場の八百屋でグレープフルーツを買って行く。

読売ランド前の次男の家に着いたのが十時二十分ころか。フーちゃんに、お友達できたと訊いたら、出来たというので、となりの席の子と訊くと、離れてるとフーちゃんが電話で話したことをいうと、ミサヲちゃんは、「その子がフミ子に慣れた、フミ子もその子に慣れたといっていました」という。一年四組の教室でどういうきっかけから離れた席のその子とお互いに「慣れて」お友達になったのだろう?

グレープフルーツが五つ入った袋を二包み渡すと、ミサヲちゃん、「重かったでしょう。お母さん」という。朝は出勤の次男と一緒に家を出る。坂道を下りて、通学路の道まで来て、そこで別れて、あとは一人で学校まで行く。帰りは一人で帰って来る。幼稚園ではずっと私と春夫が附いていたのに、今度は一人で行って一人で帰って来るようになって、それが楽しいらしいと、ミサヲちゃんいう。一人で学校へ行くのは心細いだろうとこちらは思ってあれこれ心配していたのだが、そうでなかった。

暫くして、もうそろそろ帰って来る頃ではとミサヲちゃんがいい、庭先から一緒に出て行く。寒いのでジャンパーを取りに帰って、今度出て来たら、坂道の下からランドセルを背負ったフーちゃんが連れの女の子（やはりランドセルを背負っている）と上って来るところであった。妻を見つけて、フーちゃん、駆けて来る。赤いランドセルがよく似合う。もうずっと前からランドセルを背負って学校へ行っている子のように見える。

一緒に来たのは、一年四組でお友達ができたといっていた子で、あとで妻から聞いたところによると、胸の名札に「すずき　もえ」と書いてあった。「もえちゃん」である。家が通学路の途中にあり、そこまでいつも一緒に帰って来る。今日は、「うちを教えて上げる」といって、連れ立って来たのであった。おっとりとした、感じのいい子で、フーちゃんの家を見ると、すぐに引返して帰って行った。われわれもフーちゃんのランドセル姿を見たので、満足して帰ることにする。ミサヲちゃんと家へランドセルを置いて来たフーちゃんと、坂道の上でいつまでも手を振って見送ってくれる。

坂道の途中、近くの山が見えるところで妻と二人、立ち止って、若葉の山を眺める。山ざくらも見える。「これだけの景色のところはないね」という。

家に帰って、「いいお友達が近くにいて、よかったな」といって、二人でよろこぶ。

「才気走っていない、勝気そうなところのない、おっとりした、いい子だな。フーちゃんと仲良くなりそうな子だ。あの子なら、大丈夫だ」という。

妻は、『ザボンの花』（福武文庫）のなかのなつめと同じ小学校へ行く子が親しくなって、麦畑のなかの道を行ったり来たりしたように往き来するでしょうねという。『ザボンの花』は、昔、私が若かったころに書いた小説。勤めていた放送会社の転勤で大阪から幼い二人の子供を連れて東京へ引越して来た当時の一家の生活を描いたもので、昭和三十年に日本経済新聞に連載された。最初の単行本が出て、絶版になって何年もたってからのちに「少年少女日本の文学」（あかね書房）の一巻として生き返った。妻はまた古い話を持ち出したものだ。だが、長沢の大家さんの借家から読売ランド前の丘の上の住宅へ引越したフーちゃんと、大阪から東京練馬の畑のなかの一軒家へ越して来たばかりのころの長女（——作中のなつめというのが、当時の、小学二年生の長女である）とを妻が重ね合せたのも無理はない。麦畑をへだてた向うにやはり一軒家で暮している村田さんの一家があって、そこになつめと同じ学校へ通う女の子がいて、仲良くなる。二人は往ったり来たりするようになる。その『ザボンの花』のなかのなつめの友達の女の子の名前が思い出せない。夜になって、妻は、

「確かめて来る」

といって、『ザボンの花』を置いてある図書室へ行くのだが、図書室へ入るまでに思い出し

た。引返して来て、「ユキ子ちゃんでした」という。

なつめとユキ子ちゃんがいろんな子供らしい遊びをするところが『ザボンの花』には出て来る。例えば二人が「お空のはしにある、さびしい、小さな星のくに」にいる星の子供になるという劇をする場面が出て来る。なつめのお母さんがお使いに出かけた留守に二人は前になつめが着ていた、つんつるてんの着物を引張り出して来て、それを服の上から着て、「星の子供」になって劇をするのである。妻は、そのなつめとユキ子ちゃんを、今日、会ったばかりのフーちゃんの新しいお友達の「もえちゃん」とフーちゃんに重ね合せている。

夕方、妻は、「山の下」へ広島の姉から届いた八朔を持って行く。長男が帰っていた。あつ子ちゃんは、長男がヒルトンから持って帰ったローストチキンを次々と揚げて、妻に分けてくれる。あつ子ちゃんに先日のお祝いの会で恵子ちゃんが力を入れて歌った「おべんとうばこのうた」の歌詞を訊くつもりでいたら、長男がメモ帖に歌詞を書いてくれた。「これくらいのおべんとうばこに」で始まる歌で、「おにぎりおにぎり　ちょっとつめて」というのや「あなのあいたれんこんさん」などというのが出て来る。恵子ちゃんが力を入れて歌っていた「にんじんさん」も「ごぼうさん」も、その「おべんとうばこ」の中身として出て来る。

長男がこの歌を知っているということは、休みの日に子供と一緒にテレビの「おかあさんといっしょ」を見ているのだろう。

夜、寝る前、

「今日はいい収穫があった。フーちゃんにもえちゃんという友達が出来た。それも同じ一年四組で、帰り道の途中まで一緒だというのが分った」

というと、妻は、

「これからフーちゃん、学校へ行くのが一層楽しみになるでしょうね」

という。

南足柄の長女からお祝いの会のお礼の葉書が、良雄から入学祝いを貰ったお礼の手紙が一緒に届く。

長女の葉書。

ハイケイ　足柄山からこんにちは。昨日は桜吹雪の舞ううららかな春の一日を、チビ孫総出演でわいわいと楽しい楽しい祝いの集いを開いていただいて、本当に素晴しい日でした。どうもありがとうございます。おだしの利いた大好物のきつねうどんやしゃけの入ったおにぎり、ウインナー、トマト、チーズ、苺と空也の和菓子、公園で頂いたアイスクリーム、どれも子供たちの大合唱をバックにとてもおいしかったです。われらが四代目たちはみんな元気一杯、パワーがあふれていて、中でも恵子ちゃんの今まで食べたもののエネルギーをバクハツさせて演じた「これくらいのおおべんとばこにい」は大傑作でしたね。清水さんの初孫さんの訪問にも出会えて、おめでたい気分が何重にもなった良い一日でした。正雄も念願の生田行きがかなえられて本当に嬉しそうでした。今日は朝早くから起き出してパジャマのままでお祝いに頂いたプラモデルを作っていました。

次はワーイ、グランドホテルに泊って「グランドホテル」を観る大阪行きだ！　夢でない証拠に新幹線の切符もあるぞ！　首をながーくして待っています。どうぞよろしくおねがいします。お元気で、風邪ひかないで下さいね。ナツコ
良雄の封書の手紙は、はじめに、

「お祝いを頂き、どうも有難うございました。そして長い間、飽きずに熱心に応援してくださったことに心から感謝しています。お蔭様でやっとのことで長い受験生活に終止符を打つことが出来ました。その間、御迷惑をかけてしまい、本当にすみませんでした」

とあり、それに続いて、

「四月三日、日本武道館で入学式をすませ、その後初めて大学へ行きました。桜に囲まれたとてもいい所でした。これからどういう生活になるのか、まだはっきりわかりませんが、これか

らは無駄にしてしまった時間をとり戻すつもりで有意義な学生生活を送るとともに何らかのかたちで恩返しをしようと思っています」

と書かれてあり、最後には、

「おじいちゃんとこんちゃんの応援はとても励みになりました。本当に有難うございました。これからもお元気でいらして下さい。さようなら」

と結んであった。素直な、いい手紙をくれた。二年間、苦労したことが良雄にとって決して無駄ではなかったことが分る。

午後、二回目の散歩から帰ると、「山の下」の長男が恵子ちゃんを連れて来ている。恵子ちゃんは、図書室で野菜の「ままごとトントン」を出して、妻に遊んでもらっていた。

長男の話。このごろ、絵をかく。バナナかいてごらんというと、乱暴にくしゃくしゃとかいて、「バナナだあ」という。りんごかいてごらんというと、何やら乱暴にかいて、「りんごだあ」という。

「おむつ替えよう」というと、「いやだもん」といって逃げる。自分の気に入らないことをいわれると、すかさず「いやだもん」という。どこで覚えたんだろう?

その話をあとで妻にすると、妻は「智慧づいて来たんですね」という。

夕方、駅へ行く用があって出かけた妻は、市場の裏手の畑で野菜を売っている常泉さんに会った。お父さんの畑のほうれん草を抜いて、まとめて、売っていた。駅まで行くのというと、帰りに寄ってといわれた。帰りに寄ると、常泉さんはほうれん草を束ねて作ってあったのを山のようにくれた。担いで、ふらふらしながら帰る。重かった。誰か知っている人に会ったら分けて上げようと思ったが、誰にも会わなかった。勝手口から入るなり、「これ見て下さい」という。常泉さんの親切は有難いことだが、なるほどこれだけ担いで帰るのは大へんだったろう。

そのあと、庭先で実っただいだいをよく届けてくれる宮原さんなどに配って、残りは全部うちで頂くことにした。やわらかくて、おいしいほうれん草であった。

夕方、古田さん、三人のお嬢さんの下の子の中学校の入学式でおこわを炊きましたといって、山菜おこわをお菓子の缶に詰めて届けて下さる。しめじや薄揚が入っていて、かやく御飯のような「山菜おこわ」でおいしい。

午後、二回目の散歩の途中、三田小学校の近くで「山の下」のあつ子ちゃんに会う。

「かずやさんのところと一緒にお弁当持って桝形山へお花見に行って来ました」という。長男も次男も休みであったらしい。お花見のあと、次男一家は向ヶ丘遊園へ出て電車で帰り、長男は恵子ちゃんをバギーに乗せて帰り、あつ子ちゃんは一人でお買物に来たという。「フーちゃんがお手紙を持って来てくれました」といって、その手紙を見せてくれる。「たっちゃん、あつこちゃん、おようふくありがとう　ふみこより」と書いてある。よこに「たっちゃん」と「あつこちゃん」が並んでいるところをかいた小さな絵が添えてある。この前のお祝いの会で貰ったスカートのお礼の手紙である。

妻は広島の八朔をミサヲちゃんに宅急便で送るといって、なすのやまで担いで行く。なすのやで箱を貰って、にんにくのたまり漬、鮭など入れて送る。

大阪富田林の小林晴子ちゃん(兄の長女。毎日、病院へ行って兄の世話をしてくれている)から三枚続きの葉書が来る。それによると、晴子ちゃんの長女で高校三年の由佳理ちゃんが、主治医の先生の手術中のすきを狙って、ナースをいいくるめて、兄を車椅子に乗せて病院から連れ出し、帝塚山の家まで帰り、庭の中に入ったという。兄は庭の花壇のパンジーを見て泣いていた。散歩は三十分以内に限られているので、「時間がない」といってすぐ引返した。由佳理ちゃんはよく病院へ行って、半年にもなる入院生活で沈みがちな兄を元気づけてくれているのだが、その日はあまりに暖かくていい天気だったので、思い切って兄を車椅子で連れ出したというのである。由佳理ちゃんのお手柄であった。それが四月二日のことである。

妻はその葉書を声を出して読んでいて、兄が庭の花を見て泣いていたというところで自分も泣き出した。うれし泣き、もらい泣きであった。

米国オレゴンのウエイン・ラーマズさんから手紙が来て、昨年十一月に出版された私の作品集"Still Life and Other Stories"(「静物その他」)がペン協会ウエストの飜訳文学賞を受賞したことを知らせてくれる。四日ほど前に版元のカリフォルニア州バークレーのストーン・ブリッジ・プレス社から飜訳文学賞の最終候補に残っていることを手紙で知らされて、よろこんでいますという返事を出したところであった。うれしい知らせが来た。「静物」を中心にした私の作品集を編んで、訳してくれたラーマズさんの長年の苦労が実を結んだわけである。すぐにラーマズさん宛のお祝いとお礼の手紙を書いて、郵便局へ出しに行く。妻は「山の下」へ電話で知らせる。長男がいて、よろこんでいたという。ミサヲちゃんにも南足柄の長女にも知らせる。

清水さんの圭子ちゃんから内祝杏子と書いたけずりかつおの箱が届いた。この前、清水さんから赤ちゃんの写真同封の手紙を頂いていた。妻がいう通り、しっかりとした、利口そうな顔の赤ちゃんである。

午後、妻がお使いに出たあとへ足柄から電話かかる。「稲村正雄です。こんちゃんは?」という。あとで妻が電話をかける。昨日、宅急便で正雄宛に送った靴とお菓子が着いたという。

妻がいうには、この間の「もろもろのお祝いの会」に来たとき、正雄がしけた靴を履いているのを見て、妻が買って送ってやった靴である。そのお礼の電話であった。

長女は、四月十七日の大阪行きの当日は、宏雄さんが時刻表を調べてくれて、7時56分東京着の新幹線があるので、小田原からそれに乗って行きますという。われわれの乗るのは8時28分発のひかりだから、それなら丁度いい。こちらも八時ころには新幹線ホームに着くつもりで家を出ることにしている。

夕方、妻は「山の下」へ行く。清水さんの圭子ちゃんから頂いた赤ちゃんの内祝いのけずりかつおの箱を持って行ったら、「山の下」にも送って頂いているという。赤ちゃんの肌着や服をまとめて差上げたからだろう。行届いているのに感心する。

恵子ちゃんは、テレビの「アンパンマン」を見ている。アンパンマンが好きだという。恵子ちゃんの着ているジャンパースカートをあつ子ちゃんが着替えさせようとしたら、「いやだ」といって、着替えさせない。花の刺繍が入っていて、「可愛い」といわれて気に入っているジャンパースカートなので、「いやだ」というのである。

「真赤なほっぺをしているの、恵子ちゃん」

と妻はいう。

朝（四月十六日）、庭先から妻が、

「いっぱい山百合が出て来ました」

という。南足柄の長女が何年も前に持って来て植えてくれた「足柄山の山百合」で、毎年、いま時分になると出て来る。

朝食のとき、「明日の今ごろは、もう新幹線のなかでサンドイッチを食べていますね」と妻がいう。あと一月、あと十日と指折り数えて待った大阪・宝塚行きがいよいよ明日になった。

朝、妻は四時に起きて、車内での朝食のサンドイッチを作る。六時二十分に家を出て、東京駅新幹線ホームへ八時前に着く。待合室にいたら、間もなく南足柄から駆けつけた長女が顔を輝かせて飛び込んで来る。「お早うございます」というなり、こちらの手を握りしめる。嬉しさが爆発した顔をしている、小田原から新幹線で来た。

8時28分発のわれわれの列車がホームに入り、まだ来ないS君を待ちながら気をもんでいたら、十分前に現れた。これでメンバー四人が揃った。神奈川県在住のこちらは、東京駅まで行くとなると覚悟を決めて朝早く起きる。だが、電車に乗れば東京駅まで一本道の阿佐ヶ谷の近くにいるS君としては、近いだけにわれわれみたいに緊張して、三十分も四十分も前に来ないのだろう。無理もない。

発車後、検札の車掌が来たら、すぐに妻と長女は8号車の売店へコーヒーを買いに行く。われわれは12号車。私とS君の並んだ席のうしろに妻と長女。コーヒーが来るのを待って、持参の朝食のサンドイッチの包みを開く。

新幹線での私のサンドイッチの食べかたが早いと旅行に出かける前に妻が話していたのを思い出し、努めてゆっくり食べる。いつも急ぐ必要は全くないのに、包みを開いて食べ始めると、坂道をころがるように早く食べてしまう。これは確かに改めなくてはいけない。せっかく早起きをして妻が用意してくれたサンドイッチだから（玉子、ほうれん草、ツナ、ハム、胡瓜、トマトなどいろいろある）、ゆっくりと味わって食べた方がいい。新幹線のなかの売店のコーヒーは、おいしい。デザートの果物は、土佐の文旦、八朔、伊予柑、苺。これもゆっくり食べる。

朝食のあとはとなりの席のS君と話をしているうちに（S君が今度、「群像」に書くことにしている小説「ピーター・パン」のことをいろいろと聞かせてもらった）京都まで来た。朝五時起きしたので、新幹線のなかで居眠りでもするといいのだが、雑談が楽しくて、眠る間が無かった。うしろの席の妻と長女も話し込んでいたらしい。あとで妻に「何の話をしていた？」と訊くと、長女が南足柄の山の近所に住んでいる人たちのことをずっと話していたといった。

新大阪着。中之島のホテルに入る。われわれは、いつもの通り、堂島川を見下す九階の部屋。長女は向いの部屋。S君はその少し先。三時からの月組の公演を見るので、すぐに出発して阪急で宝塚へ。出発までにS君がくれた葉書に、「今年はさくらががんばってくれています。宝塚花の道のさくらが見られるといいのですが」という意味のことが書いてあった。西宮北口から乗った今津線の小林《おばやし》の駅に停ったとき、まだ満開のさくらを見かけた。今年は四月に入って一度暖かくなってから、東京では花冷えが長く続いた。関西でもそうであったらしく、さくらの花が長持ちしている。

大劇場前の「花の道」のさくらはどうかしらと思っていたら、もう葉が出ていた。「更科」は時分どきを過ぎているのに混んでいた。今度、座席券を取ってくれた「星佳の会」の東京代表の相沢真智子さんから妻に電話がかかって来て、四月十七日三時からの公演の切符がとれたことを知らせてくれたあとで、私たちが「グランドホテル」を見に来ることを聞いた月組の久世星佳さんが、公演の始まる前に皆さんにお目にかかりたいといっていること、そこで開幕四十分前の二時二十分に「星佳の会」の川上文子が新大劇場の楽屋口前でお待ちしてご案内しますという連絡があった。われわれが更科へ着いたのが二時。それで四人前のきつねうどんが運ばれるまで随分気をもんだ。二時二十分までに新大劇場の楽屋口へ行けるかどうか心配になって来たから。

やっときつねうどんが来て、みな大急ぎで食べる。はじめてここのきつねうどんを食べる長女は、おいしいといって感心して、おつゆも残さなかった。新大劇場楽屋口は、旧大劇場の楽屋口から少し先にあった。約束の二時二十分に着いた。間もなく川上さんが来た。気持のいい人。舞台化粧をした久世さんが出て来てくれて、楽屋口の入口で挨拶をする。S君の方は、久世さんが宝塚音楽学校に入学したときに宝塚で会っている。実は久世さんのお母さんというのが、昔、S君と私が大阪中之島の放送会社に勤めていた当時、一緒に仕事をしたアナウンサーの服部さんなのである。従って、久世さんのお母さんとS君と私とは、むかしの仕事仲間というわけであった。はじめて久世さんと宝塚ホテルのグリルで会ったとき、S君の次女のなつめちゃんは、既に花組の大浦みずきとして舞台で活躍していたから、久世さんのお母さんはおそらく、今度、音楽学校へ入学しました娘です、どうぞよろしくといってS君に引き合せたのだろう。初対面の久世さんは、おっとりとした、気持のいいお嬢さんであった。以来、S君は久世さんの成長を蔭ながら見守り、応援するようになった。そうして久世さんは宝塚バウホール公演で主役を頂けるくらいその実力を認められるようになった。

妻は、横に立っている長女を、「長女です」といって久世さんに紹介した。私たちは、いつも宝塚の切符を取ってくれるお礼を申し上げた。久世さんは旧知のS君には、

「お久しぶりでごじゃります」

といっただけであった。照れ屋の久世さんらしい挨拶であった。時間がないので、私たちはすぐに失礼して外へ出た。

川上さんについて行くと、ファミリーランドの入口からもとの大劇場のロビイへ入って行く。ここは三時からの公演を待つ人で埋まっていた。月組の主だった生徒の顔写真のパネルの下まで来ると、川上さんは「ここから動かないでじっとしていて下さい」といって、立ち去る。そこで暫く待つ間、正面入口のゲートの上の「宝塚大劇場」という電光文字を見つめていた。ここはみやげ物の売店が並ぶ昔のままの大劇場ロビイであった。これはどうなるのだろうか? 子供のころから親しんで来たこの旧大劇場はどうなるのだろう?

やがて川上さんが現れて、四枚の座席券を渡してくれる。「入ったら真直にそのまま進んで下さい」という。間もなく入場待ちの人の列が動き出す。そのあとについてゲートを抜け、川上さんにいわれた通り、人の波について真直に進んで行くと、いつの間にか新大劇場の通路へ出て来た。絨毯の色が変ったので、もうわれわれは新大劇場の中にいるのだと分った。さっきまでいた旧大劇場とどこでどうつながっているのだろう? 分らない。

私たちは前から七列目中央の席に納まった。新大劇場開場の日に見物に配られたというパンフレットを私はS君から送って貰っていた(S君が「花の道讃」という文章を書いている。二科会の小玉光雄さんの大作「花の道讃」にふれたものである)。このパンフレットの写真を見たとき、客席の椅子の色が赤くて、華やか過ぎて落着きが悪そうに思えた。ところが、こうして妻と長女とS君と四人並んで座席に坐ってみると、椅子の色が赤いのはそんなに気にならなかった。それに舞台の緞帳が、旧大劇場で見慣れた、官女たちが春の野でつみ草をしている景色の上村松篁さんの緞帳であるのが嬉しかった。これからまた私たちは何遍もここへやって来ることになるのだろう。

ミュージカル「グランドホテル」とショウの「ブロードウェイ・ボーイズ」を見終って暗くなった「花の道」へ出ると、ファミリーランドの中の満開のしだれざくらが電燈の明りに浮び上っていた。帰りは宝塚線の急行で梅田へ。ホテルへ戻ったときは七時半になっていた。竹葉亭の窓際の席に落着いて、いつもの鰻会席の夕食を楽しみながら、いま見て来た宝塚の舞台の印象を語る。「グランドホテル」開幕の前にあった、恒例の、袴を着けた初舞台生四十人の「どうかよろしくお願いします」の口上がよかった。今度の公演を最後に退団する涼風真世さんの「グランドホテル」での演技をたたえる。久世さんと組んで踊る、ハンガーに吊した背広の上着のような姿勢のダンスをたたえる。主役に近いような大きな役を落着いてこなしていた久世さんをたたえる。ショウの、ブロードウェイの新聞売子のダンスをたたえる。初舞台生四十人の、「すみれの花咲くころ」の曲に乗ってひろがってゆくラインダンスをたたえる。あとは九階の私たちの部屋へ戻って、堂島川を見下す窓際のテーブルで、ケーキとおせんべいをつまみながらのお茶の時間となる。

翌日、よく眠って八時前に起きる。今日もいい天気。アルメリアでコンチネンタルの朝食。あと、四人で阿倍野のお墓参りに出かける。お墓へ入って行く道を、フーちゃんくらいの女の子がバケツと柄杓をさげて、お花を持ったお母さんの横を歩いて行くのが見える。「可愛いな。丁度フーちゃんくらいの子だな」と妻にいうと、妻も「可愛いですね」という。いつかフーちゃんを連れて来てやりたい。

結婚するときにお墓参りに来て以来、大方二十年ぶりに来た長女が、水汲み場でバケツに水を汲む。先ず父母のお墓へ。枯れた花を取って、新しいお花を二つ供える。長女と一緒に来たことを父も母も長兄もよろこんでくれるだろう。そのあと、「お墓の隣組」にあるS君の両親のお墓にお参りする。

ホテルへ戻ると、十一時。チェックアウトの十二時までそれぞれ自分の部屋でゆっくりする。妻は久世さんにホテルの便箋で手紙を書く。こちらは窓際の椅子で寛ぐ。長女は朝、会ったとき、「昨夜、あれからお風呂に三十分つかって、宝塚で買った『歌劇』を読むつもりで持ってベッドに入ったら、そのまま眠り込んでしまいました」と話していた。南足柄から出て来た長女は、朝早く起きた上に、大阪へ着いたその日に宝塚を見に行くという強行軍であったから、くたびれただろう。四人の子供と夫のいる家庭の主婦である長女が二晩も家を明けられない以上、強行軍の旅になるのは致しかたないことであった。それにしても、ホテルを出る前に一時間、各自の部屋でゆっくりと寛ぐことが出来たのは有難かった。貴重な一時間であった。

十二時に支払いをしてホテルを出て地下鉄へ。梅田で下車して今日は逆瀬川のお兄さんに会いに行く用のあるS君と別れて、私たちは新大阪へ。さよなら。東京駅を出発して以来、どこへ行くにも四人であったのが、はじめて三人になった。新大阪の待合室で妻から借りた「歌劇」を読みながら時間の来るのを待つ。1時36分発のこだまに乗車。私たちの12号車にはほかに二人くらいしか客が乗っていない。妻と長女は売店でコーヒーを買って来て、発車後、大阪グランドホテルのサンドイッチを食べる。あとはお八つにホームの売店で買った伊予柑を食べてから、めいめいの席で三人それぞれ居眠りをする。小田原で下車。南足柄へ帰る長女と別れて、私たちは5時40分発のロマンスカーで向ヶ丘遊園まで。

家に帰ると、台所の卓上のメモに長男の字で、「ごちそうさま」と書いてあるのは、留守中、郵便物と新聞を取り込みに来てくれる長男夫婦にコーンフレーク一箱を妻が置いて来た（お八つにどうぞのメモとともに）そのお礼である。それに続いて、

「ケイコが『じいたん』といってごねているので、連れて来て、雨戸のしまっているのを見せたら、納得しました」

と書いてあった。妻が電話をかけて、郵便と新聞を取り込んでくれたお礼をいう。昨日はあ

つ子ちゃんが来て、今日は休みの長男が来てくれたらしい。

代って電話に出ると、長男は、恵子がじいたんじいたんというので、連れて行って雨戸が閉まっているのを見せ、ほら、おじいちゃん、いないでしょう、じいたんって呼んでごらんといったら、やっと納得しましたという。

それから、恵子ちゃんに「じいたんっていってごらん」といい、電話口で、恵子ちゃんの「じいたん」という声が聞えた。何だか頼りない声であった。「あそびにおいで」といって、電話を切った。

八時、きつねうどんの夕食。「二日とも天気に恵まれたし、いい旅行が出来てよかったな」と妻と二人でよろこぶ。

午後、妻は清水さんを訪ねる。清水さん、玄関に阪神タイガースの帽子を掛けてある。「買ったんです」という。圭子ちゃんの御主人の淳二さんも熱心な阪神ファンで、阪神の試合を一緒に見に行きましょうと誘われている、圭子ちゃん、「私はどうなるの？」といっているという話をこの前していたから、横浜球場へ行ったのかも知れない。

庭の山もみじの若葉が旅行に出かけている間に大きくなった。行く前には、まだ小さかった。

葉のかたちになって、ひろがって来た。
海棠の花が散り、地面に花びらがこぼれている。

昨日（四月十九日）が母の命日で、今日、妻はかきまぜ（まぜずし）を作ってピアノの上の父母の写真の前にお供えする。午前中に電話をかけておいて、午後、読売ランド前のミサヲちゃんのところへ二人でかきまぜを届ける。ミサヲちゃんとフーちゃん出て来る。春夫は昼寝中。フーちゃんは居間の机で折紙でとりを折っていた。ミサヲちゃんが折紙の本を読んで、折りかたを覚えて、フーちゃんに教えたもの。妻はフーちゃんに折りかたを教わる。

フーちゃん、「遊ぼう」といい出し、妻と折紙のとりを使って、ままごと遊びを始める。妻がかいたお八つの紅茶とケーキのまわりに折紙のとりを集めて食べさせる。

ミサヲちゃん、「宝塚、どうでした？」と訊く。「よかった。ショウがよかった」と妻がいうと、フーちゃん、「いいなあ」という。二人の話を聞いていた。

「今度は新幹線に乗って行ったから、連れて行って上げられなかったの。また、東京へ来たとき、一緒に見に行こうね」と妻はいってから、「フーちゃん、宝塚好き？」と訊くと、「好き。『パック』、面白かった」という。月組の「パック」をみんなで見に行ったのは、去年の十一月か。次男一家が読売ランド前の丘の上の住宅へ引越したのが十月の末で、引越しからまだ十日くらいしかたっていないときに行った。宝塚の話になったとたんに、「パック」面白かったといったのだから、フーちゃんにしては反応が早かった。よほど印象に残っているのだろう。今度、S君と長女と一緒に新宝塚大劇場で見た「グランドホテル」と「ブロードウェイ・ボーイズ」が東京へ来るのはいつごろになるか、まだ分らないが、来たら、フーちゃんも連れて行ってやろう。ショウの「ブロードウェイ・ボーイズ」なんか、可愛いダンスの場面がいっぱいあるから、フーちゃんはきっとよろこぶだろう。

「学校でお友達、できた？」もえちゃんのほかにお友達できた？」と妻が訊くと、「できた」という。「給食おいしい？」「うん」ミサヲちゃん、給食の献立表を見せてくれる。残さずに全部食べた日は赤マル、残した日は三角の印をミサヲちゃんがつけている。大方、赤マルで、三角は一日くらいしか無い。五目ずしとかビーフカレーと御飯、ツナサンドとたまごスープというふうなのが目につく。スパゲッティ・ナポリタンやマカロニサラダというのもある。牛乳は毎日、出る。苦心した献立であることがよく分る。これなら子供もよろこぶだろう。

この前会ったもえちゃんのことを訊くと、「前の坂を下りて、最後の道を曲った先の白いマンションにいる」といった。「最初の道？」と訊き直すと、フーちゃん、「最後の」といった。

そのうち、二階で昼寝していた春夫が下りて来た。フーちゃんは、春夫がままごとに手を出さないかと心配する。いつもそんなふうにして春夫が邪魔するのだろう。一度、春夫が折紙にさわったら、「だめ！」といった。

フーちゃんは、最初、折紙を分けた。すぐ使う分と残しておく方と二つに。その分けてある折紙に春夫が手を出したのであった。

春夫はいつも放さないぬいぐるみのうさぎを振りまわして私にかかって来る。で、「かいじゅう」のふりをしてやると、よろこんで逃げる。フーちゃんは恐いものだから妻を楯にしてじりじりと近づいて来る。しばらく「かいじゅう」をして騒いで、帰る。ミサヲちゃん、フーちゃん、前の道で見送ってくれる。

坂道の途中から見える向いの山が若葉に包まれている。見とれてしまう。こんなきれいな山がそのまま残っているところも無いだろう。帰って来て、妻は「近いところに家を作ってくれて有難いですね」とつくづくいう。その通りだ。遠いところだと、かきまぜを作ったからといって、とてもこんなふうに気軽に届けてはやれないだろう。

かきまぜをお供えするとき、ピアノの上の花生けにみやこわすれを活けてあった。

「みやこわすれが二輪だけ咲いたので」と妻がいう。裏の通り道の花壇に咲いた。このみやこわすれは亡くなった歯医者の植木先生から分けて頂いたものがひろがったのだが、これを下さるとき、老先生は、

「みやこわすれが咲きだすと、仏さまの花を切らさない」

といったのを思い出す。次から次へと、一月も二月も咲き続けてくれるのである。それにこのみやこわすれは、花の色が淡い青で、深味があって、いい。みやこわすれでも、もっと濃い青のがあるが、色は淡い青なのがいい。

裏の通り道の花壇の台所寄りの方に、においすみれが並んで咲いている。その横とおとなりの相川さん寄りの方にみやこわすれがかたまって生えている。

午後、「山の下」のあつ子ちゃんがお使いに行く途中、便所へ行きたくなった恵子ちゃんを連れて来る。恵子ちゃん、恥しがって、あつ子ちゃんの身体に顔をくっつけるが、「じいたんよ」といわれて、お辞儀をする。出る前にバナナを食べたんですとあつ子ちゃんいう。帰りがけ、恵子ちゃんは手首をまわして、「バイバイ」をした。

玄関のてっせんの蕾が大きくなっている。

長男の届けてくれた、門の石段のところの鉢植のパンジーから妻が花を三つ切って、タンブラーに活けて、居間の机の上に置く。朝食のとき、そのパンジーを眺めて、

「きれいですね」

「きれいだな」

と二人でよろこぶ。長男が種から育てたパンジーである。

世田谷のY君が送ってくれた京のきさらぎ漬から次男のところの分を宅急便で送ってやる。妻がミサヲちゃんに電話をかけておく。

清水さんにきさらぎ漬を届ける。赤ちゃん、元気にしていますかというと、清水さん、目が細くて、額が大きくて、こんなに太ってという。清水さん、可愛くてたまらないのだけど、そんなふうにいうのと妻はいう。清水さんは自分の丹精した畑の花を届けて下さるときでも、ちょっとけちをつけるようなことをいう癖がある。

夕方、妻は「山の下」へきさらぎ漬を持って行く。あつ子ちゃんは恵子ちゃんを連れて長沢の魚屋へ行って帰ったところであった。一時間かかりましたという。「うがいして、手を洗いなさい」とあつ子ちゃんがいうと、恵子ちゃん、自分用の、坐ったら音を立てる椅子を持って台所へ行き、椅子に乗っかって、コップを持って上手にうがいをする。感心しましたと妻はいう。

道路に面した石垣の下のプランターのシラーが咲いた。清水さんから分けて頂いたもので、イギリスにもある草花らしい。

南足柄の長女から手紙が来た。大阪・宝塚行きの旅の回想とお礼の手紙。

ハイケイ　足柄山からこんにちは。

夢の大旅行から帰って来たら、お庭の花みずきの白とピンクが一斉に咲いていました。そして、この二日間に関東地方は風が吹き荒れたらしくて、葉っぱや小枝がいっぱい落ちていました。あの大阪の街の、春の日差しだけがポカポカと降り注ぎ、花の香りが漂って来る穏やかな空気を思い出すと、別世界に行って来たような気がします。たった一晩と二日の旅行だったけれど、待ちに待ったこの旅行は、一刻も無駄のない、充実した楽しいゆたかな二日間で、一生忘れられないものとなりました。連れて行っていただいて本当に本当にどうも有難うございます。

新幹線に乗って西へ西へと向いながら、お母さんの手作りのおいしい六つの味のサンドイッチとコーヒーの朝食を頂いたこと、地下鉄淀屋橋で下りて地上にぽっかり出ると、そこは花で溢れた立派な橋（丁度、御堂筋の花まつりでした）とゆったりと中之島の柳並木を映して流れる土佐堀川と、重厚な建物の並ぶ水の都だったこと、グランドホテルではフロントの人たちも笑顔で迎えてくれて、わが家に帰ったような暖かい雰囲気で、お部屋には何もかも揃って到れり尽せりで感激したこと……と、ここまで思い返しても感動の連続だったのに、まだこれは旅のプロローグ！　一路宝塚へ向って、ピッカピッカの開場したばかりの阪急ソリオの建物をくぐって桜吹雪の舞う「花の道」をまっしぐらに更科おうどん屋さんへ。時間が無くてはらはらしたけれど御主人の作ったきつねうどんは、素晴しい天下一品のお味で、四分間でかき込んでも、そのおいしいだし汁と薄揚の甘さと、のどごしの良いおうどんは身体中にしみわたりました。俄雨もなんのその、おうどんの勢いで楽屋口に時間ぴったりに駆けつけ、憧れの久世さんとご面会。舞台化粧にガウン姿のくっぜさんの前に出ると何もいえず、ただまぶしかったです。その後、新しい大劇場の真赤な椅子に坐って観た二時間余の舞台は、本当に素晴しかったですね。涼風さんの輝くような演技と歌声、初舞台生の初々しい口上とラインダンス、今まで観て来た宝塚のなかでも最高の舞台の一つでした。あのブロードウェイの新聞売りの少年たちのダンスは、もう一度観たい！　ホテルへ戻って、静かで落着いた竹葉亭で、暮れてゆく堂島川を見ながらいただいたうなぎ会席のお料理のおいしかったこと！　二次会のお部屋に帰ってからのケーキとおせんべいの夜のティータイムでは、阪田さんの唱歌「春のまきば」の混声二部合唱（声をうんと小さくした）が出て、今日一日をしめくくるにふさわしい、見事なハーモニーでした。

次の朝の集合時刻までの自由時間は、日頃、絶対に味わえない、一人で過す楽しい時間でした。お風呂につかったり、ベッドに引っくり返って「歌劇」を読んだり、翌朝は一人で堂島川のほとりをお散歩して、おじさんがゆりかもめに餌を投げ与えて空中で舞わせているのを眺めたりしました。そしてコンチネンタルのおいしい朝御飯をいただいてからお墓参りに。お墓の前でおじいちゃん、おばあちゃん、鷗一伯父さんと向き合って手を合せ、沢山のことを感謝して清々しい気分になって本当によかったです。ホテルに戻ってからのチェックアウトまでの一時間は、時間を惜しみつつゆっくりと最後のグランドホテルでの時を楽しみました。堂島川と土佐堀川に別れを告げながら新大阪に向ったときは、もう観念して、ひらき直って、新幹線の最後の旅を楽しむぞ！　という気持でした。

がら空きのこだまで足を伸して、サンドイッチやお八つの伊予柑を食べながら快適な旅をして、お昼寝まで満喫しました。遂に見慣れた小田原の町が見えて来たときには、二日間とは思えない大旅行をしたあとのような満足感でいっぱいでした。

いいお天気、いいメンバーで、おいしいものを食べ、美しい楽しいものを見て、何もかも良い思い出として残る素晴しい二日間を過させていただいて、感謝しています。本当に有難うございました。

満開の花みずきを眺めながら、勇気りんりん、元気もりもり。さあ今日からまた元気よく頑張ろう。今度、「山の上」でお母さんが片づけものの始末がどうにもならなくなって、「目の前まっ暗」になるようなことが起ったら、電話をかけてね。すぐ片附けに行くからね。

ではお元気でいて下さい。さようなら

長女のくれた手紙を妻が声を出して読む。それを聞いていると、東京駅新幹線のホームに集合した朝から始まる大阪・宝塚行きの二日間の旅がよみがえって来るようであった。いい手紙をくれた。

十一

書斎のサイドテーブルの花生けにシラーとみやこわすれを活けてある。シラーは石垣の下のプランターで、みやこわすれは裏の通り道の花壇で咲いたもの。どちらも同じ淡い水色の花。

午後、古田さん来て、からすみを頂く。丁度そこへ届いた南足柄の長女からの夏みかんと竹の子の入った宅急便の重い箱を一緒にさげて下さる。からすみは御主人が出張で台湾へ行かれたお土産であろうか。訊かなかった。

ミサヲちゃんから電話かかる。「きさらぎ漬、頂きました」。昨日、妻が宅急便で送った。「かずやのお酒にいいよ」というと、「はい。フミ子も好きです」という。今日、着いたのに、もうフーちゃんは食べさせてもらったのか。そうではなくて、前にきさらぎ漬を分けてもらったときにフーちゃんがよろこんで食べたということだろう。

清水さん来て、空也の和菓子を下さる。清水さん、いいシャツを着ている。妻が「いいの着ておられますね」といったら、「シャツもジーパンも栄一のです」。結婚した栄一さんの着ていたものだという。

読売ランド前の次男から葉書が来た。

前略　お手紙と産経新聞の随筆拝読しました。随筆大変おもしろかったです（註・フーちゃんの入学祝いに溝の口の家具店から学習机を買って贈ったことを書いた「孫の学習机」）。溝の口の縁起の良い家具店のことや（註・縁起の良い家具店というのは、長女のところにはじめて子供が生れたとき、この家具店から鯉のぼりを送ったことが書いてあるから）、大安の日の机日和、配送日の大安と机を買った日に食べたおかめそばとめでたいことが重なってゆくのがおかしかったです。その後も文子は机で絵をかいたり、何か工作をしたり、最近では電気式の鍵盤つきの楽器（以前買って上げたもの）を机の上に置いて、「さいたさいたチューリップの花が」の曲を練習したりしています。昨日は読売ランドへ歩いて遠足に行き、今日は父兄参観でした。操の話によると、頭に「あ」のつくものと「お」のつくもので知っているものは？　の先生の質問で手を上げて、「あ」はあなぐま、「お」はおきどけいと答えたそうです。家に帰ってその話が出たとき、文子に「なぜあなぐまとおきどけいだったの

か」聞いたのですが、文子は何も答えませんでした。近況報告まで　敬具

これを読んで、「あなぐまとおきどけいとはいいなあ」というと、妻も「童話の題みたいですね」といい、二人でよろこぶ。あの引込み思案のフーちゃんがよく先生の質問に手を上げて答えたものだ、それもこんなユニークな、いい答えをするとは。そういって二人で感心する。すぐに次男にはがきを書き、あなぐまとおきどけいに感心したことを知らせる。

「……小生は小学校のころ、あなぐまなんか知らなかった。狸の仲間であることも、井伏さんの随筆を読むまで知らなかった」と書く。

ついでに記すと、井伏さんの随筆というのは、『還暦の鯉』（昭和三十二年新潮社）に収められた「私の動物誌」のなかの「タヌキとムジナ」を指す。それによると、井伏さんが参考にした『動物の事典』には、「アナグマ――マミ、ササグマ、ムジナなどとも呼ばれる。（中略）肉は脂がのっていてうまく、タヌキ汁として賞美される」とある。井伏さんはムジナはアナグマの別名だと思いたいと書いている。

また、井伏さんはこのあとに、「ムジナとタヌキは全く区別をつけ難く、ただ化けて見せたときだけ区別がつく」という三好達治の説を紹介している。

この、化けて見せたときだけ区別がつくという三好説がまたユニークなもので、ついでに紹介しておきたい。タヌキが化けると、紺絣の着物をきて目籠を背負った草刈娘の姿になる。それがまた必ず鄙にまれなる美しい娘である。ムジナも、同じように紺絣の着物をきて目籠を背負った草刈娘に化ける。それが鄙にまれな美人であるところもタヌキと変らない。ただ、ムジナの化けた草刈娘は、手の甲まで紺絣に染まっている。タヌキの方は白い手になっている。似たようでもムジナの方が間が抜けている――というので、何だかおかしい。

なお、井伏さんはこの随筆「タヌキとムジナ」の終りに、子供のとき、石切場の人がムジナの巣穴を松葉でくすべているのを見たことがあるという話をつけ加えている。その人の子供がムジナの子を学校へ持って来て、教室で先生に見つけられてひどく叱られた。その子はムジナの子を下駄箱のなかへ入れに席を立ったように覚えていると井伏さんは書いている。お父さんが松葉でいぶして巣穴から出したムジナの子を、学校へ持って行ってみんなに見せたらよろこぶとその子は思ったに違いない。福山市外加茂村で大きくなった井伏さんの子供のころの思い出である。

午後の散歩から帰って、書斎のソファーで昼寝していたら、「山の下」のあつ子ちゃん、恵子を連れて来る。「ホラ、じいたんいたでしょう」とあつ子ちゃん、いう。硝子戸を開けると、恵子ちゃん、笑ってお辞儀をする。「そこでお母さんに会いました。図書室に夏みかんの箱があるから、沢山持って行ってといわれました」とあつ子ちゃん、いう。庭へ下りて、恵子ちゃんを抱き上げて、「たかい、たかい」をしてやる。あつ子ちゃんの話。この前、ヒルトンへ研修に来ていたスエーデン人のピーターさんが帰国するので、うちへ来てもらって、送別会をしました。ステーキを焼いた。大きなパンを二つ食べました。料理がおいしいといって賞めてくれました。はじめ、たつやさんが生田の駅まで迎えに行ったとき、恵子は家へ来るのがこれで二度目のピーターさんに会って、恐がって、たつやさんにしがみついたそうです。やはり、顔が外国人ですから。でも、うちにいる間に馴れて、ピーターさんの相手になるようになりました。

玄関のてっせんの蕾が大きくなった。えびねが咲き出しているのに気が附く。南足柄の長女が前に持って来て植えてくれた「足柄山のえびね」。庭の山もみじの下にも玄関にも咲く。

虎の門病院行き。血圧、よかった。関先生、「低いですね。きつくないですか」といわれる。「いいえ。調子よろしいです」という。

午後の散歩の帰り、大沢せつ先生のピアノの発表会で開会のあいさつをして、「ロンドン橋」を弾いた、小学四年生の柳沢有美ちゃんに会う。学校の帰りでランドセルを背負っていた。「有美ちゃん」といったら、「誰かしら?」という顔でこちらを見る。国立のホールの発表会で会って以来だから、無理もない。名前をいって、「この前、ピアノを聞かせてもらって有難う」といったら、分ったという顔になり、「さようなら」といって帰った。そのこと、帰って妻に話す。

夕方、買物から帰った妻が、「有美ちゃんのお母さんに会った」という。有美が庄野さんの小父さんに会ったというので、ちゃんとごあいさつしたのと訊きましたら、向うからしたというので、駄目ね、ごあいさつしないとといったんですと有美ちゃんのお母さんは話していたという。

この前、妻は道で有美ちゃんに会った。「これからおけいこに行くの」といった。無邪気で人なつこい子なの、有美ちゃん、という。

昼食のとき、妻は、昨夜、プーシキンの「葬儀屋」を読んだ、面白かったといい、その筋を話す。はやらない葬儀屋のはなし。やっとのことでお金を溜めて手に入れた家に移って来たら、隣のドイツ人の靴屋が来て、銀婚式のパーティーを開くから来て下さいというところから始まる。靴屋のパーティーに行くと、招かれた連中が酔っぱらって、次々と誰それさんのために乾盃しようといって乾盃する。パーティーに来た客はみな何か商売をしている。その店のために乾盃する。これが終ると、それぞれの店のお客のために乾盃しようといい出す。盛り上って、勢いが止まらなくなる。ところが、葬儀屋の番になって、葬儀屋の客といえば死人だから、死人のために乾盃しないといけないことになって、せっかく上機嫌に酔っぱらっていたのが、いやな気持になってしまう。で、みんな気まずくなり、そのうちおひらきになる。

がっかりして帰宅した葬儀屋は、寝てしまう。ところが、不意の来客によって起される。実は遠くの町にいるお得意さん（というのもおかしいが）で一年くらい前から死にかかっている金持の女商人がいる。そのお婆さんが死んで、自分のところへ葬儀を頼みに来れば、うんと葬儀料が入るというので、当てにしていた。当てにしながらも、ほかの葬儀屋に取られてしまいはしないかとくよくよ心配していた。そのお婆さんが死んで、葬儀をやってくれと馬を飛ばしてやって来た番頭が戸口を叩いて、葬儀屋は起されたのである。で、葬儀屋は、腹を立てて寝ていた（「死人のために乾盃」などといわれて、気分をこわされたのも無理はない）ことも忘れて大よろこびする。ところが、今度目が覚めてみると、金持の女商人が死んで、自分の店に葬儀を頼みに番頭が駆けつけたというのはみんな夢であったと分るという話。中山省三郎の訳。なるほど面白そうだ。

午前中、妻は荻窪清水町の井伏さんに届ける竹の子御飯を作る。昼食後、家で漬けた梅干、庭のみやこわすれとシラーを取り合せて活けた鉢と一緒に持って出かける。庭の花は、家の外へお出になれない井伏さんの目を慰さめるため。出かけることにしていたところへ、今度、新潮社から出た『井伏鱒二対談集』が届いた。奥様が送って下さったもの。有難い。お礼の葉書を書く。

清水町のお宅に着いて、例の如く庭先の立ち話で奥様から井伏さんの様子を聞かせて頂くつもりでいたら、居間へ通された。先客に安岡章太郎夫妻、岩波書店の佐岡さんあり。安岡持参の空也の和菓子の箱からひとつ、頂く。奥様に対談集のお礼を申し上げる。

「今日はおじやを炊きましたら、いっぱい頂きました」

と奥様がうれしそうにいわれる。上に玉子をかけて半熟にしたのを出したら、よく食べました。御飯はよく食べます。寝たまま、頭の上で腕をこうやってまわしています。運動のつもりでしょう。天気のいい、暖かい日には、やはり気分がよろしいようです。そんなことを奥様からお聞きして、失礼する。

帰り、車を井伏さんのお宅の前に置いた安岡夫妻と一緒に出て、荻窪駅へ行く道の途中にある新しいコーヒー店で小憩する。静かな、いい店で、コーヒーもおいしかった。

妻は宅急便を作ってミサヲちゃん宛に送る。古田さんから頂いたからすみのお裾分けとフーちゃんの折紙。「夏になったら、たからづか、見に行きましょう。たのしいダンスがいっぱいあるよ」というフーちゃん宛の手紙を妻は添える。私たちがS君と長女と四人で宝塚まで見に行った月組の「グランドホテル」と「ブロードウェイ・ボーイズ」は、七月に東京へ来る。妻は「山の下」のあつ子ちゃん、ミサヲちゃん、南足柄の長女と連絡を取った上で見に行く日を決める。今のところ、七月十八日（日）か二十五日（日）のどちらかに決まりそうだ。また、「星佳の会」の相沢真智子さんに切符をお願いすることになる。

妻はなすのやへ宅急便を持って行き、鮭の切身を入れて出す。ミサヲちゃんにそのこと電話で知らせる。連休に氏家へ行くのと訊いたら、氏家から明日、郁ちゃん（ミサヲちゃんのお姉さん）が来るという。

一回目の散歩から帰ると、「ミサヲちゃんから宅急便着きましたと嬉しそうな声で電話がかかりました」と妻がいう。「いっぱい入れて頂いてといって、ミサヲちゃん、よろこんでいました」。毎年、八十八夜の新茶を子供らに送って上げる。これを飲んで今年も元気でねという。その新茶のほかにからすみ、なすのやの鮭、海苔、お餅、フーちゃんの折紙、レターセット、春夫のお八つのお菓子など、いろいろ入れた。井伏さんの対談集が新潮社から一冊届いて、奥様から送って頂いた分と二冊になったので、井伏さんの読者である次男に社から届いた一冊を進呈することにして、これも入れた。ミサヲちゃんは、「かずやさん、よろこんでいました」といった。何しろ、いろいろと詰めて送った宅急便である。

連休三日目。妻は藤が丘の昭和医大病院に入院中の川口さんを見舞いに行く。三月はじめに手術をして胃を全部取った。五時半に帰宅。病室へ行ったら、川口さんは眠っていた。暫く待っていてから、そっと起した。瘦せていたが、血色はよかった。三分粥から五分粥になったら、お粥が入らなくなった。胃を取って、食道と腸をつないだのだが、そのつなぎ目で食べたものがつかえるらしい。この間、妻が川口さんからの電話を聞いてすぐにお宅の方へ送った根岸三徳の佃煮のうち、たいでんぶを家から届けてくれた。それをお粥にふりかけておいしく頂きましたと川口さんがいった。入院するときに持って来た『夕べの雲』（講談社文芸文庫）を何遍も読み返しているという。妻が去年の夏、妻の誕生日のお祝いの会で行った小田原の先の海岸のフランス料理店で食べたお昼ご飯のことを話したら、「また行きたいわ」と川口さんがいった。また、みんなで賑やかにフランス料理を食べられるようになってほしい。

夜、川口さんの御主人から妻にお礼の電話がかかった。

妻が川口さんのお見舞いに行くので、宮前平行きのバスを待っているところへ、買物の包みをいっぱいさげたあつ子ちゃんが恵子ちゃんを連れて来た。明日（五月五日）、成城のサッカー部ＯＢの恒例の桝形山の「お葉見の会」（花が終っているから、お葉見になる）のための食料を仕入れて来ましたとあつ子ちゃんがいった。毎年、サッカー部の仲間たちが家族連れで集まって、桝形山でお酒を飲む。成城大学サッカー部のＯＢの会。長男がキャプテンをしていたときのメンバーと後輩が集まる。

いい天気。「お葉見の会、天気でよかったね」と妻とよろこぶ。

藤棚の藤の花が垂れて来た。

夕方、恵子ちゃんに買って来たアンパンマンの砂あそびセットを届けるので、恵子ちゃんの顔を見に行きましょうと妻にいわれ、そのつもりでいた。ところが、妻が「山の下」へ電話をかけると、桝形山からくたびれて帰って、いま、恵子は眠り込んでいますというので、妻だけ行く。桝形山の「お葉見の会」にはサッカー部ＯＢが三十何人来た（子供が十三人）という。

妻が戻ってから、長男が電話をかけて来た。昼寝から目を覚ました恵子ちゃんが、妻の持って行ったアンパンマンの砂あそびセットを見てよろこんでいるという。電話口に出して、「じいたん」といわせようとしたが、声は聞えなかった。

恵子ちゃんは、テレビのアンパンマンを見ている。アンパンマンが気に入っている。それでアンパンマンの砂あそびセットをもらって嬉しかったのだろう。あつ子ちゃんが、ミサヲちゃんのところに氏家から来た郁ちゃんが昨日（四日）までいて、今日、帰ったという。ミサヲちゃんに毎日のように電話をかけて話をしているので、消息に通じている。郁ちゃんは三日に来たから、二泊したことになる。

庭の梅の実が大きくなった。この間から気が附いた。

井伏さんから尾道の煮干を沢山送って頂く。昨日、宅急便で届いた。今朝、頂く。新しくて、おいしい。奥様宛にお礼状を書く。

朝、妻が「嬉しいことがあるの」という。生田へ越して来た年に広島の姉が送ってくれた八朔の種を庭に蒔いたら、生えて大きくなった。いっぱい種を蒔いたら、みんな生えて大きくなった。そのうち、残したのが六本。ところが、どれも花が咲かない。諦めていた。そのうちの一本（洗濯干しのそばに生えている）に蕾が着いているのに気が附いた。三十年ぶりに花が咲く。うれしいという。見に行く。

ミサヲちゃんに井伏さんの煮干を届けて上げようと思って妻が電話をかけてみると、今日はフミ子の先生の家庭訪問がありますという。明日は第二土曜で学校は休みになるが、このごろフミ子が友達と遊ぶ約束をして来るので、帰るまで分らないという。ところが、午後、ミサヲちゃんから電話かかり、フミ子が行きたいというので、明日、こちらから煮干を頂きに行きますという。十一時に来てもらうことにした。

午前、庭に出た妻が「てっせんが咲きました」という。玄関のてっせんが二つ、咲いた。この間から蕾が大きくなっていた。まだいくつもある。

夕方、書斎にいたら、「山の下」のあつ子ちゃん、恵子を連れて来る。恵子ちゃん、赤い服を着ている。この服が気に入っているらしく、スカートを持ってひろげてみせる。胸のところにクマさんの刺繍が入っているのを、「これを見て」というふうに指でさわってみせる。庭へ下りて、恵子ちゃんを抱き上げて、「たかい、たかい」をしてやると、よろこび、いい顔で笑う。

十一時にミサヲちゃんが来るので、仕事を早く止めて、九時半に散歩に行く。フーちゃんたち、十一時すぎに来る。書斎の硝子戸を開けようとしている間、庭でフーちゃん、気をつけの姿勢で待っている。

「いらっしゃい」「こんにちは」のあいさつのあと、「学校、ずっと行ってる?」と訊くと「行ってる。まだ一日も休まない」「お友達、出来た?」「いっぱい出来た」。その間、フーちゃん、気をつけの姿勢のままで立っている。

六畳で藤屋のサンドイッチと紅茶の昼食。先にフーちゃんが坐っていた席に春夫が割り込もうとして、フーちゃんの背中を押しのける。フーちゃん、譲らないで、もみ合いになる。春夫の身体を押し出す。机の端にいたミサヲちゃんが、「ここへ来なさい」といって、春夫を膝の上に坐らせる。

「いつもこの調子でやっています」とミサヲちゃん、いう。

食べ終ってから、フーちゃんと春夫、庭の梅の下に落ちている梅の実の小さいのを拾って集める。妻が枝をゆすって梅の実を落してやると、二人、よろこんで拾う。

フーちゃんは、食事の前に書斎へ来て、ピアノを弾く。「さいたさいたチューリップの花が」を弾く。この前、次男から来た葉書に、新しい机の上に電気式の鍵盤つきの楽器をのせて、「さいたさいたチューリップの花が」の曲を練習したりしていますと書いてあった。間違えずに、うまく弾ける。次男に、鍵盤つきの楽器の小さいのを買ってもらった。「ねこふんじゃった」の曲も少し弾く。これはまだ練習中らしく、たどたどしい。

食後、天気がいいので、フーちゃんと春夫、庭で遊ぶ。妻は藤棚の下にござを敷いて、そこでおぜんざいを出す。ミサヲちゃん、藤の花がきれいだといってよろこぶ。食事のとき、ミサヲちゃんに次男の葉書にあった授業参観のことを訊く。頭に「あ」のつくものと「お」のつくものはという質問にフーちゃんが「あなぐま」と「おきどけい」といったこと。先生はそれを聞いて何かいったと訊くと、ミサヲちゃん、別に何もいいません、「あなぐま、ね」といっただけですという。こちらはフーちゃんの答えに感じ入っていたので、先生が何らかの反応をみせたのではないかと考えていたのだが、そうでなかったらしい。

それから、フーちゃんは先生の質問に対して、手をあげて答えたりしないと思っていたので驚いたというと、ミサヲちゃんは、「質問には全部手をあげていました」という。引込み思案のように思っていたが、質問に全部手を上げたとすれば、引込み思案とはいえない。フーちゃんの席は列のいちばんうしろで、ミサヲちゃんは授業中、その机のすぐうしろに立っていた。フーちゃんは横向きに坐って、すぐうしろに立っているお母さんに話しかけたという。これも意外であった。真面目なフーちゃんのことだから、授業参観では緊張して固くなっているかと思ったら、そうではなかったらしい。のびのびと楽に授業を受けていたらしい。

昨日の受持の先生の家庭訪問で、先生は何といっていたと訊くと、ミサヲちゃんは、「特に問題はありません」といっただけで、すぐに帰ったという。先生は、学校で何もいわない子や暗いところのある子供は取り上げるが、それ以外の生徒については「特に問題はありません」ですぐに済むようですとミサヲちゃんいう。

氏家から郁ちゃんが来たとき、みんなで読売ランドへ行った。SLコースターというのに、次男と郁ちゃんとフーちゃんが乗った。SLコースターというからのんびりしたものかと思ったら（順番待ちの客が列を作っていた）、横ゆれがはげしくて、下りて来たら、フミ子は泣いていました。走り出すとすぐに泣き出しそうになった、恐かったらしいですとミサヲちゃんいう。

ござでおぜんざいを出す前、妻はバドミントンのマジックラケットというので、フーちゃんと遊んだ。打った球がラケットの片方の面に当ると、吸い着く。面の上に当りさえすれば、ぴたりと吸い着く。打つときは別の面を使って打つ。妻が打って、フーちゃんが受けとめる。これが十回続くまで打った。一回フーちゃんが受けそこねたが、あとはうまく十回、続いた。

フーちゃんは書斎で妻に「さんすう」のテストをしてという。足し算ばかり五題出して、一つだけ間違えた。一つ間違えたが、赤鉛筆で「よくできました」と妻は書いてやった。あとでこのテストの紙を見ると、下に「しょうのふみこ」と書き、ハート型の（フーちゃんの）サインが入れてあった。

フーちゃんが来るまでに、妻は図書室のリカちゃん人形を椅子に坐らせ、お茶のテーブルを用意して、来たらすぐにリカちゃん人形で遊べるようにしておいた。久しぶりでフーちゃんはよろこび、図書室で遊んだ。十一時すぎに来て、帰ったのが三時すぎ。四時間たっぷり遊べたので、フーちゃんも満足しただろう。妻はバスの停留所までミサヲちゃんたちを送って行った。

ミサヲちゃんの話。次男一家が去年の十月までいた長沢の借家を今度、おとなりの家と一緒に壊して、その跡へ大家さんがアパートを建てることになり、おとなりは出てもらった。取り壊しの工事が始まった。その話をしたら、フミ子がすぐに「怒りに行こう」といった。大家さんに抗議をしようというのである。これまで自分たちの住んでいた家がブルドーザーで取り壊されると聞いて、憤慨したのであった。

ミサヲちゃんが、フーちゃんの最初の登校の日の朝、写した写真を持って来てくれた。赤いランドセルを背負って庭先に立っているところ。フーちゃんは少し緊張した顔をしている。お父さんと一緒に前の坂道を下りて行くところを写したのもある。道の左側に出勤姿の次男がいて、フーちゃんはその少し先のところで立ち止って、こちらを振返っている。門の前にお父さんと並んで立っているのもある。西生田小学校の制帽をかぶり、ランドセルを背負っている。もう一枚は休みの日に写したもの。ふだん着のお父さんと並んで、妻が買って上げた白い襟の紺の長袖の服を着て立っている。もう何回も着て、着馴れているように見えるから、春休みの終りのころ、次男の休みの日に写したものかも知れない。この紺の服の着初めをした日は、次男がフーちゃんを連れて新宿へ「ドラえもん」の映画を見に行った。ただし、これはその日に写したのではないだろう。ミサヲちゃんに、

「これ、貰ってもいいの？」

と訊くと、はいという。そのつもりで焼増ししたのを持って来てくれた。氏家のお父さんにも送ったかも知れない。

玄関のてっせんが八つ咲いた。はじめ二つ咲いて、あとまた殖えて、八つになった。

夕方、古田さん、胡瓜を届けてくれる。畑をしている深谷の叔母から送って来たという。古田さん、グレイの服にグレイのエプロンをしている。そのエプロンは、古田さんの三人のお嬢さんから母の日の贈り物として貰ったエプロンだという。よく似合う。玄関へ出て行って、古田さんに「てっせん、きれいでしょう」というと「毎年、咲くんですね」という。

妻は、昼前に「山の下」へ倉敷の岡本さんから頂いた鰆の味噌漬を持って行く。長男一家は、南足柄の長女のところへ二晩泊りで出かけた。五月七日にあつ子ちゃんが恵子を連れて来て、明日（八日）から足柄へ行きます、二泊でといっていた。まだ帰っていなかった。

夕方、「山の下」から電話かかる。あつ子ちゃん、お姉さんのところに泊めてもらって楽しかったという。ベランダの修理をするのをたつやさんが手伝った。二日目、もし雨なら、きのくにや（箱根芦の湯の）へ日帰りで行く相談をしていたが、天気になったので、家にいて、庭でバーベキューをした。恵子が宏雄さんに「じいたん」といい、なついた。「ひろさん」といいなさいといったら（「じいたん」は気の毒なので）、「ひろさん」といった——とそんな話をした。

岡本さんの鰆の味噌漬、おいしい。代々伝わる味噌漬の作り方を奥さんが亡くなった岡本さんのお母さんに教わって漬けたという。白味噌のいいのをたっぷり使ってある。「山の下」に二切れ上げて、あと四切れ残ったのをミサヲちゃんのところに送って上げる。


玄関のてっせん、また一つ咲いて、全部で九つになった。裏の通り道の花壇のてっせんが、この間から一つだけ咲いている。それを合せると、十になる。いい色をしている。

夕方、書斎のソファーにいたら、あつ子ちゃん、恵子を連れて来る。硝子戸を開けると、うれしそうに笑い、恥しくなってあつ子ちゃんの身体に顔をくっつける。お辞儀をする。

「足柄では楽しかったです」とあつ子ちゃんいう。「ベランダの手すりを修理するのをたつやさんが手伝いました。連休に会社の人が二十人来て、十人泊った。そのときのウイスキーやブランデーが残っていたのを出してくれて。よく飲みました。恵子が鳥小屋でうみたてのちゃぼの卵を持たせてもらって、大よろこびしました。まだぬくい卵です。卵は、さわるのも食べるのも好きなんです」

南足柄では今度の連休中に会社の人が全部で二十人来て、そのうち十人泊った。そのあとへ長男たちが泊りがけで行った。二十人のお客を迎えたときのことを報告した長女の手紙には、次のように書いてあった。

「バーベキューを中心に、近くの川の上流に釣りに行ったり、お散歩やバドミントン、ぶらんこにハンモック。南に昼寝している者あれば、北に飲んでいる者あり、西に食べている者あれば、東に運動している者あり……という状態で、それはそれは賑やかでした」

「……神奈川トヨタの関係の人ばかりで、家族連れ、夫婦連れ、男女の若い衆、みな気持のいい人ばかりで楽しかったですが、さすがに我ながらよくやったという感じです。うちの子供は車のなかで寝たの。明日からたっさん、あつ子ちゃん、恵子ちゃん登場ですが、あのちびタンクも今では何のそのです。小田原城のぞうさんでも見せて上げようと思っています」

なお、この手紙には、正雄の「えものがたり」の「にんにくのねずみたいじ」が同封してあった。その書出しを紹介しておくと、

――にんにくは、今、はらがたってしようがありません。それは、ねずみがうるさいからです。

ねずみいっかに赤ちゃんが生まれたのです。

ベッドの上でにんにくは怒りくるっている。ベッドの下をねずみが「チュウ、チュウ」といって走りまわっているところをかいて、その横に「夜のこと」と書き添えてある。にんにくがもうこれ以上我慢できないくらい怒っている様子がうまくかけている。

この続きは、にんにくが苦労してねずみたいじの道具を作るところ。硝子の箱の奥にチーズのかけらを置いてあるのが可愛い。ところで正雄の「えものがたり」の題は、「にんにくのねずみたいじ」となっているが、おしまいまで読むと、にんにくはねずみをたいじしない。せっかくにんにくの作ったねずみたいじの道具は、ねずみに「わなだな」と見破られてしまう。そこで、にんにくはいい考えを思いつく。「それはペットにしてしまうのです」。そして、にんにくはねずみに「夜中になかないで、目ざましどけい代りになってくれる?」というと、ねずみは「うん、いいよ」という。そして「8時になったらおこしてね」といったら、8時におこしてくれました。めでたしめでたし、で「おわり」になる。「ねずみたいじ」という題であるが、「たいじ」ではなく、ねずみと仲よくするところで終りになるのが、いい。

折り畳んだ画用紙にかかれた正雄の「にんにくのねずみたいじ」の裏表紙には、ベッドの上でにんにくが安らかないびき(ZZZ、とかいてある)をかいて眠っている絵がかかれていた。にんにくとの約束通り、ねずみはもう夜中にないて騒いで、にんにくの眠りを妨げることはなくなったのである。

午後、買物に行く道で妻は清水さんに会い、「畑で待っています」といわれる。買物のあとで清水さんの畑へ行く。清水さん、エイヴォンを五つ切ってくれる。「正真正銘のエイヴォンです」と笑っていったその訳は、ときどきパパメイアンを頂きながら、エイヴォンと間違えることがあるからだ。パパメイアンも赤い薔薇で、なかなかいいが、エイヴォンとは色が違う。妻は帰って、書斎の机の上に一つ活ける。はじめて清水さんが畑のエイヴォンを切って下さったとき、花もいい、名前もいいのでよろこんだ。エイヴォンといえば、イギリスの田舎を流れる川で、『トム・ブラウンの学校生活』のなかで、トムが学校の規則を破って釣りをする川が出て来る。あの川の名がエイヴォンだよといって、私はよろこんだことを思い出す。

妻は残りのエイヴォンのうち三つを玄関に、一つを居間の花生けに活けた。清水さんは、母の日に宮崎台から圭子ちゃん一家が来て、泊って行きましたと妻に話した。清水さんも御主人もよろこばれたことだろう。夕方、妻はお芋を焼いて、清水さんに届ける。

午後、ミサヲちゃんから電話がかかる。宅急便で送った鰆の味噌漬が着きましたというお礼の電話。このお味噌、どうするんですかと訊くので、妻はティッシュで拭き取って焼くようにと教える。

入院中の兄に果汁一〇〇パーセントのキャンデー五袋を送る。「おいしい果汁が口のなかいっぱいにひろがる果汁一〇〇パーセントのキャンデーを食べて、元気になって下さい」と書いたカードを添えて。妻がいつも行くスーパーマーケットの棚で見つけて買って来たものだが、夕食後のデザートにぴったりの味で気に入った。白桃、マスカット、ふじりんご、巨峰、バレンシアオレンジ、パイナップルなどいろいろあって、楽しい。半年以上にもなる長い入院生活で滅入りがちな兄を元気づけてくれるだろう。

カードに「かむと早く無くなるので、口の奥にしまったままそっとしておくと、長持ちします。小生の記録、一時間」と書き添えておく。（あとで兄の長女で毎日、病院へ行っている晴子ちゃんから、みんなで食べていますというお礼状が届いた。看護婦さんにも食べてもらっているらしい）

一回目の散歩から戻ると、「清水さんに会いましたか？」と妻が訊く。清水さんが薔薇をいっぱい届けて下さったという。パパメイアンほかいろいろ下さった。今日、圭子ちゃんが赤ちゃんを連れて七時に来る。夕食を食べるという。

妻の話。妻はこのごろ、夜寝る前にラジオのナイト・エッセイというのを聴いている。いま話しているのは、鳥羽の水族館長。夜、海の底で口から蚊帳のようなものを吐き出して、その中に入って眠る魚がいる。外の物音が何も聞えて来なくて、安眠できる。朝になると、袋を破って出て来る。昨夜は、そういう魚の話であった。

朝、朝食前の「家歩き」(図書室から玄関まで、廊下を通って往きつ戻りつする)をしていたら、「お玄関の花、見て下さい」と妻がいう。黄色の薔薇が二つ、柱の花生けに差してある。いい色、いいかたちの薔薇。昨日、清水さんが届けて下さったものだ。

「いいなあ。何というのかな?」

「さあ、ヤーナはもっと色が濃いし……。何でしょう」

前は、清水さんが畑の薔薇を持って来て下さる度に、妻が一つ一つ、名前を教わっていたものだが、この頃、しなくなった。

今日は、「山の下」の長男一家とおとなりの前田さん一家が、読売ランド前の次男の家へ行って、庭でバーベキューをすることになっている。いい天気でよかった。

夕方、古田さん、電話をかけて、夕御飯はまだかどうか訊いてから、とりのささみの入ったサラダ料理にソースを添えて届けて下さる。早速、頂く。おいしい。ソースの味がいい。

昼前、仕事していたら、長男が恵子を連れて庭へ入って来る。「ほら、じいたんいたでしょう」と長男がいうと、恵子ちゃん、はにかんでお父さんにくっつく。

「じいたんにおはようってあいさつしたら」といわれて、こちらを向いて、「おはよう」という。恵子ちゃんから「おはよう」というあいさつをされたのは初めてで、感心する。

たんぽぽの綿毛になったのをひとつ、手に持っていたが、「おうちへ持って入ったら、よごれるから、ここへ置いておこうね」と長男がいうと、素直にたんぽぽを渡す。長男は、それをくちなしの葉の上にのせておく。

あと、図書室で「ままごとトントン」の野菜を恵子ちゃん、包丁で切り、お皿にのせて、ネコさんに食べさせる。長男は、昨日、読売ランド前の次男のところで開いたバーベキューの会のことを報告する。「山の下」のおとなりの前田さんの車で柿生の安売りの店へ行って、牛肉一キロ、牛舌肉、いか、えび、茄子、玉葱、じゃがいもなどを仕入れた。缶ビール一ケースとワイン一升飲む。途中で女、子供は下の公園へ遊びに行った。いい気持になって、次男と二人でJリーグのサッカーの「オーレオーレオーレ」の歌を歌った。前田さんは、生田に生れて生田で大きくなった。長男と次男が通った生田小学校の出身。いまはトラックの運送の仕事をしている。

夕方、清水さん、畑の薔薇をいっぱい届けて下さる。妻が呼んだので、玄関へ出て行ってお礼を申し上げる。エイヴォンほかいろいろ、赤いのや黄色のや。妻はすぐに活ける。書斎、玄関、居間、薔薇で溢れる。「うち中、薔薇になった」といって妻はよろこぶ。

清水さんに会うのは、今日はこれが二度目。昼前、速達の校正刷を出しに郵便局へ行ったとき、局から出て来たら、道路の向いに清水さんと赤ちゃんを抱いた圭子ちゃんがいた。行って、挨拶をする。はじめて杏子ちゃんに会った。宮崎台のマンションへ帰る日に清水さん夫妻と圭子ちゃんが赤ちゃんを連れて来てくれたとき、丁度、散歩に出ていて、杏子ちゃんの顔が見られなかった。杏子ちゃんはお母さんに抱かれて眠っていた。妻がいう通り、しっかりとした、いい顔をした赤ちゃんであった。

「こんにちは、杏子ちゃん。はじめまして」

という心持で、赤ちゃんの顔を覗き込み、それで失礼した。

午後、清水さん、畑の薔薇をいっぱい持って来て下さる。見事な薔薇、玄関に出て、お礼を申し上げる。「昨日は、杏子ちゃんに初めて会って、うれしかった。いい顔をしています。母乳だけで育ってよろしいですね」という。

妻は、「山の下」へ大阪の学校友達の村木が送ってくれた玉葱を持って行く。あつ子ちゃん、恵子にうがいして手を洗いなさいというのに聞かないので、怒っているところですという。抱いて、「たかい、たかい」をしてやったら、恵子ちゃん、少し笑った。それから、坐ると音のする自分の椅子を押して台所へ行き、うがいをして、手を洗い、椅子を押して居間へ入った。あつ子ちゃん、お八つを作って、持って行く。

古田さん、御主人のタイのお土産の果物を下さる。瓜のようなのがションプー、うにのようなかたちのがランブータン（ゴともいう）。昼食のとき、頂く。ランブータン（またはゴ）の方は、うすい甘味があっておいしい。

一回目の散歩の帰り、崖の坂道で古田さんに会い、先日のサラダ料理と昨日頂いたタイの果物のお礼を申し上げる。

昼から妻とミサヲちゃんのところへ行く。村木の玉葱十個リュックサックに入れて届ける。妻はグレープフルーツ三つと妻の学校友達の辰沢さんが送ってくれた神戸のソーセージを持って行く。玄関の横にフーちゃんと春夫がいて、フーちゃんはありを掌に這わせて遊んでいた。次男は休みで、いる。ミサヲちゃん、「お茶がいいですか。冷たい紅茶がいいですか」と訊く、お茶を貰いますという。次男は、この間のバーベキューの日のことを話す。缶ビール二十と一升壜のワインを飲んだ。騒いだので、あとでおとなりへ挨拶に行った。

前田さんの主人の仕事のこと。夜、トラックでセブン・イレブンの店の荷物を運ぶ。町田で荷物を積んで小田原まで行く。途中の店で荷を下しながら小田原まで二往復する。きつい仕事。前田さんは南足柄の長女が前にいた餅井坂のあたりで生れて、大きくなった。生田中学ではバスケット部にいた。いま、目方が百キロくらいある。

長沢の借家から持って来た玄関のレッドライオン（薔薇）が四つ咲いた。庭の紫陽花を移した。重かった。まわりから掘ったが、なかなか持ち上らない。やっと動いた。

そんな話をしている間、フーちゃんは妻に貰った「きせかえ」のぬりえをして遊ぶ。ぬりえをする前は、小さなありを腕に這わせていた。次男に「外へ出しなさい。アリは、かむよ」といわれたが、「ペットにする」といってそのまま腕の上を這わせて遊んでいた。

「お友達できた？」と訊くと、「うん」「何人いるの？」「分らない」。例によって頼りない返事をする。近くの友達は、前に会った「もえちゃん」のほかにもう一人いる。その子は一年一組と次男が話す。「もえちゃん」はフーちゃんと同じ一年四組。先日、妻がミサヲちゃんに電話をかけたとき、土曜日はフミ子が学校で友達と遊ぶ約束をして来るので、日曜日の方がいいですといったが、その友達というのはこの二人のことだろうか？　この前「山の上」へ来たとき、「友達できた？」と訊くと、「いっぱい出来た」とフーちゃんはいった。

春夫は妻が上げたチューインガムの包みをお父さんに開けてもらって、みなにチューインガムを配る。ぬりえをしていたフーちゃん、そのチューインガムを噛んでいて、

「あ、飲んじゃった」

という。

フーちゃんは肩までの夏服を着ている。そのむき出しの腕に最初のうち、庭から持って来た

小さなありを這わせていた。このフーちゃんの着ている夏服は、去年、妻が縫って上げた、飾りひだをとったオレンジ色の夏のワンピースであった。あとで妻から聞いた。ミサヲちゃんは「フミ子は暑がりで、生地の薄い服を着たがります」という。

フーちゃんは妻が生田のパン屋で買って来たケーキを食べる。そのうち、「公園へ行って、あばれたい」といい出す。次男は、「今日、お昼に下の公園で町会のこども会のバーベキューがあった。会費制のバーベキュー。おにぎりも出た」という。ミサヲちゃんは、「フミ子は公園で大きい蛇が草のなかを動くのを見て、泣き出しそうな顔をしていました」という。フーちゃんは、大きい蛇を見て泣き出しそうになったことも忘れて、また公園へ行ってあばれたいというのである。

こちらは帰る。自転車に乗ったフーちゃん、お父さんとお母さんと三人で、坂道の上からいつまでも見送って、手を振ってくれる。坂道を下りながら、三回くらい振返った。その度にみんなで手を振ってくれた。

次男の家で、六畳に入ると、前は庭の方を向けて置いてあったフーちゃんの机を、洋間との境の壁に向けて置き直してあった。この方が落着いていいかも知れない。ランドセルは机の横に掛けてある。畳の上に鍵盤の附いた小さな楽器が置いてあった。前に次男の葉書に書いてあった楽器は、これのことだろう。「山の上」へ来たとき、フーちゃんが書斎のピアノで「さいたさいたチューリップの花が」や「きらきら星」を弾いたが、この楽器で練習したのだろう。フーちゃんが「ペットにする」といって、腕に這わせていた小さなありのことだが、妻が持って来た神戸のソーセージの入っていた箱を貰って、フーちゃんはそのなかにありを入れた。

書斎の机の上の清水さんの薔薇は、真珠というのを活けてあったが、庭のブルームーンが咲いたので、妻は活け替える。サイドテーブルにもブルームーンを活ける。今年はわが家で育った薔薇のブルームーンがよく咲いた。これは生田へ来たはじめのころに、妻が駅前の米屋さんで買って植えたものだという。

フーちゃんからきれいな封筒と便箋の手紙が届く。

おじいちゃん　こんちゃん　5がつ30にちにうんどうかいがあります。めざせゴールをします！　みにきてください。ふみこより。

裏に水色の長いドレスを着た、目のぱっちりした女の子の絵がかいてある。片方の手に手さげを持っている。丁寧にかいた絵。よろこぶ。めざせゴール、というのは何だろう？　徒競走だろうか。すぐに葉書で「みにいくよ」と返事を書く。はじめ半分を私が、あとの半分を妻が書いて、ポストへ入れに行く。

十二

裏の通り道の花壇のつづき、井戸のよこのムラサキツユクサが一つ咲いた。

書斎の机の上のブルームーンがおじぎをしたので、妻は庭へ行って、ブルームーンの残っていたのを切って来て、活け替える。わが家で育った、古い薔薇。きれいな葉をしている。

妻は朝食のとき、昨夜から『早春』（一九八二年・中央公論社）を読み始めましたという（井伏さんの対談集は読み終って、図書室の本棚に収めた）。『早春』は、神戸の町にお祖父さんの代から住んでいる学校友達の佐伯太郎（先年、死去）とのつき合いを軸にした神戸を主題とする小説である。芦屋の、妻の叔母夫婦（先年、死去）も副主人公として登場する。主な登場人物は『早春』を書き上げたあと、次々と死んでしまうか、香港から来た貿易商の郭さん夫妻のように神戸を引き払って米国へ移住して、みんないなくなり、あとに残るは作者の私と妻の二人だけになってしまった。――この小説は、作者である私が妻を伴って、戦争中に別れたきりの学校友達の佐伯（作中では、太地一郎）と会うために大阪中之島のホテルへ行くところから始まる。

「佐伯さんと竹葉で食事をしながら、戦争中の話をするところがいいですね」

と妻がいう。

「話に熱中して、佐伯がなかなか料理を食べない。それで、佐伯、食べてくれというんだったな。海軍の軍令部へ徴用されて、学業半ばで東京へ行ってしまうところを話していたんだな。『或る日、突如として』というところだ」

「そうです。或る日、突如として海軍少佐がやって来て、というんです。いやも応もなし、来いちゅうんだ」

「来いちゅうんだ、待ったなしだ、というんだったかな」

それから妻は、

「いいときに書かれましたね、『早春』は」

といった。

「いいときに書いた。もう今では書きたくても書きようがない。佐伯は死んだし」

「芦屋の叔父ちゃんも叔母ちゃんも死んでしまったし」

朝ご飯を食べながらそんな話が出た。

朝食の前に妻は、台所の窓から外を見て、

「昨日はムラサキツユクサが一つ咲いたのが見えた。今日は四つになった」

という。

「放っておいても咲いてくれるの。丈夫な花」

快晴が続く。「これなら、明後日（五月三十日）のフーちゃんの運動会までお天気がもちそうだな」といって、よろこぶ。いつも散歩のときに通る三田小学校でも、五月三十日に運動会がある。校門のところに生徒のかいた絵入りの楽しいポスターがいくつも出ている。お天気が続いてくれるといいのだが。

朝、妻と二人で駅前の銀行まで行く道で清水さんに会う。「夕方、畑の花を届けます」といわれる。あの崖の坂を上ってもらうのは気の毒なので、妻は「頂きに行きます」という。私の学校友達で大阪にいる村木から玉葱とグリーンピースを送ってくれた。それも届けたかったので。

午後、妻は清水さんへ村木の玉葱とグリーンピース、焼いたお芋を持って行く。清水さん留守なので、これはきっと畑へ行っておられるんだなと思って、畑へ行った。道から上って行く細い通路を通って畑へ出たら、向うに清水さんの水色の帽子が見えた。畑の花がきれいで見とれてしまった。そこで清水さんと暫く立ち話をした。

これからお買物に行きますといったら、「帰りに寄って下さい。どこまで?」と清水さんがいった。「OKまで」「ゆっくり行って来て下さい」それで別れた。帰りがけ、東京ガスの方から入って畑へ寄ってみたら、いない。清水さんの家へ行くと、畑で切って来た花をまとめていた。「ごめんなさい。畑へ行って下さったんですか」と清水さん。清水さんは、畑で切って来た薔薇を下さるとき、いつも棘を全部取ってくれたのを届けて下さるのである。夏みかん四つと、ほぐした夏みかんに砂糖をまぶしたのを下さる。畑から切って来てくれた花は、ニーレンベルギア(水色の草花)、ニゲラ(矢車草の白のような草花)、あとは薔薇がいっぱい。妻は夏みかんほかいっぱい頂いて帰る。

夕方、書斎のソファーにいたら、「山の下」のあつ子ちゃん、恵子を連れて来る。お買物の帰りにここまで来たら、恵子が「じいたん」というので寄りましたという。

恵子ちゃん、硝子戸を開けて顔を出すと、お辞儀をする。OKで買った「ふりかけ」の袋を握りしめている。庭へ下りて、恵子ちゃんを抱き上げて、「たかい、たかい」をしてやる。「フーちゃんは小さいときからよく来ていたのに、一回も『たかい、たかい』をしてやらなかった」といいながら。今はフーちゃんはもう小学一年生。「たかい、たかい」をしてやる時期は過ぎてしまった。恵子ちゃんは、去年の暮に手首の火傷をしたあとに繃帯をしている。夏の直射日光に当てないようにと医者にいわれたため。あつ子ちゃんの話では、はじめは繃帯をするのをいやがったので、長男が自分の手首にはめてみせたら、納得したそうだ。もう火傷のあとはきれいによくなっているのに、今ごろになって繃帯を巻かれるのは恵子ちゃんもいやだったのだろう。

買物から妻が帰り、あつ子ちゃんが来たというと、「行って来ます」といい、村木の玉葱とグリーンピースと焼き芋を持って「山の下」へ。妻の話。恵子ちゃん、出て来る。きれいな服を着ていた。抱いて、「たかい、たかい」をして上げる。「きれいな服着ている」といったら、服を手で引張ってみせる。気に入っているらしい。奥から野球帽のような帽子を持って来て、かぶってみせる。

あつ子ちゃん、「お母さん、お茄子要りますか?」と訊いて、茄子を五つ、くれる。トマトもくれる。「物々交換」といって。こちらが玉葱とグリーンピースと焼き芋を持って行ったから、「物々交換」である。

妻はミサヲちゃんに電話をかけて、明日、運動会のある西生田小学校へ行く道順を訊く。ミサヲちゃん、午後の部にフミ子の出るのが一つあるので、お弁当を一緒に食べて下さいという。

「お父さん、疲れませんか」といって気をつかってくれる。お弁当を作ってくれるというので、妻はよろこぶ。

フーちゃんから「みにきてください」という案内の手紙をもらった運動会の日。天気予報は、曇のち雨。何とかもってくれるといいのだが。八時半ごろ、ミサヲちゃんから電話かかり「雨になりそうなので早く始めるそうです。これから出ます。校門で待っています」という。で、こちらもすぐに出かける。読売ランド前から百合ヶ丘の方へ歩き、右へ折れて坂道を上る。校門を入ったところに次男らいなくて、妻が探しに行く。ミサヲちゃんに電話で教わったのと違う道を来たらしい。妻は次男を見つけて一緒に来る。緑にかこまれた、山の斜面のいい学校。次男は、今日、朝野球の試合があり、その前に早く来て、場所とりをしておいたという。テント席のすぐ横、五十メートル徒競走（それがフーちゃんの出る「めざせゴール」であった）のゴールの前のいい場所にビニールシートで席を取ってくれてあった。ミサヲちゃん、春夫連れて来る。ビニールシートの上に正座して坐っていたら（足が少し痛かった）、ミサヲちゃんがいなくなり、大分たって戻って、ビニールシートの上に敷く膝かけを渡してくれ、その上に坐り直した。これで足が痛くなくなる。ミサヲちゃんはわざわざ家まで膝かけを取りに帰ってくれたのであった。有難い。

そのうち、フーちゃんたち一年生の「めざせゴール」（徒競走）になる。双眼鏡でスタートの方を見ていた次男が、

「次です。フミ子は左の端です」

と知らせてくれる。

フーちゃんの姿を探すと、スタートのところで気をつけの姿勢をして立っているフーちゃんが見えた。走り出す。よく走って、となりの子とせり合ってもう少しで一等になるところであった。惜しくも二等になった。

少し雨が落ちて来た。昔、秩父宮ラグビー場で雨の日にラグビーを見たとき、かぶったビニールコートを妻が出して、それをかぶっていたが、大したふりにはならず、そのうち上った。

お昼には全部の生徒が親のところへ来て、一緒に弁当を食べるきまりになっていた。フーちゃん、来る。ブルマースの上に運動服のシャツを着ている。胸に「しょうの」の名札を着けている。

フーちゃんが来たとき、妻が、「二等?」と訊くと、嬉しそうに「うん」といった。胸一つの差で一等を逃したのをわれわれは惜しいと思っていたのだが、当のフーちゃんは二等に入ったのが嬉しく、満足しているらしいことが分った。それから妻が、

「ピストルが鳴る前、胸がどきどきしなかった?」

と訊くと、「ううん」といってかぶりを振った。自分たちが走る番になる前、気をつけの姿勢をしているフーちゃんを見て、きっと緊張していると思ったのだが、そうではなかったらしい。

ミサヲちゃんの作ってくれた重箱のお弁当をみんなで頂く。フライドチキン、グリーンアスパラガスを牛肉で巻いたもの、こんにゃく、小芋、にんじんのお煮染と、鮭と小梅の梅干の入った海苔巻のおにぎり。それにメロンたっぷり。みんな、おいしい。妻は夏みかんとグレープフルーツをむいたのを持って来ていた。ミサヲちゃんの海苔巻を二つ、食べた。次男は、アルコール類禁止というので、紙を巻いた缶ビールを持参して、それを飲む。フーちゃんは海苔巻を二つ食べた。有難いことにお昼弁当の間、ずっと晴れていた。

書き落したが、午前の部の最後に「五反田川の合戦」というのがあった。五反田川は、西生田小学校の近くの丘を通って多摩川に流れ込む溝川で、これは騎馬戦。女子の組の方で特別勇敢な子がいて、開始の合図とともに相手に向ってゆく。先生がそばに附いていて、組みうちになって騎馬の上から落ちそうになる子を助けたり、勝敗がつくなり笛を吹いて組みうちを終らせたりして、怪我人が出ないように気を配っていた。三人抜きをした女の子のチームがいた。

この「五反田川の合戦」の特に女子の組の方が、見ごたえがあった。午後の部のはじめに女子によるブラスバンドの演奏があった。「朝早く来て練習をしました」というアナウンスがあったが、これと騎馬戦とがよかった。

フーちゃんの出る踊りの「うみだいこやまだいこ」を見て、私と妻は帰る。次男とミサヲちゃんが校門まで送ってくれた。

家へ帰って、書斎のソファーで昼寝。夕食のとき、「騎馬戦が面白かった」と騎馬戦のことばかり話した。多摩丘陵のつづきの山の斜面の、いい環境にある小学校である。それに用具の運搬などをする先生がたが、男の先生も女の先生もみないい顔をしていた。生徒もこまっしゃくれたのがいない。いい学校へ入れてフーちゃんは仕合せであったといって、よろこぶ。

次の日、ミサヲちゃん宛に、おいしいお昼弁当を作ってくれて有難うというお礼のはがきを書いて出す。妻もお礼のはがきを出す。

千駄谷の日本青年館ホールの宝塚歌劇団月組特別公演、久世星佳さんの「マンハッタン物語」を妻と二人で見に行く。宝塚の中劇場バウホールで上演したものの中で評判のよかったのが、こうして東京へ来るのを「特別公演」というのである。人数も少なくて、大劇場向きでないが、ときどき掘出し物といえるのがあるので、見逃せない。それに今回は私たちが応援している久世さんが主役を頂いている劇なので、楽しみにしていた。

開幕二十分前の一時四十分に会う約束の、宝塚を見るときはいつも一緒に行くS君は、こちらが着いたときには、もうホールの前に来ていた。切符をお願いしてあった「星佳の会」の相沢真智子さんに会い、四月に新宝塚大劇場へ月組の「グランドホテル」を見に行ったとき、案内役をしてくれた川上文子さんにも会い、お世話になったお礼を申し上げる。

席は前から四列目の中央のいい席で、前列の左の端の方に、服部さんの姿が見える。服部さんというのは、S君と私が戦後、大阪中之島の放送会社に勤めていたころ、一緒に仕事をしたアナウンサーで、のちに結婚して生れたお嬢さんが大きくなって宝塚音楽学校に入学し、「久世星佳」となった。久世さんのお母さんである。そういう御縁でS君も私たちも蔭ながら久世さんを応援しているのであった。

「マンハッタン物語」は、ニューヨークの下町の風俗と人情を描くのが得意であったデイモン・ラニアンのいくつかの短篇をもとにした作品（作・演出太田哲則）で、なかなかよかった。主役の、禁酒法時代に酒の密売人をしている町の若い顔役で仲間から「気取り屋」と呼ばれているデュードを演じる久世さんが、コメディアンの才能を発揮して、すばらしい出来であったから、S君も私たちもよろこんだ。ラニアンの、笑いのうちにほろりとさせる人情劇の主役として申し分のない舞台を見せてくれた。近くの席で見ていたお母さんの服部さんも嬉しかっただろう。カーテンコールの盛大な拍手のなかで、思わず涙が出そうになった。

始まる前に川上文子さんから、「久世が終演後にご挨拶をしたいといいますので」といわれ、川上さんについて楽屋口へ行く。明日の千秋楽の注意というのがあって、久世さんの出て来るのが少し遅れ、その間、楽屋口で待つ。そのうち、久世さんが出て来て、「千秋楽の注意がありましたので、お待たせして済みません」という。われわれは、「とてもよかった」とひとことだけ申し上げてすぐに引き上げた。舞台で見る久世さんは大きいのに、楽屋着で現れた久世さんは、ほっそりとして小柄に見えた。明日が東京公演の千秋楽で、名古屋へ行く。

青年館ホールを出たあと、S君と妻と三人で井伏さんのごひいきの店で、よくご一緒した大久保の「くろがね」へ行き、夕食。ビールを飲みながら、

「久世さん、よかったなあ」

「今まで見た中でいちばんよかった。生き生きしていた」

「もういつ月組のトップになってもおかしくないなあ」

といって、みんなで久世さんに祝福を送った。

午後、清水さんが来て、畑の薔薇をいっぱい届けて下さる。すぐに書斎、玄関、居間に活ける。赤い薔薇。パパメイアン。

南足柄の長女から葉書が来る。

ハイケイ　足柄山からこんにちは。

大変ご無沙汰していますが、生田の皆の衆はお変りありませんか？　先日は嬉しい宅急便で、村木さんの新しい玉葱どっさりとハムやフランスパン、正雄のお八つなど有難い品々ばかり送っていただいて、本当に有難うございます。暑くても寒くても一向に食欲の衰えないわが家の若い衆が揃う日曜日に、ハムはジュン！　と焼いてステーキにし、おとなりから頂いたもぎたてのきぬさやを添えて、フランスパンのフレンチトーストというハイカラなランチがお蔭さまで出来上り、大好評でした。

歯医者さん通いなどで忙しくて、なかなか生田へ行けなくてごめんなさい。片づけものをやりかけて、どうにもならなくなって、「目の前まっくら」になっていますか？　網戸を出したりしなくてはね。来週は、火、水、金が空いていますが、いかがですか？　サッカー部キャプテンの明雄は、Jリーグが始まって燃えに燃えています。良雄はすっかり法政二部の夜学生の生活にも馴れ、和雄は神奈川トヨタに就職が早々と内々定し、友達に羨ましがられています。正雄は、さっき、「お母さん、家出と引越しとは同じこと？」と訊くので、その違いを説明したら、「それじゃあ、家族全員が家出したら、引越しだね」というので、がくっ、となりました。

今、真紅のつるばらが満開です。緑も美しいので、遊びに来て下さい。では、お元気で。

書斎の机の上に清水さんの薔薇。赤いのとうすいオレンジ色と二つ。サイドテーブルの上は、赤い薔薇（パパメイアン）の大きいのが三つ。昨日、清水さんが届けて下さった薔薇。

午後、庭の梅とり。今日は小手しらべで、少し取っただけで止める。

妻が、「ブローディアが二つ咲きました」という。

散歩に出かけるとき、妻が石垣の下のプランターのブローディアが咲き出したのを見せる。

「清水さんから分けて頂いたブローディアだけど、清水さんのはこの三倍の太さです」という。清水さんが西三田幼稚園の向いにあったもとの畑から、東京ガスの裏手の今の畑に移るときに掘って分けて下さったブローディアですという。

午後、脚立に上って庭の梅の実取り。今日は五キロほど。二日前に取ったのは一・七キロ。合せて七キロ足らずになる。妻は一昨日取った分から一キロを梅酒に漬け、今日取った中から二キロ、ミサヲちゃんへ送る宅急便に入れる。あつ子ちゃんにも二キロ上げる。どちらもシロップ漬にするという。

ミサヲちゃんへの宅急便——妻が今年はじめてフーちゃんのために縫った、飾りひだをとった夏のワンピースと、先日、清水さんがプーちゃんにといって届けて下さった、プーさんの絵入りのクレヨンのケースとクレヨン、グレープフルーツ六、梅二キロを入れた箱を妻がさげて家を出る。市場の米屋まで出しに行くつもりで歩き出したら、崖の坂道へかかる手前で、うしろから来た車が止り、

「庄野さーん」

と声をかけたのは、古田さんのおとなりの高橋さん。

「重そうね。なすのやまで？」

「なすのやは遠いから、市場の米屋さんまで」

といったら、車のうしろへ宅急便の箱をのせてくれた。家を出てすぐに車が来た。重い宅急便を市場まで運ぶつもりでいたら、車に積んでくれた。有難かった。そのあと、市場の米屋さんへ行って、先に高橋さんが運び込んでくれてあった宅急便の手続きをする。

午後、三時すぎ、妻がお使いに出かけている留守に、大阪の晴子ちゃん（府立病院に去年の九月から入院している兄の長女）から電話がかかり、

「パパが家に帰っています。これから電話口に出ます。こちらから話せませんが、話しかけて下さい」

という。

兄が代って受話器を取った。

「英ちゃーん」

と大きな声で呼びかけ、

「元気になってくれなあ」

これを三回、四回繰返す。返事がないので、張合いがないが、致し方ない。晴子ちゃんに代って、

「パパは頷いていました」

大きな声を出したので、晴子ちゃんにも聞えたかも知れない。これで終り。兄の声を聞けなかったのはさびしいが――心臓大動脈瘤の手術を去年の十月にして、半年以上たつのに、どうして声が出せないのか、分らない――こうして病院から車椅子に乗せてもらって、度々帝塚山の自宅へ帰ることが出来るようになったのは有難いといわなくてはいけない。兄が話せないので、こちらは一人で必死になって同じことばかり繰返していた。妻が帰ってから、そのことを話す。

夕方、妻と「山の下」へメロンを持って行く。長男が休みで、整地をした、もとの次男とおとなりの家のあった跡の空地で恵子ちゃんを遊ばせていた。向いのテラスハウスにいる松沢一

郎さんの長男の奥さんも腰かけに坐っていて、自分は赤ちゃんを抱いて、二人の子供（男の子と女の子）が空地で遊ぶのを見ていた。恵子ちゃんは、黄色になった梅の実らしいものを持っていた。抱いて、「たかい、たかい」をしてやる。

長男は、勤め先のヒルトンホテルの本の売場に、去年十一月にアメリカで出版された私の作品集"Still Life and Other Stories"が置いてあったと話す。

「二冊あった。一冊買った」

という。

『静物その他』のような、決して一般向きとはいえない文芸書が、どうしてヒルトンホテルの本の売場に置いてあったのだろう？　外国からの旅行客の多いホテルに配本されたのだろうが、中には気まぐれな人がいて、こんな文芸書でも買って行くことがあるかも知れない。

一回目の散歩から帰ると、妻が、「いま、フーちゃんとミサヲちゃん、来た」という。次男の車でみんなで来て、ミサヲちゃんとフーちゃんだけ勝手口へ来て、伊勢海老の立派なのを二ひき届けてくれて、すぐ帰った。フーちゃんは家へ上りたそうにしていたという。

夕食にその伊勢海老をバタ焼にしておいしく頂く。妻がミサヲちゃんにお礼の電話をかける。

「氏家の母が旅行で新潟へ行って、魚市場から送ってくれました。伊勢海老を二ひきと蟹二ひき、送ってくれました」という。たっぷりあって、次の日の夕食にもバタ焼にして頂く。氏家のお母さんは知合いの人たちの旅行グループにでも加わって、新潟へ行かれたのだろうか。

散歩に出ようとしたら、妻が、

「ブローディア、見て下さい」

という。石垣の下に並べたプランターでよく咲いている。中でも門に近い方のプランターのがよく咲いた。

夕方、「山の下」のあつ子ちゃん、恵子を連れて来る。書斎から庭へ下りて、恵子ちゃんを抱き上げて、「たかい、たかい」をしてやる。あつ子ちゃんがテレビの「おかあさんといっしょ」で覚えたしりとり歌を歌うと、「たぬき、ポンポコリン」のところで、自分も「ポンポコリン」といって、おなかを叩くふりをする。

あつ子ちゃん、「たつやさんがお風呂へ入れて、Jリーグの『オーレオーレ』の歌を恵子と二人で歌うと、その声がおとなりのアパートの人にまで聞えるといわれるんです」という。

妻は恵子ちゃんに牛乳を上げる。今月のお誕生日に靴を買って上げることにした。あつ子ちゃんから、いま履いているのと同じのを買って下さいと頼まれる。

妻が、「お靴、買って上げるからね」というと、分ったというように「うん」と頷く。

「打てばひびく、なの。恵子ちゃんは」

と妻がいう。

「フーちゃんと正反対なの。フーちゃんは」

というから、

「打ってもひびかん方だからな」

という。フーちゃんは何か訊かれて、「分らない」ということが多く、何かいわれて、咄嗟に反応するということが少ない。そこがまたフーちゃんらしくていいのだが。


夕方、ミサヲちゃんから電話がかかり、「清水さんにフミ子がプーさんのクレヨン入れとクレヨンを頂いたお礼の手紙を出すといいますので、清水さんのお所、教えて下さい」という。

「いいことだな。何かして頂いたら、お礼の手紙を出すというのは」

と妻にいう。この間、運動会に呼んでくれたときも、私と妻はそれぞれおいしいお昼弁当を作ってくれたミサヲちゃんにお礼の葉書を出した。そんなことも見習ってくれているのかも知れない。小さいときから、人に何かしてもらったら、すぐにお礼の手紙を書く習慣を身につけるといいと、二人でよろこぶ。

一回目の散歩に出るとき、妻が、「ブローディア、ちょっと見て下さい」という。石垣の下のプランターのブローディアの、花の数がふえて来た。妻は少し切って、玄関の花生けに活ける。

「惜しくて、なかなか切られないの。自分で咲かせた花は」

と妻はいう。

「清水さんはお花を下さるとき、薔薇でも何でもどっさり惜し気なしに切って下さるけど」

という。

午後、妻は梅の実の残っていたのを取る。脚立に上っても手の届かない枝の梅は、箒の柄ではたき落した。大きなボウルにいっぱい採れた。六キロ。これで一回目、二回目に私が採った分と合せると、十キロを越えた。よく実った。毎年、梅干にする分は、八百屋で紀州の大きい、いい梅を買って、漬ける。これはもう漬け終った。あとから取れた庭の梅のうち、大きくて姿のいいのを妻は梅干の壺の方へ漬け足し、残りをシロップ漬にした。

夕方、古田さん、電話で「御飯済みましたか」と訊いてから、これからですと妻が答えると、お鍋に入ったハッシュドビーフを届けて下さる。早速、頂く。あっさりしていて、いい味のハッシュドビーフ。古田さんの料理のいつもおいしいのに二人で感心する。すぐに妻が電話をかけて、お礼を申し上げる。

昼食後、庭で「こんちゃーん」と呼ぶ子供の声が聞え、一瞬、「フーちゃんか」と思ったら、南足柄から小学三年生の正雄が長女に連れられてお兄さんの和雄と一緒に来た。宏雄さんも来る。入院中の西片のお父さんの具合があまりよくないので、これから行くところですという。上ってもらって、六畳で紅茶とアイスクリームを出して話をする。成蹊大学四年の和雄とは久しぶりに会った。今春、法政に入学した良雄は、大学の生活にうまく馴染んでいるかと和雄に訊くと、「馴染んでいます」という。昼間、新宿の串カツのチェーン店で働いて、それから学校へ行く。二部なので、授業が終って南足柄に帰るのは夜中の十二時を過ぎる。クラブに入る時間がないらしい。そんな話を和雄から聞く。

長女は、この前、五月の連休に「山の下」の長男夫婦が恵子を連れて来たときの話をする。たっさん（長男）が恵子ちゃんの世話をよくするので感心した。「たかい、たかい」をしてもらうと、恵子ちゃんが「もう一回」という。その真似を長女がする。

長女の高校のときの同級生から先日、手紙が来た。お母さんが読んだ、フーちゃんを主人公にした私の『鉛筆印のトレーナー』（福武書店）を送ってくれ、読んだこと、その本に添えた母の手紙に、作中に出て来る清水さんというのは、生田の西三田団地に住んでいる妹（友達の叔母）の花作りの仲間の清水さんと同じ方ではないかと書いてあったという。間違いなし、同じ人ですという。

そこへ当の清水さんが来られて、お赤飯と薔薇を下さる。不思議なことに南足柄から長女が来ているときに、よく清水さんが見える。この前、圭子ちゃんが赤ちゃんを連れて宮崎台のマンションへ帰る日に御両親と一緒に挨拶に来て下さったときも、長女が来ていた。

長女は、「父の日の贈り物です」といって、半袖シャツのいいのを持って来てくれた。エジプト綿の、色もよく、着心地のよさそうなシャツで、有難い。「この次に暑くなったら着るから」と妻にいって、すぐに出せるようにしておいてもらう。

長女は妻には茶色の格子縞のエプロンをくれた。「いいエプロン、くれた」といって妻はよろこぶ。（それから妻はこのエプロンが大へん気に入って、愛用している）

夜、古田さんのハッシュドビーフを御飯にかけないで、そのまま頂く。おいしい。あっさりしていて、細やかな味で、お酒によく合う。酒は今日から世田谷のY君の送ってくれた富山の酒「立山」。

午後、妻は新宿へ行き、恵子ちゃんの誕生日に上げる靴を三越で買う。白の、やわらかな皮のいいのがあった。いま恵子が履いているのと同じ靴にして下さいと、あつ子ちゃんから頼まれていた。

妻は庭から赤い、小さな薔薇を一輪切って来る。

「英二伯父ちゃんの薔薇です」

生田へ越して来た年に大阪の兄が枚方のばら園から送ってくれたお祝いの薔薇のうち、今まで残っているもの。風除けの木をいっぱい植えたために日当りが悪くなり、庭のまわりに穴を掘って植えた薔薇の大方は消えてしまったが、三十年たっていまだにこうして花を咲かせてくれるのがある。有難い。入院中の兄に葉書を書いて知らせる。

暑くなる。この間、南足柄の長女が持って来てくれたエジプト綿の半袖シャツを着る。着心地がいい。先日、長女へのお礼の葉書を書くとき、「エジプト綿の」と書くべきところをうっかり「マニラ麻の」と書いてしまったのはどうしてだろう。投函してしまってから気が附き、妻がエプロンのお礼の葉書を書くとき、訂正してもらった。マニラ麻というのは、ロープの材料ではなかったかしら? 妻がいうには、エジプト綿のシャツは涼しくて、値段も高いのだそうだ。

エジプト綿といえば、長女が妻のために夏のワンピースのふだん着を縫って送ってくれた話から始まる小説『インド綿の服』（一九八八年・講談社）があったことを思い出す。

妻の誕生日は、八月の半ばすぎにある。この日までに仕上げるつもりでいた服だが、夏に入ってから足柄山の中腹の雑木林のなかに建てた長女の家で避暑の気分を味わいたい客が、生田の餅井坂の田圃を背にした借家にいたころのおとなりのたか子ちゃん一家を始め、主人の宏雄さんの学校友達など七組もの泊り客があって、長女の手紙によると、民宿「あしがら」は大繁昌、朝から晩まで食べるものをこしらえるか、買出しに行っているという日が続いて、洋裁のための時間が無くなり、インド綿の服をやっと縫い上げて小包にして送ったのは、九月に入って二週間もたってからであった。

その小包に添えた長女の手紙には、

「……やっと時間が出来て、お約束のインド綿の服を作りました。来年用になってしまいましたが、御免なさい。来年の夏、すぐ着て下さい。レースを附けた方が似合いそうで、勝手に附けてしまいました。ウエストのゴムの位置を下げました。丈も少し長目になっているかも知れません」

と書かれてあった。そんなことが思い出される。

また、長女は私の半袖シャツ、妻のエプロンのほか虎屋の水羊羹もくれたことを附加えておきたい。

午後、妻は水羊羹を作って、村木のじゃがいもと一緒に清水さんに届ける。先日、おいしいお赤飯を届けて下さったお返しのつもり。

清水さん、よろこんで下さる。今日、夜の十二時に九州中津の淳二さんの両親のところへお父さんの病気見舞いに行っていた圭子ちゃん一家が東京へ帰って来るという。お父さんのお見舞いかたがた、赤ちゃんの杏子ちゃんを見てもらいに中津へ行くという話は、先日、清水さんから聞いていた。

お父さんは、気管支喘息で入院した。発作が起ると苦しむ。杏子ちゃんとは御両親ははじめての対面で、おとなしい、いい子だと賞めてくれた。博多まで新幹線で六時間、博多から中津まで一時間。生後三カ月半の杏子ちゃんでなくても、大人でも大旅行である。

清水さん、フーちゃんから届いたクレヨン入れとクレヨンのお礼の手紙を見せてくれ、妻は私に見せるためにお借りして帰った。

フーちゃんの手紙。この前、妻が上げたレターセットのひよこと卵の便箋に横書きしてある。

しみずさんへ

とてもかわいいプーさんのクレヨンいれとクレヨンをありがとうございました。
がっこうであさがおのたねをうえました。
がっこうはたのしいです。
ふみこより

いい手紙で、よろこぶ。クレヨン入れとクレヨンのお礼のことばのあと、すぐに学校で朝顔の種をうえたことを知らせるのがいい。

上野の芸術院の総会から附添いで行った妻と二人で帰宅したら、台所の卓に「山の下」のあつ子ちゃんのメモが置いてあった。

おき手紙があったのにびっくりしました。（註・じゃがいもと夏みかんの袋に「じゃがいも重かったら、明日届けます。夏みかんもどうぞ。冷蔵庫にヤクルトもあるよ」のメモを妻が添えておいた）

ケイコが走りまわって、お二人をさがしていました。「じいたんいないよ」といっていました。

留守に来てくれて、気の毒なことをした。「走りまわって、お二人をさがしていました」というのを見て、ちびタンクの恵子ちゃんの走る姿が浮んだ。

昨日（六月十八日）、妻が読売ランド前のミサヲちゃんに電話をかけて、二十日の日曜日に恵子ちゃんの誕生日のお祝いを「山の上」でするから、みんなで来てね、きつねうどんを出すからという。今日、ミサヲちゃんから電話がかかり、「かずやさん、休みで、一緒に行きます」という。よかった。

恵子ちゃんは今度の誕生日で二歳になる。二歳のころのフーちゃんはどんなふうであったろうか。三歳のころならいいのがある。その行状は、「おるす番」「たき火」「浦島太郎」「花鳥図」「スープ」「大きな犬」の六篇の短文に写し出されて、私の随筆集『誕生日のラムケーキ』（一九九一年・講談社）に収められている。毎日新聞の夕刊コラム「視点」に載ったものだ。「スープ」を読むと、居間の掘りごたつに入ったフーちゃんは、お餅のいそべ巻を二つとグレープフルーツを食べたあと、ままごとの野菜を包丁で切っては、こたつの上に並べた「子ねこさん」に食べさせる。「ワンワンには上げないの」と妻がきくと、「びょうき」という。いつも外へ出るとき抱いて来る縫いぐるみの犬は、こたつに寝かせてある。

「スープ、飲むの」

とフーちゃんがいうものだから、妻は台所から小さな茶碗とスプーンを持って来て渡したら、フーちゃんは妻の膝の上のワンワンの口もとへスプーンを持って行く。たちまちワンワンは元気になった。妻は犬の長い耳を持って動かし、しっぽを動かした。

フーちゃんは大よろこび。

「なおった、なおった。うれしい、うれしい」

と歌うようにいいながら、こたつのまわりを犬を抱いたまま、何回もまわった。

三歳のころのフーちゃんは、そんなことをする子であった。

六月二十日は、朝がたまで雨が降っていたが、朝食のあとになって日が差して来る。妻は庭のメヌエットが咲いているのを三つほど切って来て、書斎に活ける。これは「英二伯父ちゃんの薔薇」ではなくて、生田に来てから、妻が買って来て植えた薔薇。

一回目の散歩から帰ると、もうみんな来ている。今日は恵子ちゃんの誕生日の会。書斎のピアノのそばに立っていたフーちゃん、「おじいちゃんが帰ったよ」と知らせる妻の声にこちらを振向いて、小さな声で何かいって、書斎を出て行く。その声は聞きとれなかった。妻が、すぐに、

「父の日、おめでとう、といったんです」

という。

夜になって妻から聞いたところによると、この日は父の日なので、フーちゃんが来たとき、「おじいちゃんが帰ったら、父の日、おめでとうといってね」と妻がフーちゃんに頼んでおいたのであった。そんなことは知らないから、フーちゃんがこちらを見て、何かいったのは分ったが、何といったのか、全く聞きとれなかった。フーちゃんは妻に頼まれた通り、素直に「父の日、おめでとう」といったものの、恥しくなったのかも知れない。そそくさと書斎から出て行った。こちらは「父の日、おめでとうといったんです」と妻にいわれてから、フーちゃんに「有難う」といったが、これも間伸びがしていたことになる。

妻の話（夜、聞いた）。フーちゃんはいちばんに到着。「こんにちはー」といい、「おじゃまします」といって家へ入って来た。春夫、ミサヲちゃん、次男が続いた。次に長男とあつ子ちゃんが恵子を連れて来る。そこへ先に着いていた春夫が飛び出して行くと、玄関で恵子ちゃんがいきなり大声で泣き出した。「春夫ちゃんが……」とあつ子ちゃんが悲鳴を上げる。春夫が恵子ちゃんに何かしたのだろうか？「何もしていないわ」とミサヲちゃんがいう。おそらく春夫は何もしていなかったのだろう。久しぶりに恵子ちゃんに会って嬉しいものだから、手くらいつかんだかも知れない。それは親愛の情を示すものではあるが、いじめるというのとは違う。

だが、恵子ちゃんは例の底力のある声で泣き出した。何があったのだろう？　恵子ちゃんは、ただ驚いただけであったのかも知れない。とにかく、まだみんな家の中に入り切らないうちにそんな騒動が玄関で起った。

そのうち、書斎でフーちゃんがピアノを弾くのが聞えた。「ねこふんじゃった」。まだたどたどしい。お父さんに買ってもらった電気式の鍵盤つきの小さな楽器で練習したのだろう。フーちゃんはピアノが好きだ。

居間の食卓の用意が出来て、みんな席に着いた。「ハッピーバースデイ　トゥー　ユー」の合唱。みんなに見つめられて、恵子ちゃんは困ったような、恥しそうな顔をする。

食卓にはきつねうどん、海苔巻、ウインナ、ミニトマト。フーちゃんは海苔巻だけ食べる。春夫も海苔巻。恵子ちゃんはうどんをお取り皿に入れ、おつゆをかけてもらったのを、フォークを使って上手に口へ運ぶ。妻は昨日の夕食に作ったミートローフを長男と次男に出す。肉の好きなフーちゃんは、あとから一切れ貰って、食べた。

「ハッピーバースデイ」を歌ったあと、プレゼントを渡す。フーちゃん、恵子ちゃん、春夫。恵子ちゃんには、三越で買った靴とお風呂の中で遊ぶイルカのおもちゃ。ぜんまい仕掛で、イルカを泳がせるようになっている。春夫にも同じイルカ。二人ともほかの子が貰ったものが欲しくなるといけないから揃えたという。実は、恵子ちゃんにはままごとの蠟燭を立てるようになった、包丁つきの誕生日のケーキのセットを妻は買ったのだが、昨日、「山の下」へ二人で届けた。会のときに渡すと、同じ年恰好の春夫が欲しくなるに決まっている。それも無理からぬことで、そうなると春夫が可哀そうだから、前の日に持って行って、恵子ちゃんに渡した。恵子ちゃんはこのままごとセットが気に入って、早速包丁でケーキを切ったり、蠟燭をケーキに立てたりして遊んでいた。私はそれを見ていた。

フーちゃんにはおもちゃの指輪やレターセットの入った箱を上げる。箱を開けたフーちゃん、黙って指輪を見ている。嬉しそうにはしない。——こういうところが南足柄の長女の小さいときに似ている。うれしくないのではなくて、うれしいのである。ただ感情をあまり表にあらわさないので、分り難い。

妻がそばから、

「宝塚見に行くとき、はめて行きなさい」

といった。七月二十五日には、宝塚歌劇団月組の「グランドホテル」と「ブロードウェイ・ボーイズ」をみんなで（南足柄の長女もあつ子ちゃんもミサヲちゃんも）見に行くことになっている。去年十一月に月組の「パック」をみんなと一緒に見たフーちゃんは、今から楽しみにしている。

食事が終ってデザートに移るころに、あつ子ちゃんがテレビの「おかあさんといっしょ」に出て来るしりとり歌を恵子ちゃんに歌わせようとした。「たぬき」で「ポンポコリン」といいながら、おなかを叩く所作が入る。恵子ちゃんは、その「ポンポコリン」のところだけ、大きな声を出した。あとは大方、お母さんといっしょでなくて、お母さんひとりで歌った。今日は自分が主役ということで恵子ちゃん固くなってしまって、春の「もろもろのお祝いの会」で「おべんとうばこのうた」を歌ったときのようにのびのびと力を発揮できなかった。

プレゼントの靴とイルカを貰ったときも、お父さんが「ありがとう」といわせようとして、何度も「ありがとう、は？」といったが、いわない。最初の「ハッピーバースデイ」で、驚いてしまって、いつもの恵子ちゃんの調子が出なかった。

デザートには、妻が昨日、市場の八百屋からさげて帰った初物の大きな西瓜を切って出した。あつ子ちゃんの用意したバナナとクリームのデザートもおいしかった。

おひらきにしてから、妻は書斎のピアノでフーちゃんと「きらきら星」の連弾をした。長男は眠くなった恵子ちゃんを抱いて、先に帰る。次男は庭でフーちゃんと「マジックラケット」で遊ぶ。次男が球をゆるく投げてやると、ラケットの片方の面に当てれば吸い着くのに、フーちゃんはラケットの端のところに球を当てて落したりして、なかなかうまくゆかない。次男らは二時ごろ、「これから水遊びの出来る海岸へ行きます」といい、フーちゃん、春夫、ミサヲちゃん、「山の下」まで帰るあつ子ちゃんを車に乗せて出かける。私と妻は下の空地で車を見送る。

朝食のとき、妻の話。昨日、フーちゃんに「朝顔の種、出た?」と訊くと、「出た」という。「三つ、出た」。そばで聞いていたミサヲちゃん、「そのうち二つを抜いて、一つだけにしました」。生徒一人が一つずつ鉢をもらって、朝顔を育てる。夏休みには家へ持って帰るそうですとミサヲちゃん、いう。

次男がこんな話をしていた。フミ子が学校の図書室で本を借りて来て読んでいます。『若草物語』を借り出して来て、読んでいます。それを聞いて、「そのうち、家にある岩波のドリトル先生の本を読ませてやればいいな」というと、「あれは漢字が多くて、総ルビじゃないから、まだフミ子には無理です」と次男いう。

(この話には続きがある。七月半ばのフーちゃんの七歳の誕生日に、妻とお祝いのピンク色の布の笠の附いた電気スタンド、大阪の晴子ちゃんがフーちゃんにといって送ってくれた、クマさんの絵入りのかわいいタオルなどを持って出かけたときにミサヲちゃんから聞いたところによると、フーちゃんは学校で借りて帰った『若草物語』が好きになって、本を買ってほしいといい、ミサヲちゃんが本屋でポプラ社の『若草物語』を買って来て、いま、それを夜寝る前に読んでやっているということであった。私たちはフーちゃんのお誕生日に「小公子」「小公女」の作者バーネットの『ひみつの花園』(中村妙子訳・集英社)を買って持って行ったが、フーちゃんはよろこんで本をひらいて見ていた。それから、お祝いに持って行った電気スタンドを六畳のフーちゃんの机の上にのせて、スタンドをつけると、ピンク色の布の笠にやわらかに燈がともった。それを見つめながら、私と妻で「ハッピーバースデイ　トゥー　ユー」を歌った。フーちゃんは机の前に立って黙ってスタンドの明りを見ていた。帰り道で、妻は、「ピンクのスタンドに明りがともったときがよかったですね」といった)

朝、洗面所の窓から井戸の横のムラサキツユクサがいくつも咲いているのが見える。雨の日が続いて梅雨らしくなると、この花は元気になる。洗面所の窓から見るのが楽しい。

昼前、清水さん来て、お赤飯と薔薇をいっぱい下さる。清水さんのお赤飯は、おいしい。七月のフーちゃんの誕生日にも、お赤飯を炊いて届けて下さることになっている。有難い。

午後、妻は水羊羹を作って、清水さんに届ける。

〔「文學界」1992年11月号〜1993年10月号　初出〕

あとがき

『さくらんぼジャム』は、「文學界」一九九二年十一月号から一九九三年十月号まで一年間連載した。『鉛筆印のトレーナー』（一九九二年五月・福武書店）に続いて、また一冊、私の孫娘の「フーちゃん」を主人公にした本を書くことが出来たのはうれしい。

子供が大きくなって結婚して家を出たあと、夫婦二人きりで暮すようになって年月がたった。そこへ近所にいる次男のところの長女が母親に連れられてやって来る。その長女が「フーちゃん」だ。この小さな孫娘が私たち夫婦の晩年に大きなよろこびを与えてくれるようになった。どんなふうにフーちゃんと私たちがつき合って来たかを書きとめたのが、『鉛筆印のトレーナー』であった。この中でフーちゃんは幼稚園へ通うようになる。『さくらんぼジャム』では小学一年生になった。そうして、この間に次男一家は電車で一駅先の読売ランド前の丘の上の家に引越し、もう前のようにフーちゃんは度々、私たちの家へ遊びに来られなくなった。

『さくらんぼジャム』は作者の身のまわりのことを素材にして書いた小説で、フーちゃんのほかにわき役として登場する多くの方たちに支えられている。畑で丹精した薔薇やおいしいお赤飯を度々届けて下さった清水さんを始め、これらのわき役の方に感謝したい。

作中にときどき登場して頂いた荻窪の井伏（鱒二）さんが、この連載を終るころに亡くなられた。また連載の最終回に「英二伯父ちゃんの薔薇」が出て来る。その「英二伯父ちゃん」も、この本の校正刷を読み終るころに急に亡くなった。『さくらんぼジャム』が私の身近な存在であった井伏さんと兄を送る本となったことを附加えておきたい。

一九九三年十一月

庄野潤三

解説　『さくらんぼジャム』の舞台

上坪裕介

「あとにのこるは、毛虫いっぴき」

これは庄野潤三が子どもの頃に絵本で読んで、いつまでも忘れないで覚えていたという言葉だ。どんな話であったのかまるで分からないが、「ただ、おしまいの一句だけが心に残ってい て、七十年たっても忘れない」と、「あとにのこるは」というエッセイに書いている。

私の中でもこの一句は、はじめて読んだ時から現在まで不思議な魅力のある言葉として心に刻まれている。おそらくその絵本にはお話が展開する場所なり、舞台なりがあり、そこに人や動物や虫などが登場して、なにがしかの出来事が起こるのだろう。そうして最終的に舞台の上は、毛虫いっぴきだけになる。原っぱのような場所にいるのかもしれないし、あるいは画面が暗転して黒い背景の中に毛虫がぽつんと佇んでいるのかもしれない。もちろんどんな絵本であったのか分からないのだから想像するしかない。

この一句を読んで、仲間がみんないなくなってしまったあとに、一人ぼっちで残された毛虫の悲しみや寂しさを想う人もいるだろう。いっぴきの毛虫がのんびりと体を波打たせながら歩いている様子に、なんだかとぼけたおかしみを感じる場合もある。

読む人の心持ち次第でさまざまに変化していく一句は、それ自体で十分に魅力的であるのだが、これが庄野文学と結びついたとき、どこか秘術めいた響きを帯びてくる。因果関係をはっきりと説明することはできないが、この言葉の特徴がそのまま庄野文学の魅力であるような気がして、いつまでも胸につかえていて消化できぬまま忘れられずにいるのである。

今度、この文章を書くにあたって『エイヴォン記』『鉛筆印のトレーナー』『さくらんぼジャム』の三冊を読み返したのだが、読んでいると、やはり時折ふっと「あとにのこるは、毛虫いっぴき」という文句が聞こえてくる気がするのである。どこということもなく、はっきりと主張するのでもない。けっして表に出てくることもない。それはどこか、水琴窟の響きに似ている。土に埋められた壺の中から不規則に聞こえてくる水滴の反響は、耳に心地いいが、その奥行きのある響きにつられて、心に微かな揺らめきが起こる。何かを思い出せそうで思い出せないような、もどかしい気持ちになる。その反響の揺さぶりに、庄野文学の魅力が重なるのである。

庄野潤三が若い時分に詩人の伊東静雄に師事して、親しく交流したことはよく知られていることだが、彼は庄野の結婚式で祝辞も述べている。そこで伊東は、庄野の文学の特徴を「明るく　調和ある　大様な性格から発する素直にしてなつかしい　もののあはれの風味にある」とした。明治以後の日本の文学界は懐疑と頽廃とを武器とする文学が多く、敗戦後の日本ではなおさらお手本とするようなものが少ないと、庄野の文学の困難さを予見し、それを例えて次のように表現した。

例えて申しますと丁度　大暴風雨の夜の闇を通って断続してきこゆる雅楽のゆるやかな、おほどかな音のようなものであろうと思います　聴く人は特に心してそれに耳を傾ける愛がなくてはなりますまいし　奏する人にも亦　痛切な信念が要るのでありましょう

この祝辞が述べられたのは昭和二十一年のことである。まだ庄野がほとんど小説を書いていない時期に、これほど的確に特徴を捉えている伊東の慧眼には驚くが、それだけ二人の関係性が深いものであったということだろう。暴風雨の闇夜に響く、雅楽の調べに耳を傾けることと、「あとにのこるは、毛虫いっぴき」という不思議な一句に思いを巡らすことは、どこか通底するものがある。

『さくらんぼジャム』が書かれた一九九〇年代前半は、バブル経済が崩壊し、社会は騒がしい

様相を呈していた。阪神大震災や地下鉄サリン事件も数年後に起こる。庄野潤三はそうした時代に、「こんちゃん、おじいちゃん」と自分たちになついてくれる孫娘のフーちゃんとの日々を綴り、長男が育てたパンジーを「きれいですね」、「きれいだな」と夫婦でよろこぶ生活を描いた。近所に住む清水さんは畑で丹精した薔薇を届けてくれ、少し離れた足柄山に住む長女からはよく手紙が届く。

脳内出血で入院したのは、六年ほど前のことだ。リハビリとしてはじめた散歩はいまでは習慣になっている。日に二万歩近く歩く。大病をし、年齢も七十を超えて、まったく死を意識しなかったということはないだろう。だがそれが作品に描かれることはない。一方では、兄の英二が心臓大動脈瘤の手術をして、半年以上になるのに声が出ず、電話越しに「英ちゃーん」と大きな声で呼びかけ、「元気になってくれなあ」と何度も繰り返す場面が出てくる。返事はないが聞こえていて、受話器の向こうで兄は頷いている。彼はこの連載が終わって、数ヶ月後、単行本の校正刷を読み終わる頃に急に亡くなってしまう。また、小説にも度々登場し、上京してからずっとお世話になっていた井伏鱒二も亡くなる。大切な人々の死が、身近にあった時期でもあるのだ。しかし『さくらんぼジャム』は、フーちゃんの六歳の誕生日会からはじまり、恵子ちゃんの二歳の誕生日会で終わる。ささやかな生活のよろこばしい細部を、指でひとつずつ押えるようにして描き、徹底して生を見つめ続けている。

庄野潤三はかつて、「舞踏」という作品を単行本収録時に改変した。第一創作集『愛撫』でのことだ。雑誌に発表した当初は、作品の最後に主人公の妻の失踪と死をほのめかす記述があったが、その数行を消したのである。阪田寛夫はこの改変を、「余韻を重んじたことの他に、『生』を描いて行こうとする作家としての文学上の決意の表現である」と評した。

それから四十年、作家の生を描く徹底した姿勢と信念は、ますます強固なものになっている。『さくらんぼジャム』の一大事件は、フーちゃんの引越しの場面だ。「山の上」の家から、坂を下った先にある「山の下」に住んでいた次男一家が、電車で一駅先へ引越していく。夫妻はもう前のように頻繁に行き来できないと寂しがる。荷物の運び出しを眺めているところへフーちゃんが来て、「さようなら」といって引返す。「遊びにお出で。泊りがけで」と声をかけ、フーちゃんのうしろを歩いているうちに不意に顔がくしゃくしゃになり、泪が出そうになる。去って行く車を見送る妻も泣き出しそうな顔をしている。読んでいるこちらも胸が熱くなる印象的な場面だが、フーちゃんたちは引越したあとも「山の上」へやって来る。夫妻も新居へよく訪ねて行く。これまでと少し形は変わったけれど、そこで終わりではなく続いていくのだ。

「『夏の夜の夢』のせりふではないが、舞台があり、生きている人があり、それがいなくなると舞台ががらっぽになって、静かになる。どんなに楽しく過ごしてもそれは一瞬のものという考えが、自分のfundamentalなthoughtになるだろうか」(『庄野潤三ノート』)と、五十代の庄野は阪田寛夫に語っている。これは一読すると寂しい考えのようにも受け取れるが、真意は「そしてまた、舞台の上には新しい人がやって来る。そのようにして人生は続いていく」ということではないだろうか。フーちゃんと別れ、これまでとは違う形で関係が続いたように。私たちは経験的に「生」とは、そのように形を変えながら連綿と続いていく日々のことなのだと知っている。だから「あとにのこるは、毛虫いっぴき」という言葉も、毛虫の背後から草が生え、別の生き物がまたやって来る。そういう絵本だったのではないかと思うのだ。引越し後、次男一家の住んでいた家は取り壊される。その空地での場面もまた、連綿と続いていく日々を思わせる。

夕方、妻と「山の下」へメロンを持って行く。長男が休みで、整地をした、もとの次男とおとなりの家のあった跡の空地で恵子ちゃんを遊ばせていた。向いのテラスハウスにいる松沢一郎さんの長男の奥さんも腰かけに坐っていて、自分は赤ちゃんを抱いて、二人の子供(男の子と女の子)が空地で遊ぶのを見ていた。恵子ちゃんは、黄色になった梅の実らしいものを持っていた。抱いて、「たかい、たかい」をしてやる。

空地で「たかい、たかい」をされた二歳の恵子ちゃんは、フーちゃんと共にこれからもっともっと頻繁に登場して、私たち読者の目を楽しませてくれる。そのようにして、「山の上の家」は続いていくのだ。

（日本文学研究者）

（お断り）

本書は1994年に文藝春秋より発刊された単行本を底本としております。あきらかに間違いと思われるものについては訂正いたしましたが、基本的には底本にしたがっております。また、一部の固有名詞や難読漢字には編集部で振り仮名を振っています。

本文中には看護婦などの言葉や人種・身分・職業・身体等に関する表現で、現在からみれば、不当、不適切と思われる箇所がありますが、著者に差別的意図のないこと、時代背景と作品価値とを鑑み、著者が故人でもあるため、原文のままにしております。差別や侮蔑の助長、温存を意図するものでないことをご理解ください。

庄野潤三（しょうの じゅんぞう）
1921年（大正10年）2月9日―2009年（平成21年）9月21日、享年88。大阪府出身。1955年『プールサイド小景』で第32回芥川賞を受賞。「第三の新人」作家の一人。代表作に『静物』『夕べの雲』など。

さくらんぼジャム

２０２０年４月14日　初版第１刷発行
２０２４年８月７日　第４刷発行

著者　庄野潤三
発行人　五十嵐佳世
発行所　株式会社　小学館
〒１０１－８００１
東京都千代田区一ツ橋２－３－１
電話　編集　０３－３２３０－９３５５
販売　０３－５２８１－３５５５
印刷所　大日本印刷株式会社
製本所　大日本印刷株式会社
装丁　おおうちおさむ（ナノナノグラフィックス）

ISBN978-4-09-352388-2

P+D BOOKS